Heike

Das Buch

Seit drei Jahren lebt die ehemalige Lehrerin Lillian Beckwith auf den Hebriden. Drei Jahre, in denen sich die Engländerin aus der Stadt mit Land und Leuten vertraut gemacht hat. So vertraut, daß sie fest entschlossen ist, auf der Insel zu bleiben. Sie kauft ein seit Jahren leerstehendes Cottage am äußersten Ende des Dorfes. »Sie werden nur Schafe zur Gesellschaft haben«, warnt ihre bisherige Vermieterin Morag. Doch gerade diese Einsamkeit reizt die spröde »Miss Peckwitt«. Mit wahrer Begeisterung stürzt sie sich in die Renovierung ihres Besitzes und in die Arbeit einer Kleinbäuerin. Torf stechen und Treibholz sammeln gehören bald ebenso zu ihrem Alltag wie die Hühnerhaltung und der Anbau von Kartoffeln und Getreide. Bei alledem vergißt die Lady vom Festland aber nicht, das Treiben der wunderlichen Inselbewohner mit ihrem geschulten Blick zu beobachten.

Die Autorin

Lillian Beckwith wurde in Ellesmere Port/Cheshire geboren und hat fast zwanzig Jahre auf den Hebriden gelebt. Ihre Erfahrungen mit Land und Leuten hat sie in zahlreichen Romanen und Kurzgeschichten niedergeschrieben. Heute lebt sie auf der Isle of Man in der Irischen See.

Lillian Beckwith: Die See zum Frühstück

Roman

Deutsch von Isabella Nadolny

Deutscher
Taschenbuch
Verlag

dtv

Von Lillian Beckwith
sind im Deutschen Taschenbuch Verlag erschienen:
In der Einsamkeit der Hügel (11648)
Auf den Inseln auch anders (11891)
Ein frischer Wind vom Meer (12029)

Deutsche Erstausgabe
Juni 1993
3. Auflage März 1996
Deutscher Taschenbuch Verlag GmbH & Co. KG,
München

Titel der englischen Originalausgabe:
›The Sea for Breakfast‹ (Hutchinson & Co. Ltd.,
London 1961)

Umschlagtypographie: Celestino Piatti
Umschlagbild: Gisela Aulfes
Satz: IBV Satz- und Datentechnik, Berlin
Druck und Bindung: C. H. Beck'sche Buchdruckerei,
Nördlingen
Printed in Germany · ISBN 3-423-11820-2

»Bonny«, »Beauty«, »Bella«
und »Blanche«,
meinen vier wilden Highländern

I
Ein eigenes Heim

»Hundertzehn, hundertelf, autsch, hundertzwölf, verflixt!« Schon den dritten heißen Tag rupfte ich verzweifelt verborgene Nägel jeder Krümmung und Größe aus den Holzwänden meiner Bauernküche. Mein Werkzeug, das ich bis dahin als Splitthammer bezeichnet hätte, hatte mir Ruari, der gebieterische, aber hilfswillige Bruder meiner früheren Hauswirtin, geschenkt. Er jedoch hatte ihn weit farbiger bezeichnet, nämlich als Pferdefuß. Es war ein typisches Hebridenwerkzeug mit dickem, rauhem Griff und rostigem Kopf, der so lose aufsaß, daß es jedesmal ein Glücksspiel war, ob er den Nagel aus der Wand zog oder aber unschlüssig am festsitzenden Nagel hängenblieb, während ich mit gezücktem Stiel zurücktaumelte, um vom herunterfallenden Hammerkopf einen anerkennenden Puff entgegenzunehmen. Zum x-ten Mal unterbrach ich die Arbeit, um mit zerschrammten Fingern meine zitternden Ellbogen zu massieren, und hieb den Hammerkopf ingrimmig wieder auf den Stiel. Zum x-ten Mal wünschte ich – recht halbherzig –, daß das Dörfchen Bruach nicht ganz so wundervoll einsam läge und – aus vollem Herzen – daß das Terrain weniger üppig mit Steinen handlicher Größe bestückt wäre. Selbst diesen armseligen Ersatzgegenstand hatte ich erst mühsam suchen müssen. Und doch, tröstete ich mich, während ich eigensinnig die Male, wo ich erfolgreich war, zählte (um zu beweisen, wie viele Nägel man in einer alten Bauernküche erwarten durfte), machte das Unberechenbare des Vorgangs etwas spannend, was sonst vielleicht so einschläfernd gewesen wäre wie Schäfchenzählen.

Warum ein Haushalt seine Küche mit mehr als hundert Nägeln verunzierte, konnte ich nicht begreifen. Die Sechszöller weiter oben an den Wänden und die an den Dachbalken mochten zum Aufhängen von Fischnetzen gedient haben. Und außer denen zum Aufhängen von Bildern oder Ölzeug war sicherlich an vielen eine Schnur mit Trockenfisch oder Kaninchenfell befestigt gewesen. Ein paar Dutzend, meinetwegen fünfzig, hätte ich als normale Ergänzung akzeptiert, aber über hundert?

»Meine Küchenwände«, klagte ich Morag nach meiner ersten Begegnung mit ihnen, »haben pro Quadratfuß mehr Nägel als ein Fakirbett.«

»Aye, die stammen von den Hamish-Männern«, erwiderte sie respektvoll. Und weil ich verständnislos dreinschaute: »Ach, *mo ghaoil*, wissen Sie, Hamish und Mary, die da gewohnt haben, hatten sieben Söhne und alles richtige Männer, verstehn Sie? Nicht so kleine Nichtse wie heutzutage, nein, große, starke Kerle, und jedesmal wenn einer von den Hügeln oder vom Meer heimkam, hat er bestimmt ein Karnickel oder ein paar Fische dabeigehabt und gleich 'n Stein genommen und einen Nagel in die Wand gehauen, damit Katzen und Hunde nicht drankönn'.«

»Mich wundert nur, daß ein solcher Haufen Nägel ausgerechnet hier in Bruach zur Hand war«, sagte ich.

»Aber Mädchen, das ganze Schwemmholz am Strand ist doch voll davon. Haben Sie das nicht gesehn? Und die Hamish-Männer, das warn keine, die was verschwenden.«

So erklärte sie die Überfülle an Nägeln. Nun sollte ich wohl erklären, wieso ich während drei idealer Picknicktage Anfang Juni, in denen Kuckucke über die sonnengetränkte Heide jodelten und Glockenblumen ihre Blüte einläuteten, finster grollend die Nägel der Hamish-Männer herausrupfte.

Morag, die Bäuerin, bei der ich seit meiner Ankunft in Bruach vor drei Jahren die eine Haushälfte gemietet hatte, beschloß nach einem Unfall ihres Neffen in Glasgow, der seinen allgemeinen Gesundheitszustand offenbar angegriffen hatte, daß er und seine Frau, die selbst kränkelte, bei ihr auf dem Anwesen leben sollten, damit sie auf beide ein strenges Auge haben konnte. Und außerdem, wie sie sagte, eines auf deren altkluges Töchterchen. Da ich das Kind bereits kannte, hatte ich insgeheim den Verdacht, daß dessen Tyrannei nun auf eine weitere Person ausgedehnt werden würde, denn Morag hatte, wie alle Gälen, nur zu gern ein Kind im Haus, das sie verwöhnen konnte. Diese neue Regelung bedeutete natürlich, daß Morag und ich uns zu unserem beiderseitigen Bedauern trennen mußten, und ich stand vor der Entscheidung, entweder in den Süden zurückzukehren oder aber mir am Ort selbst eine andere Unterkunft zu suchen. Nach drei Jahren bäuerlichen Lebens und so gesund, daß meine damalige Krankheit nur mehr eine schwache Erinnerung war, stellte ich fest, daß ich nur höchst ungern in die lärmende Enge des Lebens in England zurückkehren wollte, wo heutzutage zuviel Wohlstand statt echter Zufriedenheit, zuviel Hast statt Humor herrscht. In Bruach hatte man im allgemeinen, was man zum Leben brauchte, und die Zeit spielte keine Rolle. Meine Tage waren angenehm ausgefüllt, und die Nächte brachten ungestörten Schlaf mit kontinuierlichen Träumen. Und ich hatte Bruach und seine Bewohner unleugbar liebgewonnen, denn die Gälen auf den Hebriden sind eine glückliche Rasse. Das kommt auch in ihrer Sprache zum Ausdruck. Wenn man Gälisch hört, ist es, als lausche man fortgesetztem Gluckerlachen. Selbst eine bombastische Ansprache hat musikalischen Schwung und sogar eine Schimpfkanonade noch ein Lächeln. Auch wenn ich zuweilen von Vorkommnissen des Tages schokkiert war, konnte ich mich abends darüber in den Schlaf lachen. Ich wollte in Bruach bleiben und suchte mir ein eigenes Heim.

Unweit des Dorfes gab es zwei leere Cottages. »Tigh-na-Craig«, »das Haus auf dem Felsen«, im Norden, lag dicht neben dem Friedhof. Das andere mit einem unaussprechlichen Namen – ich schaffte es nur zu so etwas wie »Tigh-na-Mushroomac« – im Süden, grenzte an ein Moor voll grauer Pferdefliegen. Vor die Wahl zwischen Pferdefliegen und Leichen gestellt, wählte ich die Pferdefliegen.

Ich war später riesig erleichtert, so und nicht anders entschieden zu haben, als ich Erchy, den Wilddieb, zu jemand sagen hörte: »Ach, das Grabschaufeln wird nicht lang dauern. Das ist kein Grafschaftsgrund, da braucht's nur siebzig Zentimeter Tiefe, das schaffst du leicht.« Die Grafschaft verlangte offenbar einen Meter vierzig.

Das Cottage »Tigh-na-Mushroomac« hatte leer gestanden, als ich zum ersten Mal nach Bruach kam, doch die Tatsache, daß es zum Verkauf stand, wurde erst bekannt, als ich meine Absicht äußerte, mich hier niederzulassen. Die Bruacher haben etwas dagegen, Besitztümer auf dem freien Markt anzubieten, sie wollen umworben werden, ehe sie einem gnädig gestatten, etwas zu kaufen, vorausgesetzt man kann sie von seinem Bedürfnis und seinem Bankkonto überzeugen. Callum, einer der noch lebenden Hamish-Söhne und Besitzer des Cottage, lebte in Glasgow, daher verlor ich keine Zeit, ihn anzuschreiben und den Ortspolizisten aufzusuchen, in dessen Obhut sich der Schlüssel befand.

Meine erste Begegnung mit dem Polizisten, bald nach meiner Ankunft in Bruach, hatte einen entschieden skurrilen Eindruck bei uns beiden hinterlassen. Ich war an einem trüben, verregneten Abend auf dem Heimweg zu Morag gewesen und auf seinen Wagen gestoßen, der ohne jegliche Beleuchtung mitten auf dem Weg parkte. Ein paar Meter vor ihm stand ein Lastwagen, daneben der Polizist, der aufmerksam beobachtete, wie der Fahrer aus seinem Tank Benzin in eine Blechkanne abzapfte. Als er dieses Benzin in seinen eigenen Tank gefüllt hatte, bot mir der Polizist großmütig an, mich bis nach Hause mitzunehmen. Morag war damals in Glasgow, und da der Polizist die notwendigen Recherchen über Fälle von Wilddieberei im Dorf noch nicht abgeschlossen hatte, bat ich ihn zum Essen ins Haus. Erchy hatte mir am Morgen des gleichen Tages ein Paket Fische überreicht, die er lässig als Makrelen bezeichnete, und von denen briet ich dem Polizisten eine. Vor dem Essen hatte er sich über die Ergebnisse seiner Tagesarbeit ziemlich enttäuscht gezeigt, doch nach dem Fisch und mehreren Tassen Tee wurde er munterer, sogar recht jovial. Er machte mir ein Kompliment über meine Kochkunst, und als er aufstand, um zu gehen, schärfte er mir ein, dem Erchy auch ganz gewiß in seinem Namen zu danken und ihm zu sagen, er habe »noch nie eine so gute Makrele gegessen«. Ich versprach es.

»Was hat er gesagt?« fragte Erchy, als ich in aller Unschuld mein Versprechen erfüllte.

»Ich soll ausrichten, er hätte noch nie eine so gute Makrele gegessen«, wiederholte ich.

»Hat er auch nicht, verdammt noch mal«, murmelte Erchy und wurde etwas blaß. »Warum zum Kuckuck haben Sie sie ihm gezeigt?«

»Wieso? Sie haben doch gesagt, es wären Makrelen. Waren es keine?«

»Makrelen! Meiner Treu, wolln Sie mir erzählen, Sie kenn' den Unterschied zwischen Makrele und Forelle nicht und wissen nicht, daß Forellen verboten sind?«

Zu diesem Zeitpunkt meiner Eingewöhnung war ich noch unfähig, zwischen erlaubtem und verbotenem Fisch zu unterscheiden, da ich mich bis dahin auf meinen Fischhändler verlassen hatte, Fisch zu identifizieren.

Zerknirscht gestand ich meinen Fehler.

Erchy sah mich ebenso mitleidig wie erstaunt an. »Manchmal«, äußerte er vernichtend, »glaub ich, 'ne Lehrerin ist doch das Blödeste, was es gibt.«

Seit jener Episode hatte der Polizist jedesmal ein Auge deutlich zugekniffen, wenn er mich traf, und als ich nun mit der Bitte um den Schlüssel zum »Tigh-na-Mushroomac« zu ihm kam, schien er das riesig komisch zu finden.

»Sie wollen ›Tigh-na-Mushroomac‹ kaufen, was? Tja, den Schlüssel hab ich wohl mal gehabt, aber ich hab ihn verloren. Und als vor paar Jahren der Sturm die Haustür eingedrückt hat, da kriegt ich sie nur wieder zu, weil ich einen dicken Felsbrocken dahinter klemmte und mit einem guten Stück Schnur festband. Die Schnur sehen Sie gleich unter der Tür. Und wenn Sie rauskommen, ziehn Sie dran, dann rollt er und klemmt die Tür wieder zu. Hält sie besser zu als das alte Schloß, das vorher dran war, kann ich Ihnen sagen!« Er war so stolz auf seine Vorrichtung, daß es mir leid tat, ihn auf die Tatsache aufmerksam machen zu müssen, daß ich ja erst einmal in das Cottage hineinmußte. »Ach, da müssen Sie bloß fest drücken. Aber richtig fest, verstehen Sie, der Stein ist ziemlich groß. Am besten nehmen Sie sich einen von den Burschen mit«, fügte er nach nochmaligem Überlegen hinzu.

Es war ein grauer Tag mit hinterlistigen kleinen Windstößen, die Morag und mich gelegentlich mit eisigen Regentropfen besprühten, als wir zum ersten Mal besichtigen gingen. Morag hatte Peter, den Sohn von Sheena aus dem »Tigh-na-Mushroomac« benachbarten Anwesen, für mich als Hilfskraft herbeizitiert. Peter war ein stämmiger Jüngling mit Chrysanthemenhaarschnitt, dessen Kopfform vermuten ließ, seine Mutter habe ihm als Kind ein schweres Gewicht aufgepackt, damit er mehr in die Breite als in die Länge wachsen sollte. Wenn er sein Zahnfleisch in einem breiten Lächeln zeigte, sah es aus, als habe ihm jemand die Kehle durchgeschnitten, und wenn er lachte, meinte man, er ginge gleich entzwei. Jetzt marschierte er neben uns den Kiesweg entlang und zog die Schultern in die Höhe, als mache er sich schon jetzt zum Angriff auf die Haustür bereit.

»Meine Güte«, vertraute Morag mir leicht schaudernd an, »das gefällt mir aber gar nicht, wie der aussieht – so wild.« Ich warf einen verstohlenen Blick auf Peter, der eine so beklemmend enge Hose und einen so knappen Pullover trug, daß es unmöglich schien, er könne anders sein als außerordentlich diszipliniert. »Und so was von einsam«, fuhr Morag fort und meinte diesmal das Cottage auf dem kleinen Hügel und die kahle Strecke von einem halben Kilometer, die es von den nächsten Gebäuden trennte. »Da werden Sie ja nur Schafe zur Gesellschaft haben.«

Geduldig setzte ich ihr wieder einmal auseinander, daß Einsamkeit mir nichts ausmachte.

»Ach, *mo ghaoil*«, widersprach sie. »Sie könnten hier sterben, und keiner merkt's, bis der Schlachter Sie aufspürt.«

Das aus grauem Stein erbaute »Tigh-na-Mushroomac« hockte in selbstgefälliger Abgeschiedenheit am äußersten Ende der Bucht von Bruach, und seine beiden unteren Fenster schienen in den dicken Mauern begraben wie düstere Geheimnisse. Aus dem mit Dachpappe gedeckten schrägen Dach lugten zwei Mansardenfenster neugierig aufs Meer hinaus, das keine zwanzig Meter entfernt eben jetzt von der Flut aufgewühlt wurde. Eigentlich hätte es keiner übertrieben langen Angelrute bedurft, um sich, aus dem Schlafzimmerfenster gelehnt, sein Frühstück aus der See zu holen.

Hinter dem Cottage lag das heruntergekommene Anwesen, das in die Wildnis des Moors überging, das sich dann zu Füßen der einsamen Hügel hinstreckte. Es wäre grausam gewesen, Morag deutlich zu machen, daß gerade die Entfernung von den anderen Häusern für mich einer von »Tigh-na-Mushroomacs« größten Reizen war. Die Gälen scheinen allgemein kein Bedürfnis nach Privatsphäre zu haben, denn sie bauen ihre Häuser so nahe beieinander, wie die Grenzen der Crofts es zulassen. Alleinsein ist ein Zustand, der nicht andauern darf, und die Lebensregel »jede Gesellschaft ist besser als keine Gesellschaft« wird wörtlich genommen, sei es auch die Gesellschaft eines Idioten oder einer Leiche. Da sie selbst keine Privatsphäre brauchen, können sie dieses Bedürfnis auch bei anderen nicht verstehen oder glauben und sind so aufrichtig besorgt, man könnte einsam sein, daß sie einen andauernd aus der kostbaren Einsamkeit herausreißen.

Vor dem Cottage angekommen, ließ Peter uns sein mörderisches Grinsen sehen und machte sich bereit zur Tat.

»Also dann los, Peter«, sagte Morag. »Ich heb den Riegel an.« Peter rammte seine Schulter energisch gegen die

Tür. Die rostigen Angeln protestierten kurz und scharf, als sie sich vom Holz trennten, die Tür stürzte nach innen, schaukelte über den großen, vom Polizisten zuvorkommend bereitgestellten Steinbrocken und schleuderte Peter in die entfernteste Ecke des Vorraums. Verdutzt rappelte er sich wieder auf und enthüllte zwei lange, klaffende Risse in seinem Hosenboden.

»Aber Peter«, schalt Morag und errötete über seine mißliche Lage, »du hast dir die Hose zerrissen.« Peter blickte verwirrt und befühlte nacheinander seine Gliedmaßen, dachte aber, in diesem Punkt beruhigt, zunächst nur daran, den Splitter zu lokalisieren, der, wie er sagte, »abgegangen und auf ihm verlorengegangen war«. Ich entfernte mich diskret nach oben und hörte kurz darauf seine erleichterten Ausrufe und daß Morag ihn heimschickte. Durch ein Schlafzimmerfenster erblickte ich noch seine untersetzte Gestalt, die über die Moore heimflüchtete, vermutlich minus seinen Splitter, das Hinterteil erfolgreich getarnt durch Morags beste geblümte Seidenschürze, die sie zum Glück unter dem Mantel getragen hatte. Meine Wirtin kam zu mir nach oben.

»Und erst heute früh sag ich zu Sheena«, meinte sie selbstgefällig, »Peter wird die Hose zu eng.«

Im Inneren glich das Cottage allen anderen, die ich bisher gesehen hatte: eine Küche auf der einen Seite hinter dem Eingang und »die Stube« auf der anderen. Diesen zweiten Raum hörte ich nie anders bezeichnet als »die Stube«, vermutlich weil seine Bestimmung nicht feststand. In ihrem ersten Brief hatte Morag seinerzeit den Raum »das Zimmer, das keine Küche ist« genannt. Dieses anonyme Zimmer wurde meist als Schlafraum genutzt, denn eigentlich bildeten in vielen einstöckigen Kleinbauernhäusern diese beiden Zimmer die gesamte Wohnfläche. Und doch wurden auf so beengtem Raum zahlreiche Kinder und ganze Scharen von Studenten produziert. Es war kein ungewöhnlicher Anblick, in einer Ecke der kleinen Küche einen Studenten der Universität beim Licht einer Kerze über seinen Büchern zu sehen, während sich rings um ihn die Nachbarn drängten, klatschten, stritten und sangen. Ebenso üblich war es, den Namen des Studenten dann unter den Examenseinsern zu finden.

»Tigh-na-Mushroomac« bot für eine Einzelperson genügend Raum. Es hatte zusätzlich zwei Zimmer im oberen Stock, und obwohl das Speicherzimmer waren, mit den Fenstern in Fußbodenhöhe, so daß man sich hinsetzen mußte, um hinauszuschauen, waren sie doch bewohnbar. Das Cottage hatte einige Reparaturen nötig und brauchte als erstes eine neue Haustür. Doch die Wände und Böden waren tadellos intakt. Mir gefiel, was ich sah.

Ich hatte den Eindruck, als beteilige sich das ganze Dorf an der folgenden Transaktion, und als es ans Handeln ging, stellten sie sich in vollkommener Freundschaft entweder auf Callums Seite oder auf meine oder aber mit echt gälischem Geschick auf beide. Bei so vielen Köchen hätte der Brei unrettbar verdorben sein müssen, aber schließlich ordnete sich alles zu allseitiger Zufriedenheit, und ich wurde hocherfreute Besitzerin eines Anwesens mit Haus.

Da ich mir anfangs nur die allernotwendigsten Umbauten leisten konnte, beschloß ich, daß die Vergrößerung der Fenster in Küche und »Stube« Vorrang hätte. Ich wollte es zwar gemütlich haben, nicht aber in meinem neuen Heim in ewiger Dämmerung leben.

»Aber *mo ghaoil*, denken Sie dran, wie man dann den Staub sieht«, warnte Sheena, die ihr Leben lang in einem dunklen, schilfgedeckten Cottage gelebt hatte und ein Staubtuch nur benutzte, um damit einen Stuhl abzuwischen, wenn sie einen Gast in die Küche bat. Eine berechtigte Vorsichtsmaßnahme, da höchstwahrscheinlich zuletzt ein Huhn darauf gesessen hatte.

Erchy, mit dem ich mich beriet, gab zu meiner Überraschung kund, »er tät ganz gern hie und da zur Abwechslung mal bißchen arbeiten, wenn er grad Zeit hätt« und willigte sofort ein, die Aufgabe zu übernehmen.

Er hielt sogar Wort und hatte bald die alten Fensterrahmen herausgebrochen und die Öffnungen erweitert. Als er so weit gediehen war, trat in seiner Tätigkeit eine Pause ein.

»Wo bleibt eigentlich Erchy?« fragte ich eines Abends bei einem *ceilidh*. »Er scheint zu streiken. Er tut seit Tagen nichts mehr an meinem Cottage.«

»Der? Der arbeitet die ganze Woche nicht mehr«, klärte Johnny mich auf. »Dem sein Mädel aus Glasgow ist im Dorf, und die beiden gehn jeden Abend ins Heidekraut.«

»Das ist gar nicht sein Mädel«, widersprach Morag entrüstet.

»Kann schon sein«, räumte Johnny bereitwillig ein. »Solang sie da ist, genügt sie ihm aber.«

Die Rückkehr von Erchys Ersatzfreundin nach Glasgow hatte leider nicht zur Folge, daß Erchy die Arbeit wieder aufnahm. Es war eine Hochzeit angesagt, bei der er als Trauzeuge fungieren sollte. Erchy betrank sich vor Vorfreude, betrank sich bei der Feier selbst und dann wieder in der Erinnerung daran. Eine Woche später fand ein Tanzfest statt, und da betrank sich Erchy in weiser Voraussicht, denn nüchtern, meinte er, hätte er nie den Mut, ein Mädchen zum Tanzen aufzufordern. Dem Tanzfest folgte rasch ein Viehmarkt, und Erchys Tiere erzielten die höchsten Preise. Da blieb er gleich eine Woche lang betrunken. Mittlerweile hatte der Winter Einzug gehalten, und eine biblische Sintflut, aufgepeitscht von wütenden Stürmen, wusch den ungeschützten Raum innen und außen. Hagelkörner schlugen Dellen in die holzvertäfelten Wände, Spinnweben wurden aus ihrer Verankerung gerissen, ein Salzfilm überzog den Boden. An einem Tag mit besonders wüstem Wetter, als ein ausgewachsener Orkan die Wasserfälle über die Klippen auf den Kopf stellte und sie gen Himmel jagte, ging ich zum Cottage hinüber, um mich zu vergewissern, daß es noch stand. Gierige grüne Brecher donnerten an den Kiesstrand und schleuderten Schaum bis hoch über das Dach von »Tigh-na-Mushroomac« hinauf. Der Sturm schien sich das arme kleine Cottage zum Ziel genommen zu haben, auf das ich jetzt zugetrieben wurde. In seinem Inneren fand ich Erchy, der mit aller Kraft das Fensterchen aus der hinteren Wand der Küche auszuhebeln versuchte.

»Du meine Zeit, was für 'n Wetter«, verkündete er.

»Erchy!« schrie ich und ignorierte seine Begrüßung in der Annahme, er litte noch an den Nachwirkungen seiner jüngsten Orgie. »Ich will das Fenster gar nicht heraus haben, Sie Idiot!«

»Ich krieg's nicht auf«, brüllte Erchy zurück. »Ich muß schaun, daß ich's rauskrieg, man kann's ja wieder reintun, wenn's nötig ist.«

»Genau jetzt ist es aber nötig, wenn überhaupt«, gab ich bissig zurück.

»Mein Gott, Frau!« überbrüllte Erchy den Sturm. »Wissen Sie denn nicht, daß der Wind dort rausmuß, wo er reinkommt? Wenn Sie den nicht rauslassen, geht Ihnen das Dach hoch. Mit dem Wind in 'nem Haus ist es das gleiche wie mit dem im Bauch, man muß ihn rauslassen, wenn er erst mal drin ist. Wind kann man nicht einfangen.«

Ich sah ihm zweifelnd zu und bemerkte allmählich, daß nicht nur der Fußboden pulsierte, als hätte ich eine Maschine unter den Füßen, sondern daß sich in den Lärm des Sturms gequälte Knarr- und Stöhngeräusche der Dachbalken mischten.

»Der Fußboden wackelt«, sagte ich beklommen.

»Sie aber auch«, erwiderte Erchy unerbittlich. »Wenn Sie soviel Wind unter den Balken hätten, würden Sie noch schlimmer wackeln.« Ich flüchtete mich in den geschütztesten Winkel der Küche. »Hörn Sie's?« fuhr er fort, als man von irgendwo oben ein unheilvolles Gedonner vernahm. Ich horchte. Es klang, als stampften die Deckenträger ungeduldig gegen die Wände, um auf und davon zu gehen. »Das wird aufhörn, wenn ich's raushab.« Er zerrte das Fenster heraus und ließ es auf den vergleichsweise geschützten Boden draußen nieder. »Und jetzt hörn Sie mal«, befahl er. Doch obwohl ich gehorsam lauschte, merkte ich nichts. Das ganze Cottage schien jeden Moment davonfliegen zu wollen. »Heut nacht wärn Sie bestimmt Ihr Dach losgeworden«, sagte Erchy tief befriedigt.

Endlose Wochen lang wartete »Tigh-na-Mushroomac« auf das Eintreffen von Tür und Fenstern. Glas, so wurde ich belehrt, sei knapp, und als es endlich zu haben war, folgten die Winterstürme, einer nach dem anderen, so daß der Spediteur klagte, jetzt könne er unmöglich hinüber zum Festland. Ein kurzes Nachlassen der Stürme brachte Schnee, der die Wege blockierte. Glücklicherweise folgte Tauwetter – aber das unterspülte den Weg. Doch dann dämmerte ein ruhiger Tag, der Schnee war weg und der Weg ausgebessert. Atemlos rief ich den Spediteur an.

»Ja, gewiß. Aber so leid es mir tut, die Flut ist gerade nicht richtig zum Einladen am Pier«, entschuldigte er sich gewandt. »Vor nächster Woche geht es nicht.«

Die folgende Woche brachte eine Wiederholung der vorhergegangenen Verzögerungen. Als jedoch die Flut langsam wieder in den gewünschten Stand gestiegen war und wunderbarerweise mit einer Windstille zusammentraf, rief ich den Spediteur erneut an.

»Haben Sie es denn nicht gehört, Miss Peckwitt?« klagte er. »Am Montag ist mein Lastwagen kaputtgegangen, und ich hab ihn noch nicht reparieren lassen können. Ich kann nicht sagen, wann ich jetzt rüberkann.«

Jedesmal wenn ich mein durchfrorenes Cottage besuchte, wurde ich verzweifelter. Jede Nacht flehte ich zum Allmächtigen um Geduld. Doch es kam der Tag, an dem die Elemente übereinstimmend agierten, nichts »kaputtging« und der Lastwagen des Spediteurs den Weg entlang zum Cottage rumpelte und zwei schöne neue Fenster und eine Haustür lieferte. Die Haustür war nicht neu. Es hing ein Zettel des Verkäufers daran, in der richtigen Größe könne er leider keine neue Tür liefern und nähme sich daher die Freiheit, mir diese zu schicken. Sie stamme aus dem örtlichen Polizeirevier. Es würde mir doch hoffentlich nichts ausmachen. Der Spediteur hatte außerdem Farbkanister, Terpentin und Tapetenrollen mitgebracht, und während Erchy sich ans Einbauen der Fensterstöcke machte, begann ich mit dem Tapezieren der »Stube«. Die ursprüngliche Wandfarbe war tatsächlich unbeschreiblich und hätte mich fast an jene Zeit erinnert, als Morag argwöhnte, ihr Kalb sei krank, und mit mir darüber stritt, ob sie den Tierarzt holen sollte oder nicht.

»Wieso glauben Sie, daß dem Tier was fehlt?« hatte ich gefragt, als ich es an seinem Haltestrick herumspringen sah. »Mir kommt es ganz gesund vor.«

»Aye«, hatte Morag widerstrebend gesagt, »selber sieht es recht wohl aus, aber schaun Sie« – damit wies sie auf sein verschmiertes Hinterteil – »sein Dung hat so 'ne unglückselige Farbe.«

Als erst einmal die Fenster eingebaut waren, stellte ich ein Feldbett und ein paar zusammengeborgte Stühle auf und zog mit den allernotwendigsten Siebensachen ins Cottage um. Schon ein paar Abende später tauchten einige Dorfmädchen auf, um nachzusehen, wie ich vorwärtskäme. Meine Freude hielt sich in Grenzen, denn den Mädchen würden bald die Männer folgen, und dann gab es einen *ceilidh*, und ich würde die Arbeit unterbrechen und Tee kochen müssen.

Ich sagte ihnen, daß ich gerade vorhätte, oben auszumalen. »Da helfen wir Ihnen«, boten sie sich an. Meine Freude wurde noch geringer. Wie erwartet, dauerte es nicht lange, da kamen einige der jungen Burschen hereingestürmt, ganz überzeugt, willkommen zu sein. Ich gab den Gedanken an Weiterarbeit auf, bereitete mich auf einen abendlichen *ceilidh* vor und hoffte, die Mädchen würden ihr Hilfsangebot vergessen. Die Aussicht auf einen vergeudeten Abend war nicht entfernt so beunruhigend wie die Aussicht, ihre Hilfe beim Ausmalen annehmen zu müssen.

»Aber nicht doch«, sagte Dollac, die Dorfschöne, unerbittlich, »jetzt wollen wir Miss Peckwitt mal alle oben beim Ausmalen und Dekoriern helfen, damit alles fertig ist für einen gemütlichen *ceilidh*. Du, Ally, hol mal die Farbe her. Ist die Tapete schon geschnitten? Wer nicht malen oder tapeziern kann, kann beim Abkratzen mittun.« Ich machte den schwachen Versuch, sie umzustimmen. »Und Sie machen einfach weiter mit der Stube«, wiesen sie mich an. Ich erlag dem Moloch ihrer Begeisterung, und als ich in der »Stube« letzte Hand angelegt hatte, holte ich Wasser aus dem Brunnen und überredete den Herd, es zu wärmen. Ich fand auch Kekse und sammelte ein paar nicht zueinander passende Tassen und Becher, da mein Geschirr noch nicht eingetroffen war. Währenddessen hörte ich von oben Ausbrüche von Gesang, Türenschlagen, Klappern von Farbeimern, hemmungsloses Gekreisch, angestrengte Schreie, das Stampfen von Füßen und ganz allgemein ein solches Getöse, daß mir Zweifel kamen, ob ich binnen weniger als zehn Jahren das von ihnen hinterlassene Chaos würde aufräumen können.

»Tee!« rief ich hinauf, und droben stob man mit einer Heftigkeit auseinander, daß ich damit rechnete, einen Farbkanister die Treppe herunterpurzeln zu sehen. Meine Helferinnen hatten sich ersichtlich fabelhaft amüsiert. Jede trug einen Wischer Farbe im Gesicht, was Dollac als Folgeerscheinung eines »Pinselduells« abtat, bei dem es darauf ankam, wer die meiste Farbe abkriegte. Nach Tee und Keksen stürmten sie wieder nach oben, um »fertigzumachen«. Ich glaubte, der Ausdruck werde sich nachträglich als überaus passend erweisen. Ich wärmte weiteres Wasser, wusch die Tassen und sah mich bereits beim Aufräumen des bunten Durcheinanders im Oberstock eine Pause einlegen, zur Post rennen, um telefonisch eine größere Menge Entfärbungsmittel zu bestellen und Farben und Tapete nachzubestellen. Erst in den frühen Morgenstunden kamen die Helferinnen wieder die Treppe herunter. Sie hatten die Farbe aus ihren Gesichtern entfernt, und ich überlegte flüchtig, wie und womit. Nun hätten sie, sagten sie, beide Schlafzimmer fertig, und jetzt wären sie »richtig schön«, aber ich müsse ihnen versprechen, erst nach dem Frühstück hinaufzugehen und sie anzuschauen. Bis dahin würden sie nicht so gut wirken, erklärten sie, weil es noch ein paar nasse Flecken gäbe, und ich müsse warten, bis alles richtig trocken wäre. Das konnte ich leicht versprechen, denn ich war zu entkräftet, um die Treppe hinaufzusteigen und dem Chaos gegenüberzutreten, das mich dort mit Sicherheit erwartete. Als ich mich nach dem Frühstück stark genug fühlte, den Anblick zu ertragen, ging ich nach oben und stellte fest, daß es überhaupt kein Chaos gab: Ich selbst hätte nicht gehofft, die Sache so gut zu machen. Das unbenützte Material war sauber in einer Ecke gestapelt, alle Farbkleckse waren entfernt. Es war, wie sie gesagt hatten: »richtig schön«. Nur Gälen, meine ich, hatten so tadellose Arbeit leisten und sich dabei so übermütig amüsieren können.

Am folgenden Abend tauchten die Freiwilligen wieder auf, doch nun blieb nur noch die Küche zu streichen, und da ich darauf bestand, daß erst einmal sämtliche Nägel heraus-müßten, und keine zusätzlichen Werkzeuge zur Hand waren, wurde der Abend zu einem gemütlichen *ceilidh*. Das führte dazu, daß ich an einem Junitag eben meinen hundertdreiundzwanzigsten Nagel entfernte, als mich die Stimme von Sheena, Peters Mutter, von der Tür her begrüßte.

»Du liebe Zeit, Sie sind aber geschickt!«

Ich sammelte meine Nagelernte von einem Stuhl und schob den Kessel aufs Feuer. In Bruach wird keine Arbeit für zu eilig gehalten, um deshalb die Gastlichkeit zu vernachlässigen, und selbst beim zufälligsten Besuch wird automatisch sofort der Kessel aufgesetzt.

»Bis jetzt habe ich hundertdreiundzwanzig Nägel aus dieser Küche herausgezogen«, sagte ich zu Sheena, »und ich glaube, ein, zwei sind immer noch drin.«

»Aye«, erwiderte sie. »Der Hamish, das war immer ein Praktischer. Mary brauchte nur um ein' Nagel zu bitten, schon hat er ihn für sie eingehaut. Aye, ein wirklich Praktischer war der.«

»Ich finde es nicht ganz so praktisch, sie alle wieder rauszuziehen«, sagte ich kläglich.

»Aber *mo ghaoil*, warum machen Sie sich soviel Müh? Sie werden doch auch manchmal was aufhäng' wollen und freun sich übern Nagel hie und da?«

»Aber nicht über hundertdreiundzwanzig«, sagte ich.

»Vielleicht nicht«, räumte sie ein. »Aber's gibt ja auch Bilder.« (Ich hätte erwähnen sollen, daß die Küche ungefähr vier mal drei Meter maß und nur zweieinhalb hoch war.) »Und Sie werden doch auch Nägel fürs Backblech brauchen. Und man weiß nie, ob Sie nicht 'n Kaninchenfell oder ein paar Fische trocknen wolln.« Ich hoffte, das würde ich nie. »Ein paar brauchen Sie auch fürn Korkenzieher, für Handtücher...«, zählte sie jetzt begeistert auf. »Und fürn Kesselhalter und ein paar Kalender und ein kleines Federbüschelchen für den Herd. Einen Mann haben Sie ja nicht«, kicherte sie, »für den Sie Nägel bräuchten. Männer brauchen fürchterlich viel Nägel in 'nem Haus«, belehrte sie mich. »Da müssen Sie schon paar von denen aufheben, *mo ghaoil*.«

Ich prüfte meine rostige Ernte. Der Teufel sollte mich holen, wenn ich auch nur einen davon wieder einschlug, beschloß ich, was Sheena zwischen zwei Schlucken Tee einen Seufzer über meine mangelnde Voraussicht entlockte.

»Aber Ihre Fenster, die sind richtig schön«, begeisterte sie sich und ließ ihren Stuhl kreiseln, um aufs Meer hinauszuschauen. Die Fenster hatten das Cottage sehr verändert, erlaubten einen weiten Blick auf die Bucht, die heute voller Sonnenschein und silbergetupftem Wasser war. Am Strand flitzten Uferschnepfen eifrig im Kies hin und her, brachten den leisen Wellen ein Ständchen und tanzten zur Musik der See. Über den äußeren Inseln waren ulkige, wie Karnevalskappen geformte Wolken planlos über den Himmel verstreut. Die schwarzen Hügel lagen in rauschigem Dunst, Garbh Bienn sah aus wie ein alter Mann, der in seinem Lehnstuhl friedlich eingeschlafen ist, und der weiße Wolkenfetzen in der Mitte wie die von seinem Gesicht herabgesunkene Zeitung.

»Wissen Sie«, sagte Sheena, die die Natur nur auf gastronomischem Gebiet zu schätzen wußte. »Bei dem Wetter komm' sicher die Makrelen.«

Sie trank ihren Tee aus, und beim Aufstehen fiel ihr ein, daß sie ein Telegramm für mich in der Tasche trug. »Ich bin grad bei der Post vorbei, und da hat Nelly-Elly gefragt, ob ich's Ihnen nicht bring. Es steht nur drin, daß Ihre Möbel nächsten Dienstag komm'.«

Sheena war kaum einige Minuten fort, da kam Morag, und bald stieß Erchy zu uns, der am Ufer sein Dingi angestrichen hatte. Wieder mußte der Kessel aufgestellt werden. Ich mißgönnte niemand seinen Tee und war auch gegenüber Zeitverschwendung tolerant geworden, doch es war mir lästig, das Wasser für jeden Zweck von einer neunzig Meter entfernten Quelle unten am Ufer zu holen, denn das bedeutete, mit vollen Eimern bergauf zu keuchen. Es war auch lästig, selbst während längerer Trockenheitsperioden auf der Croft in Gummistiefeln herumzuschlurren und sich klarzumachen, daß allenthalben Wasser im Überfluß vorhanden war, nur zu undiszipliniert, um mir zu nützen. In ironischer Weise wurde ich an die Bemerkung meiner Mutter erinnnert: »Laß den Kessel nicht unnötig kochen, du verschwendest Gas.« Nur daß ich mich hier ermahnen mußte: »Laß den Kessel nicht unnötig kochen, du verschwendest Wasser.« Bei so vielerlei, was saubergemacht werden mußte, erwies sich das Wassertragen als eine ermüdende Anstrengung, und ich war sehr darauf aus, möglichst bald die Dachrinnen instand setzen zu lassen, um Regenwasser für Haushaltszwecke zu haben. Die Rinnen samt Regenwassertank waren seit vielen Wochen bestellt, und jetzt brachte Morag neueste Nachrichten darüber.

»*Sie* ist unterwegs«, verkündete sie triumphierend. »Wenn *sie* erst da ist, wird's an Wasser nicht fehlen.«

»Sie wollen mir doch nicht etwa erzählen, daß meine Zisterne endlich kommt?« fragte ich hoffnungsvoll.

»Aber ja doch«, sagte sie, »ich hab den Spediteur gestern getroffen, und er hat gesagt, ich soll Ihnen sagen, wenn der Herr ihn erhält, ist er morgen bestimmt mit ihr hier.«

»Das wird ein Segen«, sagte ich. Doch die Zisterne würde – das betonte ich – das Trinkwasserproblem nicht lösen, weil ich entdeckt hatte, daß beim Zusammentreffen von Flut und starkem Wind Meerwasser in meine Quelle drang, so daß sie manchmal entschieden brackig schmeckte.

»Ja, stimmt auch, *mo ghaoil*«, bestätigte Morag. »Aber Sie kenn' doch den alten Doktor, der mal da war, der hat uns immer gesagt, wenn man einmal in der Woche ein' ordentlichen Schluck pures Meerwasser trinkt, hat man hier in der Gegend nicht so viel Magenschmerzen.«

»Das kann schon stimmen, aber ich mag keinen salzigen Tee«, wandte ich ein. »Es wäre mir lieber, es käme einer von den Wünschelrutengängern und fände hier auf der Croft eine nette, bequeme Quelle.«

»Ach, diese Burschen«, meinte Morag verächtlich, »einen haben wir mal dagehabt. Ist schon lang her, der sollte eine Leiche in den Hügeln finden, und paar Leute haben gesagt, wir sollten ihn hier in Bruach auch gleich ein paar Quellen finden lassen.«

»Und was geschah dann?«

»Oh, sie haben's ihn versuchen lassen, und er hat gesagt, hier wär Wasser und dort wär Wasser, und der Schlauberger nahm von jedem von uns zehn Shilling, weil er das gesagt hatte, als aber die Leute anfingen zu graben, fanden sie, daß es drunten noch trockner war als obenauf. Ihr Geld warn sie los, und Wasser hatten sie keins.«

»Sie wer'n nicht tief genug gegraben haben«, schaltete Erchy sich ein und zwinkerte mir zu.

»O doch. Er hat gesagt, auf Ruaris Croft wär auch Wasser in zwanzig Fuß Tiefe, und Ruari hat gegraben, bis man bloß noch die Mütze von ihm gesehn hat, die schaute aus der Grube, die er gebuddelt hatte, und Wasser kam immer noch keins. Ach, diesen Kerlen glaub ich überhaupt nichts. Leichen finden die vielleicht, aber kein Wasser.«

Es kam mir sonderbar vor, daß die Bewohner von Bruach, die fest an das Zweite Gesicht glauben und oft selbst damit begabt sind, bei Wünschelrutengängern so skeptisch sein sollten. Dann fiel mir ein, daß ich noch nie von einem hebridischen Wassersucher gehört hatte.

»Und was Sie dann machen müssen«, fuhr Morag fort, »einfach wildes Wasser trinken.«

»Wildes Wasser?« wiederholte ich.

»Aye, das, was man vom Dach auffängt.«

»Trinken?« Ich verzog das Gesicht, weil ich an all die lieben Vögelchen dachte, die ich jeden Morgen auf dem Dach kratzen und rutschen hörte, an die Stare, die sich rings um den Schornstein räuchern ließen, an die Möwen, die reihenweise auf dem First saßen. Morag lachte.

»Daran gewöhnen Sie sich bald, Mädchen«, prophezeite sie entschlossen. Und damit hatte sie recht.

Sie sah mir zu, während ich das letzte halbe Dutzend Nägel entfernte, und grunzte jedesmal, wenn ich erfolgreich war: »So, das war's.«

»Man könnt meinen, du tust die Arbeit«, sagte Erchy zu ihr.

»Wenn du nur halb so 'n Kerl wärst wie die Männer, die diese Nägel eingeschlagen haben, holtest du sie für Miss Peckwitt raus, statt dazusitzen und zuzuschaun«, wies sie ihn zurecht.

Erchy trank seine Tasse aus. War Morag in die Defensive gedrängt, bekam sie eine scharfe Zunge, und vor der wollte er sich in Sicherheit bringen.

»Weißt du, daß du verschiedne Schuh anhast«, fragte er sie höhnisch.

»Ach, Erchy, du kennst mich doch. Ich bin mit'n Füßen einfach ins erstbeste reingeschlüpft, was ich unterm Bett vorgezogen hab.«

»Das könnt mal verdammt peinlich werden, mein ich«, sagte er und verschwand in Richtung daheim.

Morag sah mich einen Eimer mit heißem Wasser füllen und ein Putzmittel dazugeben.

»Das Dösinfekzonsmittel gefällt mir«, vermerkte sie anerkennend und atmete tief ein. »Das gefällt mir. Das riecht fein.«

Während ich die Wände abwusch, erzählte sie mir von der Geschicklichkeit Hamishs und seiner Söhne. Anscheinend hatten sie über herkulische Kräfte verfügt, obwohl laut Morag die Söhne dem Vater nicht ebenbürtig gewesen waren. Sie erzählte von den gewaltigen Lasten, die er hatte tragen können, und wie er allein die drei Steine beim Dorfeingang bis auf Schulterhöhe anheben konnte, mit denen jeder Mann, der vom Markt heimkam in früheren Zeiten, seine Kräfte maß, und wie er ein Boot hochheben konnte, das vier weniger starke Männer nur mit äußerster Anstrengung in die Höhe brachten. Sie erzählte voller Stolz von seinem Geschick beim Zähmen von Pferden, und wie er alle fünf Jahre den ganzen Weg von Glasgow zu Fuß ging und, um zu zeigen, daß er immer noch nicht müde war, zu Hause über das Gartentor sprang. (Letztere Heldentat beeindruckte mich nicht ganz so stark. Hätte ich Glasgow dreihundert Kilometer hinter mir gelassen, mir wäre sicherlich auch nach einem Sprung über das Gartentor zumute gewesen.)

»Und wann werden Sie Ihr Cottage taufen, jetzt wo's fertig ist?« fragte sie und leerte ihre vierte Tasse Tee.

»Ich will den Namen ›Tigh-na-Mushroomac‹ gar nicht ändern«, sagte ich, »aber ich brauche die korrekte gälische Schreibweise.«

»Hörn Sie, so dürfen Sie's nicht nennen! Nicht auf Briefen jedenfalls.« Morag rang nach Luft.

»Warum nicht?« wollte ich wissen. »Was bedeutet es denn?«

»Es paßt einfach nicht. Und überhaupt ist es kein richtiger Name. Man hat es nur, seit ich denken kann, so genannt.«

»Ja, aber Morag, was bedeutet es denn?«

»Ich weiß es wirklich nicht«, log sie entschlossen. »Erchys Mutter sagt, ich soll Ihnen ausrichten, sie hat ein bißchen Fisch für Sie, wenn Sie dort vorbeikomm'«, fuhr sie hastig fort und strebte zur Tür.

Es hatte wenig Sinn, weiter in sie zu dringen, soviel wußte ich. Ich begleitete sie zu Erchys Haus und überlegte dabei, wieso der Name des Hauses unpassend sei und man ihn nicht auf Briefe setzen dürfe. Ich erinnerte mich an die übertriebene Heiterkeit des Polizisten, als ich das Cottage kaufen wollte. Ob diese Heiterkeit teilweise von dem unpassenden Namen ausgelöst worden war? Ich wußte, daß »Tigh« im Gälischen »Haus« bedeutet, hatte es aber nie geschrieben gesehen. Die übrigen zwei gälischen Wörter konnte ich nicht identifizieren.

»Erchy«, forderte ich, »was heißt ›Tigh-na-Mushroomac‹?«

Erchy sah lange, sehr lange aufs Meer hinaus, dann verzogen sich seine Lippen zu einem unterdrückten Lächeln. »Geben Sie bloß nichts von dem Fisch der Pollezei«, warnte er. »Und wenn Ihnen einer von denen begegnet, rennen Sie weg.«

»Wie schreibt man ›Tigh-na-Mushroomac‹?« beharrte ich nach einem hastigen Blick auf den Fisch, an dem ich nichts Kriminelles entdecken konnte, als daß er eine Makrele war.

»Weiß ich wirklich nicht«, erwiderte er mit gespieltem Bedauern.

Sein Ausweichen bestärkte mich in dem Entschluß, es herauszukriegen, und ich legte die Frage einem alten Gelehrten vor, der seine Sprache liebte und mit denjenigen Geduld hatte, die sie vielleicht lernen wollten.

»Also, das Cottage dürfen Sie nicht so nennen«, antwortete er gewandt, »nein, nein, das ginge wirklich nicht. Es ist eigentlich kein Name, nur eine Beschreibung, die das Dorf immer dafür hatte. Gehen Sie zu Morag, und sagen Sie ihr, sie soll Ihnen die Geschichte erzählen. Sie kann das am besten, das dürfen Sie ihr von mir ausrichten.«

Ich dankte ihm und ging wieder zu Morag. Sie wusch gerade Geschirr, und als ich ihr sagte, warum ich gekommen sei, fing sie an, jeden Teller gründlich zu kontrollieren, um mir nicht in die Augen sehen zu müssen.

»Tja, *mo ghaoil*«, begann sie mit verlegenem Kichern. »Die Hamish-Burschen, als die noch jünger waren, wollten die, wenn sie erst mal im ›Hausi‹ waren, nie wieder raus, verstehn Sie?« Es gelang ihr, mir einen bedeutungsvollen Blick zuzuwerfen, dann fuhr sie in ihrer Geschichte fort. Es kam heraus, daß zwei der von den Hamishs weniger leicht zu lenkenden Söhne eine gewisse Abneigung gegen das Arbeiten entwickelt hatten und ihm dadurch entgingen, daß sie im »Hausi« hinten im Garten verschwanden und – unempfänglich gegen Drohungen und Schmeichelreden ihrer Eltern – dort lange Zeit verblieben und Bücher und Zeitschriften lasen. Hamish war schließlich so wütend darüber geworden, daß er die Säge genommen und die üblicherweise runde Öffnung auf ein grobes Viereck erweitert hatte. Seine simple Strategie erzielte die gewünschte Wirkung, und nach einer zwangsläufig erworbenen Erfahrung zögere ich nicht, diese Form der Tortur jedem zu empfehlen, der an solch barbarischen Methoden interessiert ist. Wie es unvermeidlich war, wurde Hamishs Familie in Bruach und weit darüber hinaus als »die Quadrathintern« bekannt und ihr Cottage dementsprechend als »das Haus der Quadrathintern«.

Als ich die Geschichte kannte, verlor ich keine Zeit und wählte für mein Cottage einen Namen, den ich, ohne mich zu genieren, auf meine Briefe setzen konnte. Den Sitz im »Hausi« habe ich bereits durch einen von traditionellerem Format ersetzt.

2
Einzug

Als mein Cottage renoviert war und sogar die unseligen Wände der »Stube« – meinem nunmehrigen Schlafzimmer – in warmen Farben erstrahlten, wartete ich sehnsüchtig auf meine Möbel, die laut Telegramm kommenden Dienstag eintreffen sollten. Ich wollte aufs Festland hinüberfahren, mir ein paar allerletzte Kleinigkeiten kaufen, und da »Joanna«, der kleine Gebrauchtwagen, den ich mir in England gekauft hatte, gerade in Reparatur war, dazu am Montag früh den Autobus nehmen, einkaufen, übernachten und mich am folgenden Tag vom Möbelwagen mitnehmen lassen. Alles klappte tadellos, bis auf eine beklommene halbe Stunde, die ich – in wenigen Minuten sollte ich den Möbelwagen treffen – am Bahnhof in einer Telefonzelle eingesperrt war, weil ein sorgloser Lastwagenfahrer seine Kiste direkt vor der Kabinentür geparkt hatte und zum Teetrinken gegangen war. Meine Lage war peinlich und verdrießlich. Menschen eilten zu ihrem Zug und kümmerten sich nicht um meine Gebärden, sie hörten weder mein Rufen noch mein Gehämmer. Als es mir endlich gelang, die Aufmerksamkeit eines Paares von Bahnhofsbummlern zu erregen, starrten die beiden mich halb neugierig, halb ängstlich an, ehe sie sich zu nähern wagten. Als sie erfaßten, worum es ging, eilten sie den Lastwagenfahrer suchen, zweifellos der Meinung, ich wolle den Zug noch erreichen, der in etwa fünf Minuten abfuhr. Zum Glück wartete ein weiterer Passant lange genug, um sich meine Bitte anzuhören, er möge an den Pier hinuntergehen und den Möbelwagen aufhalten.

Als ich abgehetzt und voller Entschuldigungen am Pier eintraf, war der Fahrer ebenso froh, mich zu sehen wie ich ihn. Er sei, ließ er mich wissen, noch nie auf der Insel gewesen, habe außerdem keine Ahnung vom Weg und hätte vielleicht den ganzen Tag herumfahren und den Ort suchen müssen. Die beiden Gelegenheitsarbeiter, die beim Ausladen der Möbel helfen sollten, rissen sich aus einer Gruppe diskutierender Fischer los, stiegen hinten in den Möbelwagen, und wir fuhren ab. Gewichtig rumpelte der Laster über die ausgefahrenen Wege, und der Fahrer machte von Zeit zu Zeit bissige Bemerkungen über deren Kurven und Zustand. Schafhirten riefen ihre Hunde zu sich, blieben stehen und sahen uns stumpfsinnig nach. Frauen, die Wasser trugen oder Kühe an einen anderen Platz zum Grasen führten, unterbrachen ihre Arbeit und winkten uns lächelnd zu. Aus einem einsam stehenden Haus, von dem aus man den Weg sehr weit überblicken konnte, kam eine Alte geeilt und hielt einen Krug und ein paar Tassen in die Höhe. Der Fahrer hielt, nahm eine übervolle Tasse Milch, die sie ihm aufdrängte, und reichte sie an mich weiter. Ich trank gehorsam und erlaubte dem Fahrer, auch seine auszutrinken, obwohl ich sehr genau wußte, daß die Zustände im Inneren des Hauses dieser Frau dessen weißgetünchtes Äußeres Lügen straften und daß mehrere ihrer zahlreichen Kinder Patienten des Lungensanatoriums auf dem Festland waren. Sie wollte kein Geld nehmen. Es befriedigte sie, vorüberkommenden Fremden eine Erfrischung anzubieten, und ihr Lohn war, daß es uns schmeckte. Als wir den leeren Krug und die Tassen zurückgaben, vertiefte sich das Netzwerk ihrer vielen Fältchen begeistert, und ihr freundliches altes Gesicht errötete freudig. Sie stand noch immer da, als wir weiterfuhren, lächelte, nickte und winkte, bis wir außer Sicht waren.

Der Weg umrundete jetzt malerisch die Landspitze des Loch, so daß uns von der einen Seite die weitröckigen Hügel bedrängten und von der anderen Seite her das Wasser um die Füße plätscherte. Der Fahrer meinte – nicht ganz unzutreffend –, er fühle sich zwischen Teufel und blauer See, obwohl der Tag bedeckt und der Loch nicht blau, sondern ein finsterer Spiegel war. Die Gipfel der Hügel ragten drohend in die kreisenden Nebelfetzen, die ihnen die zerfurchten Gesichter polierten. Es war eine furchteinflößende Landschaft. Der Fahrer sagte, hier sei es ihm unheimlich. Er wäre gern schneller gefahren, um wegzukommen, aber das machte der Straßenzustand unmöglich. Er wurde merklich schweigsamer.

Ich beschäftigte mich mit dem Problem, wie ich meine verschiedenen Besitztümer im Cottage verteilen würde, und empfand schon jetzt eine innige Vorfreude darauf, die lieben, vertrauten Sachen, die ich hinten im Möbelwagen wußte, wieder anzufassen: das silberne Modell des *Olde Curiosity Shoppe*, die weiße griechische Amphore, in der die Zweige der Ebereschen sich so wunderbar ausnehmen würden, meine Mappe mit Cézanne-Drucken...

Der Möbelwagen hielt mit einem Ruck. Ich sah den Fahrer fragend an. Er starrte entsetzt auf die kleine Holzbrücke über den Bach, der gurgelte und über graugrüne Felsen in die Schleuse strömte.

»Da fahr ich die Karre nicht rüber«, sagte er entschieden.

Ich erschrak. Zugegebenermaßen wirkte die Brücke nicht sehr stabil, und ich erinnerte mich, daß ich, als ich zum ersten Mal den Weg nach Bruach fuhr, ernsthaft bezweifelt hatte, sie könnte für mehr als Fahrradverkehr taugen. Seitdem aber hatte ich schwerbeladene Laster, Busse, ja sogar eine Dampfwalze sie ungefährdet passieren sehen. Hinten im Möbelwagen hörte man dumpfes Pochen, und Sekunden später erschienen die beiden Hilfskräfte neben dem Führerhaus. Sie beäugten den Steg argwöhnisch und waren der gleichen Meinung wie der Fahrer: diese Brücke sehe nicht ungefährlich aus.

»Aber der Bus fährt regelmäßig darüber«, sagte ich munter. »Und die Kohlenwagen mit ein paar Tonnen Kohlen.«

Der Fahrer schüttelte den Kopf.

Ich sah mich und meine Möbel bereits am Loch verlassen, meilenweit von Bruach. Was um Himmels willen sollte ich tun?

»Na jedenfalls«, meinte einer der Männer, »umdrehen geht nicht, weil zum Umdrehn kein Platz ist.«

Gott sei Dank, wenigstens das, dachte ich.

Der Fahrer sah einen Moment lang aus, als sei er von Panik ergriffen. Die beiden Männer gingen über die Brücke und versuchten darauf hin- und herzuhüpfen, erst vorsichtig, dann mit wachsendem Zutrauen. Der Fahrer beschloß, selber nachzusehen, und bald trotteten alle drei ernsthaft und gesammelt auf der Brücke hin und her.

»Da geht eine Menge Schwerlastverkehr drüber«, rief ich zu ihnen hinüber.

»Aye?«

»Aye!« bestätigte ich.

Der Fahrer kam wieder. »Ich kann's ja mal versuchen«, meinte er zaghaft.

»Moment!« befahl einer der Männer und wies auf eine kleinere Brückenstütze. »Die da ist kaputt.« Er zog ein Stück Paketschnur aus der Tasche und band sorgsam die beiden Hälften der Stütze zusammen. Als das erledigt war, winkte er den wartenden Lastwagen vorwärts.

»Wir gehn zu Fuß rüber«, boten sie sich großzügig an, »dann wird die Ladung leichter.«

»Aye?« meinte der Fahrer zweifelnd.

Ihre Besorgnis blieb nicht ohne Wirkung auf mich, und auch ich kletterte vom Laster.

»Jedes bißchen hilft«, tröstete ich hinterhältig.

Mit starrem Gesicht, tief pessimistisch, schob der Fahrer zentimeterweise den zitternden Lastwagen über die Brücke, und seine Erleichterung, als er das andere Ufer erreichte, zeigte sich in kleinen Tempoausbrüchen, bei denen die Räder begeistert Kies und Staub aufwirbelten. Er wartete auf uns, um uns wieder einsteigen zu lassen, aber erst rannte ich nochmals zurück zur Brücke. Ich hatte einen Fotoapparat mit, und unter dem Vorwand, den Bach aufzunehmen, richtete ich die Kamera auf die mit Paketschnur gebundene Stütze. Ich habe das Bild noch. Es zeigt deutlich die beiden Hälften der Strebe. Sie sind mit einem Schleifchen zusammengebunden.

Ein ganzer Schwarm von Bruachern erwartete uns beim Cottage, um ausladen zu helfen, und nach ein paar Stunden Heben, Schieben, Fragen und Necken standen die Möbel. Wir winkten dem Fahrer und seinen Helfern zum Abschied nach, die tief beeindruckt waren von den wiederholten Versicherungen der Dorfbewohner, welch enorme Lasten schon das Brückchen passiert hatten, und gestärkt durch ein Trinkgeld und einen guten Schluck Whisky für jeden, sich vor der Rückfahrt keineswegs zu fürchten schienen.

Einige Tage später saß Morag, die viel Zeit darauf verwendet hatte, einräumen zu helfen, mit mir in der Küche und trank Tee. »Richtig schön sieht alles aus«, murmelte sie zufrieden, »und so geschmackvoll möbliert«, schloß sie, und es sah aus, als wolle sie jeden Moment ein Stück aus dem Sofa beißen. Es gefiel mir selber. »Wo Sie jetzt fast ganz eingezogen sind und Ihr Grammophon da haben, werden Sie 'ne Party geben müssen«, sagte sie.

»Daran dachte ich auch schon«, sagte ich. »Ich muß den Kaufmann fragen, ob er mir Getränke besorgen kann. Ich habe meine letzten für die Möbelmänner verbraucht.«

»Oh, von dem kriegen Sie keinen Whisky, *mo ghaoil*«, meinte sie entschieden. »Der hat keine Lizenz für Hochprozentiges.«

Im Inneren des Hauses war zwar noch allerlei zu renovieren, aber zeitweilig mußte ich die Arbeit unterbrechen und mich um Torf für den Winter kümmern. Torf war immer noch der Hauptbrennstoff in Bruach, obwohl alle bis auf ein paar Dickschädel anfingen, außerdem Kohle zu verheizen, zusätzlich zum Torf, den ihre breiten, altmodischen Kaminroste gierig verschlangen. Die Kohlelieferungen waren jedoch unregelmäßig und hingen wesentlich von den Launen und Verpflichtungen des örtlichen Leichenbestatters ab, der im Nebenberuf den Kohlenhandel betrieb und es für ebenso unzart hielt, eine Tonne Kohlen anzubieten, ehe sie gebraucht wurde, wie einen Sarg. Jede Bestellung von weniger als einer Tonne Kohlen pro Haushalt lehnte er arrogant ab, selbst als überall sonst strikt rationiert wurde, und nicht ehe er feste Bestellungen für eine Mindestmenge von Tonnen beisammen hatte, um damit das Kohlenschiff aus Glasgows sicherem Hafen zu locken, gab er die Bestellung auf. Wenn dann nach Wochen ein ziemlich baufälliges Dampferchen, dessen einziger Grund für die Fahrt es schien, vor sich selbst davonzulaufen, schwer beladen an den Pier der Insel gestampft und geschwankt kam, engagierte der Leichenbestatter hastig Freiwillige, und die landwirtschaftlichen Arbeiten ruhten, weil die Männer abladen mußten. Die Kohle wurde in Halbtonnenportionen direkt vom Boot auf Lastwagen gekippt, die sie dann zu den Verbrauchern fuhren, die einzelnen Tonnen durch allerlei Pappdeckel oder Säcke getrennt, die natürlich weggeweht oder unter die Kohle geschüttelt wurden, ehe der Laster auch nur wenige Kilometer gefahren war. Das Entladen des Dampferchens war immer eine lustige Sache, gälische Flüche und Scherzworte flogen so dicht wie der Kohlenstaub. Es war Tradition, daß die Männer gegenseitig ihre Mützen in den Lastwagen zu werfen versuchten in dem Moment, in dem die Kohle daraufgekippt wurde, und das erregte große Heiterkeit bei den Werfenden und denen, die es erwischt hatte. Die Trophäen jedoch, die man in seiner Kohle fand, beschränkten sich keineswegs auf Mützen. Am gleichen Pier, an dem Kohle ausgeladen wurde, wurde auch Fisch ausgeladen, und es war durchaus nichts Ungewöhnliches, Angelhaken, Fischköpfe, Seetangranken und Krabbenscheren auf der Schaufel zu finden. Wenn es jedoch in der Küche wie in einer Guanofabrik zu stinken begann, kam das meist daher, daß die Lastwagen durch eine Passage mußten, örtlich als »Bombenallee« bezeichnet, wo Hunderte von vollgefressenen Möwen sich begeistert im Kreise drehten und hemmungslos entleerten. Wenn das Ausladen beendet war, kehrten die Freiwilligen, von oben bis unten schwarz, nach Hause zurück, um sich zu reinigen und ihre Kleider reichlich mit dem Läusepulver einstreuen zu lassen, das sie für das Vieh benutzten. Die Bruacher behaupteten, Kohle sei voller Flöhe und die Häuser nahe am Pier würden jedesmal davon befallen, wenn ein Schiff abgeladen werde.

So also verschaffte man sich sein Brennmaterial. Der Nachteil war der: Hatte man sich eine Tonne bestellt und die erwies sich als von schlechter Qualität, blieb man darauf sitzen. Ich erfuhr das gleich beim ersten Mal, als ich eine Lieferung – zwei Tonnen – Kohlen im Cottage entgegennahm. Mein Verdacht war gleich geweckt. Gute Kohle sieht üblicherweise glänzend und bröckelig aus. Dieses Zeug aber rutschte in schieferähnlichen Platten vom Wagen und machte ein fast metallisches Geräusch. Als ich etwas davon aufs Feuer legte, lag es träge da und lehnte es ab, sich von Hitze oder Glut entflammen zu lassen. Der Kamin stieß eine Rauchwolke herunter, zweifellos aus Protest gegen das Dreckszeug, das da hinaufwollte. Es war bestimmt das am wenigsten brennbare Material, das mir je untergekommen ist. Einigermaßen verzweifelt ging ich ans Telefon und rief den Leichenbestatter an. Er sei nicht zu Hause, sagte man mir, nur eine Stimme, die ich noch nie gehört hatte und bestimmt nie wieder hören möchte, fragte mich mit starkem Highländer-Akzent, ob sie mir helfen könne.

»Ich wollte nur wissen, ob man vielleicht irgendwo etwas Kohle bekommt?«

»Noch mehr Kohle? Aber Miss Peckwitt, Sie haben doch erst letzte Woche zwei Tonnen eingelagert. Was haben Sie denn damit gemacht?«

»Daraus baue ich mir ein Schloß«, sagte ich bissig. »Ich spreche von Kohle, nicht von diesem Müll.«

»Ja, ist das Zeug nicht schrecklich? Meine Mutter sagte erst gestern abend, man könnte ebensogut Dung aus dem Kuhstall nehmen und versuchen, ob der brennt.«

»Das wäre immerhin eine Idee«, räumte ich ein. »Wenn wir in Indien wären, könnten wir das vielleicht.«

»Könnten wir was? Kuhmist benutzen? Als Brennstoff? Hören Sie mal…«

»Hat man mir erzählt.«

»Da müssen die da unten aber sehr leicht brennbare Kühe haben. Ich glaube nicht, daß das hier funktionieren würde. Wie wär's, Sie mischten etwas Torf unter die Kohle?«

»Habe ich versucht«, sagte ich. »Es hilft, gewiß, aber auch dann gibt es so wenig Hitze!«

»Ach, ihr Engländer«, schalt die Stimme geduldig. »Immer jammert ihr, daß euch kalt ist.«

»Es ist sinnlos, mir Steine zu schicken, um mich zu wärmen«, sagte ich patzig.

»Stimmt.« Aus dem Hörer drang ein schwacher Seufzer. »Gut, Miss Peckwitt«, schloß die Stimme einschmeichelnd, »dann komm eben ich selber heut abend raus und versuch's.«

Die Monate April und Mai gelten hier als die beste Zeit zum Torfstechen, weil dann der Torf genügend Zeit hat, ganz durchzutrocknen, ehe die Regenzeit einsetzt, mit der man auf den Hebriden Ende Juni, Anfang Juli rechnen kann. In diesem Jahr hatte der späte Frühling alle ländlichen Arbeiten verzögert, und der Schluckauf der Kukkucke warnte uns schon, daß »der Juni unterwegs sei«, als man uns zuversichtlich eine Schönwetterperiode prophezeite und Morag und ich uns zu jenem Teil des Moors aufmachten, der für das Torfstechen der Dorfbewohner bestimmt war. Zunächst folgten wir dem Weg durch das Glen, der nach jahrelangem Kampf mit der Kreisverwaltung endlich verbreitert werden sollte, so daß Last- und Lieferwagen einige der abgelegeneren Anwesen erreichten, deren Bedarf bisher von Frauen hatte heimgeschleppt werden müssen. Die Arbeiten an diesem Projekt gingen nur langsam vorwärts. Die Männer waren allem Anschein nach ausschließlich damit beschäftigt, die oberflächlichen

Felsformationen auszuhöhlen, um im Trocknen Karten spielen zu können.

»Na, ihr seid aber fleißig!« rief Morag, als wir an einigen vorüberkamen, die ganz davon in Anspruch genommen schienen, Nullen und Kreuze in eine Steinwand zu kratzen.

»Aye.« Sie warfen uns einen mäßig interessierten Blick zu und kehrten zu ihrem Spiel zurück.

»Ich möcht nur wissen, wozu die Gemeinde denen Pikkel und Schaufeln gibt. Lohnt ja gar nicht«, meinte Morag. »Wohl mehr zur Gesellschaft als zum Arbeiten.«

»Ja, viel tun sie anscheinend nicht«, bestätigte ich.

»Bei denen ist die Hauptarbeit, dem Aufseher auszuweichen: Morgens wecken sie ihn und melden sich zur Arbeit, und wenn das erst erledigt ist, gehn sie jedesmal, wenn er den Rücken kehrt, Karten spielen oder mit Donalds Frettchen auf den Hügeln jagen. Die Karnickel, die der jeden Morgen an den Bus bringt, seit er an der Straße arbeitet, sind nicht zu zählen.«

Ich warf einen Blick hinauf zu den Hügeln und sah tatsächlich eine weit auseinandergezogene Gruppe Männer, die aussahen wie Straßenarbeiter.

»Man möchte meinen«, sagte ich, »daß sie wenigstens hie und da ein bißchen arbeiten, nur zur Abwechslung vom Nichtstun.«

»Meint Erchy auch«, warf Morag lebhaft ein. »Sagt er mir doch: ›Ich hab's dick, immerzu nur Karten, nichts als Karten. Ich hau jetzt ab‹, sagt er, ›und arbeit was‹, und keiner hat ihn zurückgehalten.«

Bruachs Torf-Glen war ein düsterer, trostloser Ort, zernarbt von Moorbuckeln, von denen manche seit langem vernachlässigt und von dunklen Tümpeln unterbrochen waren. Die Crofter wachten eifersüchtig über ihre von den Ahnen ererbten Torfrechte, auch wenn sie schon seit Jahren keinen Torf mehr gestochen hatten. Es waren mitunter recht ausgedehnte Claims. Die auf den Torf als Heizmaterial angewiesen waren, mußten zwangsläufig immer neue, weiter draußen gelegene Moorhügel anstechen, weil die alten erschöpft waren. Infolgedessen waren es gewöhnlich die dürftigsten und am schwersten erreichbaren, die regelmäßig bearbeitet wurden, während die besten, die für leichteren Transport nah am Weg lagen, für Leute reserviert waren, die nie wieder Torf stechen würden, weil sie entweder Geld hatten oder aber im Grabe ruhten.

Der einzige für mich in Frage kommende Torfstich war naturgemäß einer der am schwersten zugänglichen. Wir wandten uns vom Weg ab und auf ihn zu. Das klatschnasse Moor quiekte protestierend unter jedem unserer Schritte. Am Vortage waren schwere Regengüsse niedergegangen, noch jetzt standen die Hügel marmorschwarz vor einem blaßblauen Himmel, immer noch gesäumt von weißschäumenden Bächen, deren gedämpftes Tosen uns in die Ohren drang. Doch jetzt entzündete die frischgewaschene Sonne die Fackeln der Narzissen zu goldenen Flammen und beschwatzte das schlaffe Baumwollgras, sein Federkleid in der frischen Brise zu trocknen, die ganze Wellen über die Moortümpel jagte.

»Grad das rechte Wetter fürn Torf«, sagte Morag, »aber wenn der Wind sich legt, werden uns die Bremsen auffressen.«

»Ich wollte, es gäbe einen besseren Zugang zu meinem Torfland«, sagte ich, als wir über dunkle Gräben hüpften und durch schwammiges Moos wateten.

»Ganz recht«, bestätigte Morag, »aber vor ’n paar Jahren wären Sie vielleicht froh gewesen.«

»Wieso das?« fragte ich.

»Es ist nämlich erst paar Jahr her, daß die Schulkinder jedes ’n Stück Torf zur Schule mitbringen mußten, und die haben die Torfsoden nicht von denen hier hinten genommen, nein, immer nur von denen am Weg statt von ihren eignen. Damals gab’s dauernd Kräche und Anschuldigungen, aber gehindert hat s’ keiner. Meine eignen Gören waren ebenso schlimm wie alle andern.«

Mein Torfstück war bereits »geschält«, das heißt, Erchy

hatte für mich die dicke, verfilzte Oberschicht aus Heidewurzeln und Rasen abgenommen und den weichen, schwarzen Torf freigelegt. Das »Schälen« war üblicherweise Männerarbeit, und darüber war ich herzlich froh, denn die Witwe Mary, die mich ihren Torfbuckel nutzen ließ, hatte mir vertraulich mitgeteilt, sie glaube, daß dessen Zähigkeit ihren Ehemann ins Grab gebracht hatte. (»Ach, wenn Sie den Mann gesehn hätten, den die hatte«, sagte Morag, die gern alles, was nicht musterkonform war, herunterspielte, »nichts als Haferschleim im Leib, und die Hosen fielen ihm fast vom Hintern, weil nix da war, um sie hochzuhalten.«) In Bruach bedeutete, wenn eine Arbeit anstrengend oder schwer war, nicht notwendigerweise, daß man sie als »Männerarbeit« einstufte. Wie ich bald herausfand, taten die Frauen die meiste Schwerarbeit, schleppten und wuchteten, ganz ungeachtet ihres Alters, ihrer Gestalt oder ihres Zustandes, und schienen auf ihre Leistungsfähigkeit stolz zu sein. Als ich das erste Mal einen kerngesunden Crofter gleichgültig zuschauen sah, wie sich seine Frau mit der Last eines Kornsackes von zirka hundertdreißig Pfund abplagte, fühlte ich mich beinahe zu Vorwürfen provoziert. Als ich ein paar Tage später denselben Crofter an der Bushaltestelle seine sonntäglich gekleidete Frau nach einem Einkaufstag auf dem Festland abholen sah und er ihr ritterlich die Einkaufstasche trug, war ich sprachlos. Allmählich aber lernte ich das alles akzeptieren und war nur mehr amüsiert, als ich hörte, daß Alistair Beag, selbst nach Bruacher Maßstäben ein Faulpelz, sich einen Bruch gehoben hatte, als er seiner Frau eine Last vom Rücken heben wollte. Und dann kam der Tag, an dem ein Alter, der mich einen Sack Torf auf dem Rücken tragen sah, bewundernd bemerkte: »Schau, schau, Sie ham aber einen guten Tragrücken« und ich es als Kompliment empfand.

Beim Stechen und Aufwerfen des Torfs wechselten Morag und ich uns ab, wie wir es schon getan hatten, als ich noch bei ihr wohnte und sie mich die Grundbegriffe des

Crofterlebens lehrte. Ich hätte natürlich auch alleine Torf stechen können, aber zwei Menschen können in einem Rhythmus arbeiten, der die erforderliche Arbeitszeit mehr als halbiert. Ich genoß die Arbeit im Torf rückhaltlos. Nicht nur infolge meiner Neigung zu eichhörnchenhaftem Gebuddel, die selbst in der Stadt manchmal schwer zu unterdrücken war. Es ist befriedigend, sein eigener Schürfer, sein eigener Kohlenlieferant zu sein, zu wissen: Je fleißiger man im Frühjahr arbeitet – immer vorausgesetzt, das Wetter spielt mit –, desto größere Kaminfeuer kann man sich leisten, wenn es Winter wird. In jedem Torfziegel, den ich steche, sehe ich das Feuer glimmen und sage mir: Soundsoviel Stücke werden mir die Füße wärmen, soundsoviel den Rücken, jetzt haben wir genug gestochen für eine Stunde Brenndauer, jetzt für einen ganzen Tag...

Torfstechen ist eine der geselligsten und schmutzigsten Beschäftigungen der Welt. Der Spaten dringt ein, die klitschigen, schokoladebraunen Scheiben kippen in die wartenden Hände des Aufwerfers, es gibt einen dumpfen Plumps, wenn der Torf auf dem Heideboden aufschlägt, der löst den Geruch zerdrückter Heidemyrte aus, und wenn nicht gut gezielt wurde, gibt es einen schallenden Schmatz, saftig wie ein Kuß von Louis Armstrong, weil er auf seinem Vorgänger landet. Der Morast spritzt einem die Arme herauf, über die Knöchel; die Sonne hämmert einem ins Gesicht oder auf den Rücken, je nachdem ob man sticht oder wirft; der Wind kühlt angenehm. Bei der Arbeit bespricht man mit dem Kameraden geruhsam die Probleme seiner Nachbarn, des Landes, der Welt, und je dichter der Heideboden mit Torf gesprenkelt wird, desto tiefer dringt man in die Philosophie vor. Man wird so versunken, daß man gar nicht bemerkt, wie der Wind sich vorübergehend legt, bis sich die tückischen Pferdebremsen auf den nackten Beinen niederlassen. Dann vergißt man Philosophie und Schmutz und klatscht nach den widerlichen Biestern, bis man selber schokoladebraun gemustert ist.

Zum Mittagsimbiß machten wir Pause. In Büchern über

das Leben der Crofter habe ich Fotos von gefällig auf das Moor gebreiteten Tischtüchern für ein Frühstück im Grünen gesehen. Ich betrachte sie mit äußerster Skepsis. Vielleicht war das vor Jahren noch Sitte, vielleicht hat der Fotograf es selber so arrangiert. In Bruach jedenfalls habe ich so etwas nie gesehen, auch nie jemanden getroffen, der sich erinnerte, es gesehen zu haben. Wieso eine Crofterfrau, die es schon daheim nicht für nötig hält, den Tisch zu decken, geschweige denn mit einem Tischtuch, sich zusätzliche Arbeit machen sollte, indem sie ein Tischtuch auf den Moorboden breitet, und das bei einer so schmutzigen Arbeit wie dem Torfstechen, werde ich nicht begreifen. Morag und ich rissen Moorbüschel aus, wischten uns daran die Hände zu einheitlichem Braun und aßen unsere Haferkuchen mit Sauermilch – und Torf! Wir schöpften mit den Händen Wasser aus einer Quelle, in die, wie es hieß, eine Räuberbande ihre ermordeten Opfer geworfen hatte. Und dann fingen wir wieder an, Torf zu stechen.

Der normale Bedarf an Torf für einen Haushalt, der keine Kohle verwendet, beläuft sich auf neun ansehnliche Stapel, etwa einige tausend Torfsoden. Wir glaubten ungefähr zehn pro Minute zu stechen, also sechshundert pro Stunde, und wir machten weiter, bis sich der Wind gänzlich legte, die Sonne uns auszudörren drohte und wir die Angriffe der Bremsen nicht länger aushielten.

»Ich hätt 'ne Tasse Tee dringend nötig«, sagte Morag. Wir richteten unsere Rücken gerade, schulterten unser Werkzeug und kehrten zurück auf den Weg.

Die Straßenarbeit hatte im Lauf des Tages keine wahrnehmbaren Fortschritte gemacht. Einige der Männer, jetzt unter den Augen des wachsamen Aufsehers, hackten lustlos auf den Felsen ein, während andere die abgeschlagenen Splitter mit einer Bedächtigkeit auf den Lastwagen luden, als rationierten sie die Stücke auf ihren Schaufeln, ehe sie diese vom Boden hoben.

»Hörn Sie sich das an, der Aufseher ist richtig wütend auf sie«, sagte Morag mit offenkundigem Behagen, »und unsere Prachtburschen amüsieren sich auch noch dabei. Quälen ihn, bis er rumhopst wie 'n Huhn auf'm heißen Backblech.«

Der Aufseher war ein ehemaliger Matrose, und sein Wortschatz brachte, so hieß es, wenn man ihn provozierte, die Hügel zum Erröten. Wir husteten und redeten unnötig laut, während wir uns näherten, und sein Geschimpfe verstummte mit der gleichen Plötzlichkeit, mit der die Männer aufhörten zu arbeiten. Er war ein kleiner, lederner Alter, der die Hände in die Weste steckte und mit der Miene eines Mannes herumlief, der eine Stelle zum Ausspucken sucht. In Bruach ging das Gerücht, er sei ein heimlicher Bewunderer von Morag, und als er sich umwandte, um uns zu begrüßen, verzogen sich seine dicken Lippen zu einem albernen Grinsen.

»Na, wart ihr im Torf?« fragte er überflüssigerweise.

»Warn wir. Bis eben«, erwiderte Morag. »Aber die Bremsen haben uns beinah umgebracht, weil der Wind einschlief, und wir konnten's nicht mehr aushalten.«

»Aye, gewiß, gewiß«, pflichtete der Aufseher bei, »die sind schlimm im Torf. Ob ihr's glaubt oder nicht: Um mich summen sie rum, und noch keine hat mich gestochen. Komisch, was?«

»Gar nicht komisch«, schaltete der Lastwagenchauffeur sich ein. »Bremsen sind Antialkoholiker. Ein Schlückchen von deinem Blut und sie gehn an Alkoholvergiftung ein.«

Die phänomenale Trinkfestigkeit des Aufsehers war in Bruach von jeher eine Quelle ehrfüchtiger Kommentare und Spekulationen. Es hieß, er sei letztes Jahr krank gewesen und das Krankenhaus habe ihn einer besonderen Blutgruppe zuordnen müssen: *White Horse*. Es hieß außerdem, die Ärzte hätten bei der Blutentnahme Gasmasken tragen müssen, um nicht von den Alkoholdünsten benebelt zu werden. Doch trotz seiner Süchtigkeit machte der Aufseher sich selten lächerlich. Er soff in der Abgeschiedenheit seiner Hütte, und nur die Männer, die mit echt gälischer Warmherzigkeit in der Nähe blieben, damit er keinen Schaden nahm, berichteten über den Zustand, in den er sich brachte. Ich merkte nur ein einziges Mal, daß er nicht ganz nüchtern war, und das war, als wir eines Abends mit dem Bus in einer Schneewehe steckenblieben. Für einen solchen Notfall wurden im Bus hinten immer Schaufeln mitgeführt, und alle männlichen Fahrgäste nahmen eine zur Hand und machten sich daran, uns auszugraben. Der Blizzard hatte den ganzen Tag geweht, und jetzt war es zwar windstill, schneite aber immer noch stetig und bedrohlich. Es war bitter kalt, und die Männer waren körperlich und geistig zu sehr beschäftigt, um auf den Aufseher zu achten. Der reagierte auf die ihm in die Hand gedrückte Schaufel, indem er schaufelte und warf, schaufelte und warf. Dabei lud er durch die rückwärtige Bustür begeistert Schnee ins Postabteil des Busses und begleitete seine Bemühungen auch noch mit einer weniger passenden Wiedergabe des Liedes ›Feuer unter Deck‹, das er laut, aber falsch, hinaustrompetete.

Als die Männer über die Neckerei des Fahrers lachten, wurde das Grinsen des Aufsehers widerwillig breiter.

»Aufseher! Geh und koch eine Tasse Tee für die Damen, sie werden's nötig haben«, schlug Erchy galant vor. »Und wenn du schon mal dabei bist, nehm ich auch 'ne Tasse.«

»Tee!« Das Wort explodierte aus der Kehle des Aufsehers wie eine von der eigenen Wucht ausgelöschte Gasflamme.

»Klar, Tee«, wiederholte die Stimme. »Du hast uns doch immer erzählt, wie gut du Damen unterhalten kannst. Nun mal los, mach eine Tasse Tee für sie, wo du Gelegenheit dazu hast. Und vergiß auch uns andre nicht. Wir sind verdammt ausgedörrt nach all der Arbeit, hab ich recht, Jungens?«

Der Aufseher sah aus, als wolle er ausspucken, doch dann fing er einen Blick von Morag auf, schluckte und meinte vorsichtig: »Der Kessel kocht schon für mich. Nehmen Sie auch 'ne Tasse, wenn ich eine mach?«

»Klar«, willigte Morag ein, die ich noch nie eine Tasse

Tee hatte verweigern sehen, ganz gleich bei welcher Gelegenheit.

Er verschwand in seiner Hütte, und die Männer öffneten mit freudig überraschtem Grunzen ihre Proviantbeutel, entnahmen ihnen eine Auswahl derber Becher und stellten sie auf einen umgestürzten Schubkarren. Wir ließen uns alle auf Steinbrocken und weiteren Schubkarren nieder. Zigaretten wurden herumgereicht, Pfeifen angezündet. Nach ein paar Minuten kam der Aufseher, gottergeben, mit einem dampfenden Kessel und einer Dose Kondensmilch. Beim Anblick seiner kühnen Gefolgsleute, die das Zwischenspiel so gemütlich genossen, verfinsterte sich seine Miene, doch er schluckte erneut und enthielt sich jeden Kommentars.

»Sei vorsichtig mit dem Zeug, Aufseher«, witzelte einer der Männer, als der begann, schwarzen Tee aus dem Kessel zu gießen. »Das ist so stark, daß vielleicht die Tassen springen.« Ich nahm eine entgegen, aber bei dem Gedanken, sie zu trinken, wurde mir schwach im Magen. Unter dem Vorwand, sie abkühlen zu lassen, häufelte ich lässig Kies in einer Felsspalte neben mir und sah zu, wie alle anderen hastig Tee schluckten oder selbstmörderische Bremsen aus klebrigen Bechern entfernten. Die Scherzreden zwischen Aufseher und Männern gingen unaufhörlich weiter, und ich konnte einen besonders heftigen Heiterkeitsausbruch dazu benutzen, um meine Tasse heimlich in ein geeignetes Moospolster umzukippen.

»Ich find's komisch«, bemerkte Morag, trank aus und stand auf, »daß ihr Leutchen all den Stein nicht mit Gelatine wegsprengt, statt Tag für Tag an Felsen rumzumeißeln, wie ihr's macht.«

»Du mein Gott«, raunte der Aufseher fromm. »Ich hätte keinen Kopf mehr zum Denken und keine Beine mehr zum Wegrennen, wenn ich diesen Mistkerlen Sprengstoff überlassen würde. Der Mann da«, fuhr er fort und zeigte anklagend auf Neilac, »hat mich gestern schon mit seinem Pickel fast umgebracht. Wenn der erst Sprengstoff hätte...«

»Das war 'n Unfall«, erwiderte Neilac selbstzufrieden, »und überhaupt, was läg schon dran, wenn ich dich umbrächte. Du würdst dich immer noch schlängeln wie 'n Aal, weil du so viel vom Teufel in dir hast.«

»Wenn du mich umbringen tätst und mir die Haut abzögst, würden meine Knochen sich weiterbewegen«, gab der Aufseher zurück, der zu glauben schien, sein Körper bestehe aus einer Ansammlung von Knochen, die der Whisky zusammenhielt.

Murdoch, der unbezähmbare Alte, den man immer dort antraf, wo sich Geld verdienen ließ, gleichgültig wie gering oder wie gefährlich die dafür notwendige Arbeit war, balancierte auf einem Stück aufgerichtetem Kanalrohr und sah auf eine Uhr, die er aus einer Dose in seiner Tasche holte.

»Ja, wie spät ist es denn?« fragte ihn Morag.

»Warte, dann sag ich's dir«, murmelte Murdoch und studierte noch immer seine Uhr.

»Wie dieser Mensch die Zeit erkennen kann, bei einer Uhr, deren Minutenzeiger so kurz ist, daß man ihn vom Stundenzeiger nicht unterscheiden kann, weiß ich nicht«, sagte der Aufseher.

»Ich schau einfach so lang drauf, bis ich merk, welcher sich bewegt«, erwiderte Murdoch.

»Dazu bist du aber nicht hier«, wies ihn der Aufseher zurecht, sprang auf und gab Murdoch einen solchen Stoß vor die Brust, daß der alte Mann mit den Hinterbacken in das Kanalrohr rutschte. »Belad jetzt mal den Lastwagen fertig.«

»Mensch, Mann«, protestierte Murdoch entrüstet. »Mit dem Arsch im Abflußrohr kann ich keinen Lastwagen laden. Sei doch vernünftig.«

Lachend zerrten die Männer Murdoch aus seiner peinlichen Lage und schlenderten wieder an die Arbeit.

»Also, es ist fünf«, verkündete Murdoch und steckte seine Uhr wieder in die Tasche.

Die Männer verhofften voller Vorfreude und warteten auf eine Bestätigung durch den Aufseher.

»Nein, es ist erst fünf vor!« sagte der entschieden. »Weitermachen!« Mit der Uhr in der Hand zwang er sie, den Lastwagen zu beladen, und als der Minutenzeiger die volle Stunde berührte, nahm er eine Trillerpfeife aus der Tasche und blies. Die Männer mit den Spitzhacken erstarrten mitten in der Bewegung, die Aufladenden hielten die Schaufeln schräg, so daß die Steinsplitter wieder auf die Straße rutschten, dann warfen sie ihr Werkzeug weg, nahmen ihre Jacken und Beutel und kletterten auf den Laster.

»Man muß es gesehn haben«, meinte der Aufseher sarkastisch. »Haben es so eilig, abends wegzukommen, aber morgens ist kein einziger pünktlich.«

»Das ist gelogen«, widersprach Tom-Tom, ein leicht erregbarer kleiner Wirrkopf mit quiekender Stimme.

»So wahr, wie ich hier steh«, erklärte der Aufseher feierlich.

»Und ich sag, es ist gelogen«, sprudelte Tom-Tom, sprang vom Wagen und baute sich mit seiner ganzen Länge von einsfünfzig empört vor dem Aufseher auf. »Ich war pünktlich da. Ich weiß es, weil ich sofort aus'm Bett gesprungen bin, wie ich die Radiozeit gehört hab, und hatte es sogar so eilig, daß ich die Tür im Bett ließ und meine Frau weit offen.«

Die Mienen der Männer blieben ausdruckslos, und der Aufseher unterdrückte ein keuchendes Lachen, legte sein Gesicht in finstere Falten und wandte sich dem Fahrer zu, der mit einer Hand in der Tasche nonchalant versuchte, seinen Laster anzukurbeln.

»Das ist mir vielleicht einer«, meinte er verächtlich, »versucht seine Karre anzukriegen mit einer Hand in der Tasche.«

Der Lastwagenfahrer steckte nun beide Hände in die Taschen und musterte den Aufseher kühl.

»Wer hat was dagegen, daß ich die Hände in die Taschen steck?«

»Ich«, explodierte der Aufseher.

»Na, wenigstens sind meine Hände in meinen eigenen Taschen«, gab der Fahrer zurück, und ein Grinsen strafte die Gereiztheit in seiner Stimme Lügen. »Nörgel du lieber erst, wenn du sie in deinen hast.« Er schwang sich mit einem Satz auf den Wagen und tat einen langen Zug am Selbststarter, der den Motor zu rasselnder Geschäftigkeit anregte. Die Männer winkten Abschiedsgrüße, die von schwächlich bis königlich variierten, und der Laster zukkelte um die Kurve.

»Sehn Sie sich das an«, bemerkte Morag säuerlich. »Man sollte meinen, der Laster fährt sie in ein Erholungsheim.«

3
Typisch Hector

»Im Schuppen hinterm Haus, da ist so ’n Ding«, bettelte Hector, »das flick ich mir. Callum hat gesagt, ich würd’s kriegen, wenn ich’s brauch.«

Ich seufzte, holte den Schuppenschlüssel aus einer Schublade und ging mit Hector das »Ding« heraussuchen.

Binnen weniger Monate nachdem ich das Cottage von Callum gekauft hatte, war ich es bereits gründlich satt, seinen Namen als Freibrief für alle diejenigen zu hören, die in räuberischer Absicht über mich herfielen. Callum hatte, wie sich erwies, von dem Moment an, in dem ich als voraussichtlicher Käufer aufgetaucht war, über alles bewegliche Gut in und um das Haus verfügt. Es hatte einmal einen ansehnlichen Torfstapel in einem der Schuppen gegeben, von dem ich hoffte, er würde mir über den Winter helfen. Aber ungefähr eine Woche nach meinem Einzug, wie ich annehme, als unverwechselbarer blauer Torfrauch sich aus meinem Schornstein kräuselte, waren nachts Besucher gekommen und hatten ihn abtransportiert. Wäre ich Gäle gewesen, ich hätte meinen Groll in mich hineingefressen, bis ich Gelegenheit zur Vergeltung fand, oder aber ich hätte versteckt darauf hingewiesen, indem ich das Vorkommnis etwa den Feen anlastete. Ich tat keines von beidem.

»Warum seid ihr nachts gekommen und habt meinen Torf aus dem Schuppen geholt?« sagte ich, um die Übeltäter auf die Probe zu stellen.

»Das war eigentlich gar nicht Ihr Torf«, erwiderten sie überlegen. »Callum hat schon vor ’ner Weile gesagt, den könnten wir haben, aber wir haben ihn liegenlassen, weil wir keine Gelegenheit hatten, ihn abzuholen.«

»Und warum konntet ihr mir das nicht sagen und ihn bei Tage abholen, statt nachts zu kommen?«

»Wieso? Ham wir Sie erschreckt? Ach, das tut uns

furchtbar leid. Hätten wir gewußt, daß Sie sich ängstigen, wärn wir 'n andermal gekommen, bestimmt. Wir haben bloß nicht stören wolln.«

Ähnliche Übergriffe ereigneten sich anfangs ungefähr alle zwei Monate. Ein Paar Räder und eine Deichsel, die ich annektiert hatte, um mir eine Art Leiterwagen zusammenzuzimmern, wurden sofort beansprucht, als ich diese Absicht bekanntgab, und ich mußte mir auch noch überschwenglich danken lassen, daß ich sie so lange aufbewahrt hätte. Ein Bootshaken und ein Paar Ruder wurden wegeskamotiert, als man entdeckte, daß ich mich nach einem Dingi umsah. Ein Sack Lammfelle, die ich hatte zu Strickwolle verspinnen lassen wollen, verschwand ebenfalls. Immer mit der Entschuldigung: »Callum hat gesagt...«

Schließlich verschloß ich meinen Schuppen mit einem Vorhängeschloß, und obwohl die Forderungen abnahmen, haben sie doch im Lauf der Jahre nie ganz aufgehört, und ich habe noch immer Angst, daß der massive Eichenklotz, der einmal die Unterlage für einen Bootsmotor bildete und jetzt mein Kaminsims ist, eines Tages von jemandem erkannt und mir abverlangt wird, der das unwiderlegbare Anrecht darauf hat. Oder daß ich eines Morgens aufwache und die Kühe in meinem Garten frühstücken sehe, weil die Karrenschäfte, die mein Gartentor bilden, um sie fernzuhalten, zu ihrem ursprünglichen Verwendungszweck requiriert wurden.

Der bei weitem zäheste Anspruchsberechtigte war Morags Neffe Hector, der nun mit Weib und Kind nach Bruach gezogen war und sich auf dem Anwesen seiner Tante niedergelassen hatte. Vor seiner Rückkehr war Hector eine eher schattenhafte Persönlichkeit gewesen, und Morag hatte ihn selten vor anderen erwähnt, bis er den Unfall hatte, dessen angebliche Folgen ihn nun wieder nach Bruach zurückführten. Als man dann wußte, daß er kam, war sein Name in aller Munde. Man erinnerte sich seiner Missetaten und erzählte sie voller Schadenfreude. Hector war der Sohn von Morags Schwester, die laut Morag einen ganz schlechten Kerl geheiratet hatte, einen Engländer natürlich, der es bald ihr allein überlassen hatte, ihren Sohn großzuziehen, so gut es ging. Sie hatte den Jungen ins Haus ihrer Eltern gebracht und ihn dort wild aufwachsen lassen. Morag mißbilligte Hectors Erziehung auf das schärfste.

»Meine Schwester hält nichts vom Verdreschen«, klagte sie mir gegenüber. »Immer hat sie gesagt, daß man einem Jungen keine Vernunft in den Kopf prügeln kann, indem man ihm den Hintern versohlt, aber ich hab ihr immer wieder gesagt, daß die Vernunft vom Hintern aus nach oben hochsteigt, wie alles andre auf der Welt auch.«

Ganz war Hector dem Geprügeltwerden nicht entgangen, wie es schien.

»Der hat immer einen Tag in der Schule blaugemacht, wenn er fischen gehn wollte«, erzählte mir Erchy. »Eines Morgens war er am Black Rock angeln und ist ins Meer gefallen. Er wär fast ersoffen, aber Big Willie war mit'm Schiff draußen und hat ihn noch rechtzeitig rausgeholt. Hat ihn in die Schule gebracht. Ach, wir dachten schon, der ist mausetot, aber der Lehrer hat ihn rumgedreht und 'ne Masse Wasser aus ihm rausgequetscht. Bei Gott, der Lehrer war so stinkwütend auf ihn, daß er ihn übers Pult gelegt hat, kaum daß er wieder bei sich war, und hat ihn verdroschen, bis es aus seinen Hosen troff. Das hat dem Hector beigebracht, nicht zu ersaufen und nicht die Schule zu schwänzen, kann ich Ihnen sagen!«

Am berüchtigtsten jedoch war Hector vor allem wegen seiner Erfolge bei Frauen.

»Das war dir ein Kerl, Teufel auch«, berichtete mir Erchy ehrfurchtsvoll. »Hat sein Monogramm in jeden Felsbrocken eingekratzt, hinter den er 'ne Frau geführt hat. Und wenn wir in den Hügeln hinterm Hirsch her sind, stoßen wir dauernd auf solche Zeichen, in der ganzen Gegend. Es wird einem ganz heiß, wenn man sieht, wieviel es sind. Ehrlich, der Kerl ist so arg wie 'n Hirsch.«

»Vielleicht hat die Ehe ihn verändert«, meinte jemand.

An der Art, wie diese Anregung aufgenommen wurde, erkannte man deutlich, daß niemand Hector eine nennenswerte Besserung zutraute.

Ich erwartete nun natürlich, einen wahren Adonis kennenzulernen, doch als Morag ihn zu mir ins Cottage brachte, sah ich mich einem Mann mittleren Alters gegenüber, mit sich lichtendem Haar, blassem, knochigem Gesicht, schlampig rasiert und mit tiefen Falten zwischen Nase und Mund. Er war hochgewachsen und gut gebaut, hing aber schlapp vornüber und schlenkerte beim Gehen wild mit Armen und Beinen. Immerhin besaß er ein Paar berükkender blauer Augen, ein reizendes, schüchternes Lächeln und das einzigartige Talent, jeder Frau, der er auch nur die geringste Aufmerksamkeit erwies, das Gefühl zu vermitteln, sie sei etwas ganz, ganz Besonderes. Ein klein wenig von diesem Charme ließ er an diesem Tag auch mir gegenüber spielen, und ich verfiel ihm trotz aller mir zuteil gewordenen Warnungen sofort. Ich hegte bald die Illusion, daß ich nie wieder vergeblich auf jemand würde warten müssen, der mir kleinere Arbeiten verrichtete, mit denen ich überfordert war, und daß Hectors starker Arm stets zur Hilfe bereit sein würde; daß ich auch auf seinem Boot jederzeit willkommen sei; daß ich, wann immer ich Lust darauf hätte, mit einem Fisch versorgt würde. Noch Stunden nach seinem Weggang strahlte ich vor Zufriedenheit.

Doch schon am nächsten Tag kam Hector mich zur Hilfe holen, um sein Boot zur Reparatur aufs Ufer zu zerren. Die »Wayfarer« war ein Zehnmeterboot mit Motor, schwer gebaut, mit tiefem Kiel, und ich kam mir vor wie bei einem schlecht eingeteilten Tauziehen, als ich zusammen mit fast allen einsatzfähigen männlichen wie weiblichen Dorfbewohnern an ein dickes Seil geschirrt und wiederholt ermahnt wurde, zu hieven. Wir strengten uns an, schwitzten, unsere Füße rutschten und gruben sich in den Uferkies, indessen Hector, der ja das »Ding« im Auge behalten mußte, offenbar nicht mehr leistete, als das Bootsheck zu streicheln.

Einige Tage nach dem Bootschleppen räumte ich meinen Schuppen aus, und Hector, der sich zur Hilfe angeboten hatte, kam einzig und allein, um seine Ansprüche anzumelden, wann immer er etwas Brauchbares entdeckte, und alles andere großzügig mir zu überlassen. Bald entdeckte ich, daß das meiste von dem, für das ich bezahlt hatte, ihm schon vorweg von Callum vermacht worden war, darunter ein Kaminkorb für Holz, den eine Freundin für mich geflochten hatte und von dem er dreist behauptete, es sei einer von seines Großvaters unkonventionellen Fischkörben. Ich entdeckte ferner, daß er zwar sehr gern in der Küche saß und zahllose Tassen Tee trank – sein Fassungsvermögen übertraf noch das seiner Tante –, daß er sich aber in Nebel aufzulösen pflegte, sobald man nur andeutete, man brauche Hilfe. Fischen ging er zwar manchmal, wenn ich bereit war, ihn herumzurudern, während er die Angelschnur baumeln ließ, doch in Gesellschaft von Hector erwies sich, daß der alte Anglerspruch nicht eitel Aberglaube ist: »Begegnest du einer Rothaarigen auf dem Weg zum Fischen, kannst du gleich wieder heimgehen, denn fangen wirst du nichts.« Einmal begegnete uns eine Rothaarige, und Hector ließ mich und die Absicht zu angeln fahren und folgte ihr.

Man konnte sich zweifellos manchmal sehr über Hector ärgern, aber ich war so wenig fähig, meinen Zorn an ihm auszulassen, wie ich einen Stein nach der Amsel werfen konnte, die meine Erdbeeren im Garten stahl. Er war schwach, aber liebenswert, sanft, philosophisch und so gutherzig, daß das Wort »nein« einfach nicht in seinem Wortschatz vorkam. Um jemand nicht durch eine Verweigerung vorübergehend unglücklich zu machen, versprach er getreulich alles, ohne die geringste Absicht, Wort zu halten. Machte ihm jemand Vorwürfe, zog er ein zerknirschtes Gesicht, riß die blauen Augen weit auf und fing an, stockend zu erklären, was ihn gehindert hatte, sein Versprechen zu halten.

Hector konnte abwechselnd aufmerksam, galant,

schüchtern, linkisch und treuherzig-ehrlich sein. In einem Augenblick des Vertrauens riß er eines Tages sein Hemd auf und zeigte mir die Operationsnarbe auf seinem Bauch. Er schien enttäuscht, daß ich nicht die Röcke hob und ihm meine zeigte. Obwohl er mit der Zeit mein Cottage weitgehend als sein zweites Heim ansehen lernte und meinte, mich nun zu gut zu kennen, um mich noch als »Miss Peckwitt« anzureden, erlaubte er sich nie die Intimität, meinen Vornamen zu benutzen (auf gälisch »Lilac«) oder den Kosenamen Becky, bei dem mich meine Freunde riefen. Er sprach von mir als »sie«, mit einem Kopfnicken in Richtung meines Hauses oder meiner Person. Wollte er mich aus irgendeinem Grunde auf sich aufmerksam machen, schlängelte er sich an mich heran und gab mir leutselig einen Klaps auf den Hintern. Seine Aversion, meinen Vornamen zu benutzen, hielt auch noch an, als er die beunruhigende Gewohnheit angenommen hatte, mich zum Abschied zu küssen. Er kam dann durch die Küche gestapft, warf die Arme um mich und landete – da ich gewandt auswich – einen Kuß irgendwo auf meinem Hals. Es war der schlichte, warmherzige Kuß eines Kindes, ein Geschwisterkuß voll Dankbarkeit für Verständnis. Anfangs überlegte ich, ob ich das zulassen sollte, aber allmählich drängte sich mir die Erkenntnis auf, daß jedesmal, wenn er mich zum Abschied küßte, ein Werkzeug oder sonst ein brauchbarer Gegenstand aus dem Haus verschwand – leihweise. Einmal war es meine Nagelbürste, und als sie verstohlen zurückgestellt worden war, merkte ich an dem Geruch im Bad, daß man mit ihr einem eiertragenden Hummer die »Beeren« abgekratzt hatte, weil solche nicht auf den Markt gebracht werden durften. Dann wieder war es meine Zahnbürste, die bei ihrer Rückkehr nach Öl und Benzin stank, zweifellos, weil sie dazu benutzt worden war, ein »Ding« in seinem Motor zu reinigen. Ein andermal verschwand meine Heizöltonne, weil seine eigene ein Leck hatte. Staubtücher sammelte er wie ein Parkwächter Papierschnitzel, und ich gewöhnte mich daran, Teile meiner

Wäsche und Kleidung um ölige Werkzeuge gewickelt zu sehen oder aber als Putzlumpen, mit denen das Deck geschrubbt wurde. Obwohl ich mit der Zeit seinen Abschiedskuß als reine Tarnmaßnahme hinnehmen lernte, rebellierte ich zu Anfang doch manchmal gegen seine Perfidie und wich seiner Umarmung aus. Dann latschte er auf und davon und kam tagelang oder wochenlang nicht wieder. Als ich zum letztenmal solchermaßen ausgewichen war, kam Behag, Hectors Frau, am nächsten Tag zu mir. Behag war eine fette, blasse, schlaffe Frau, deren einzige Interessen im Leben anscheinend ihr Kind, ihr Katzengefolge und das Stricken farbenfroher Pullover für ihren Mann waren. Sie war sonderbar gelassen und blieb vollkommen gleichgültig gegen die Affären ihres Mannes, solange sie sich nicht unmittelbar vor ihrer Nase abspielten, und selbst dann bekundete sie nur amüsierte Nachsicht. Ich mochte sie riesig gern und fand, sie verdiene weit Besseres als das, was sie hatte, doch sie war es zufrieden. Als sie aufstand, um sich zu verabschieden – diesen Moment reservieren die Gälen für eine leicht hingeworfene Eröffnung über den wahren Grund ihres Besuchs –, hatte sie ängstlich gefragt: »Warn Sie gestern abend böse auf Hector, Miss Peckwitt?«

»Ja, ein bißchen«, hatte ich kurz zugegeben.

»Und vorigen Donnerstag? Nein, es war gar nicht Donnerstag, es war Freitag. Da warn Sie auch böse auf ihn, nicht wahr?«

»Vielleicht, ich erinnere mich nicht.«

»Aber ich«, sagte sie traurig. »Ich merk's immer.«

»Wie denn? Woran denn?« hatte ich gefragt.

»Wenn Sie sich nicht von ihm zum Abschied küssen lassen, kommt er heim und tritt nach den Katzen«, hatte sie mit unendlicher Wehmut gesagt.

Heute nun wollte Hector »irgendso 'n Ding« für seinen Motor. Es würde Zeit, setzte er mir auseinander, daß sein Boot für Touristenfahrten zu Wasser gelassen würde, und obwohl er es abgekratzt, mit neuem Boden versehen und alle lecken Stellen abgedichtet hatte, machte jetzt der Motor Schwierigkeiten. Mein Schuppen war mittlerweile einigermaßen aufgeräumt. Hätte Hector die Kisten mit den alten Maschinenteilen umgestapelt, die er so hoch schätzte, hätte ich die Wände tünchen und alles für eine künftige Nutzung als Milchkammer herrichten können. Er kippte eine der Kisten um, und es ergossen sich Rädchen, Muttern und Dichtungsscheiben über den Boden. Er wühlte darin herum, ich stand tatenlos daneben.

»Was mich bei dir wundert, Hector«, sagte ich, »du hast soviel Arbeit mit deinem Boot gehabt, und dabei hast du erzählt, du hättest lange nach einem guten Boot gesucht, als du in Glasgow warst.«

Hector ließ sich auf die Fersen nieder und umgriff mit rostigen Fingern sein Kinn. »Sie wissen ja, wie's ist«, erklärte er mir langsam. »Ein Boot sucht man sich aus wie 'ne Frau. Man geht von Ort zu Ort und schaut sich die erste genau an und dann die nächste. Wenn man genau das findet, was man möcht, und der Preis stimmt, sagt man: Ach, sie ist zu billig, an der ist bestimmt was faul, und schließlich kriegt man womöglich die schlechteste.« Er beugte sich wieder zu dem Eisenkram am Boden und zog schließlich einen Gegenstand heraus, der ihn einigermaßen zufriedenzustellen schien.

»Ich versuch's mal damit«, sagte er. »Ich komm dann wieder und räum Ihnen das Zeug auf.«

Ungefähr eine Woche lang sah ich nichts von ihm.

Als er wieder auftauchte, war ich am anderen Ende des Anwesens, weit weg vom Haus, und versuchte mich am Wiederaufbau einer eingestürzten Natursteinmauer. Hector mußte mich gesehen haben, aber er stakste über das Grundstück mit der irreführenden Ziellosigkeit einer Henne, die zu ihrem versteckten Nest unterwegs ist.

»Ah, wieder fleißig«, begrüßte er mich.

»Kannst du gut Mauern bauen, Hector?«

»Nein, darin war ich nie gut, aber ich weiß noch, daß mein Großvater immer gesagt hat, daß man die Mitte gut auffüllen muß.« Er rüttelte probeweise an ein, zwei Steinen, die ich fest eingekeilt zu haben glaubte, war aber zu höflich, um eine Bemerkung darüber zu machen.

»Sieht aus, als ob's noch schön Wetter würd«, murmelte er.

»Glaubst du?«

»Aye, zu schön für 'ne Beerdigung jedenfalls.«

»Wessen Beerdigung?«

»Also wissen Sie, ein Onkel von Behag ist gestorben, und heut wird er begraben, und Behag meint, ich sollt hinfahrn. Was meinen Sie denn?«

»Wenn Behag findet, du solltest fahren, hat sie wahrscheinlich recht«, antwortete ich. »Aber wie willst du denn hinkommen, wenn die Beerdigung schon heute ist? Der Bus ist längst weg.«

»Ja«, gab er zu, »so ist es.«

Mir wurde klar, daß ich ihm würde anbieten müssen, ihn in »Joanna« hinzubringen.

»Ach, das geht ja nicht, das ist ja zuviel Mühe«, sagte er, wie ich nicht anders erwartet hatte.

»Aber gar nicht«, erwiderte ich, wie er nicht anders erwartet hatte. »Wie bald wollen wir denn fahren?«

»Das überleg ich grad. Wissen Sie, ich hab eine Kiste Makrelen, die hab ich heut morgen gefangen, und da dachte ich, daß wir die vielleicht hinten reinstellen könnten und unterwegs an ein, zwei von den Hotels verkaufen, wenn wir früh genug losfahrn. Sagen wir, in ungefähr einer Stunde?«

Ich ließ meine Steineschichterei, um »Joanna« und mich fertigzumachen. Es tat mir im Grunde nicht leid, durch einen Tagesausflug von meiner Arbeit abgehalten zu werden, und wenn es für eine Beerdigung war. Der Gottesdienst sollte in dem Krankenhaus stattfinden, in dem der alte Mann gestorben war, und ich würde nicht dabei sein müssen. Es ging also nur darum, Hector hinzubringen, ihn nach ungefähr einer Stunde wieder abzuholen und heimzufahren. Das wenigstens glaubte ich in meiner Unschuld.

Angetan mit seinem besten blauen Anzug und mit Mütze wartete Hector am Gartentor von Morags Häuschen, als ich mit »Joanna« vorfuhr. Er hob die Kiste Fische in den Kofferraum, stieg ein und setzte sich neben mich. Morag und Behag, farbige Figürchen im silbernen Morgenlicht, winkten uns von ihrer Arbeit auf dem Anwesen zu.

»Die *cailleach* glaubt, daß es regnen wird«, sagte Hector und setzte sich zurecht. »Sie will die ganze Schmutzwäsche sauber haben, eh's losgeht.« Ich überlegte flüchtig, ob Hector wirklich auf Behags Drängen hin zur Beerdigung ihres Onkels eilte.

Unsere Fahrt war höchst vergnüglich. Die Sonne blieb zwar längere Zeiträume hindurch launisch versteckt, doch der Regen tobte sich über den äußeren Inseln aus und ließ uns in Ruhe. Hector zeigte auf ein Hotel und bat mich, außen herum zum Hintereingang zu fahren. Er verschwand im Inneren und kam zehn Minuten später wieder, gefolgt von zwei sehr tüchtig aussehenden Frauen, deren eine einen weißen Eimer und ein Tuch trug. Sie gingen hinten an den Kofferraum, es gab eine kurze Diskussion, dann gingen alle drei zurück ins Hotel. Ich blieb in »Joanna«. Hector kam bald zurück, wischte sich mit dem Handrücken den Mund, stieg ein, und wir fuhren weiter zum nächsten Hotel, wo sich etwa das gleiche abspielte. Schließlich kehrte Hector wieder, wischte sich erneut den Mund und wurde ersichtlich immer fröhlicher. Beim dritten Hotel wurde ich nach Beendigung der Transaktion von der Wirtschafterin aufgefordert, in der Küche eine Tasse Tee zu trinken, eine Einladung, die mir mittlerweile sehr angenehm war. Die Küche des Hotels war geräumig und kühl und erfrischend sauber. Ein langer weißer Holztisch, vorbildlich gescheuert, nahm die ganze Mitte ein. Am einen Ende war ein verlockendes Teetablett für zwei Personen aufgedeckt, am anderen stand eine Waage und eine große Platte mit silbernen Forellen. Mein dankbares Lächeln und die Dankesworte, die ich äußerte, erstarben mir im Mund, ich starrte erst die Forellen und dann Hector an.

»Hector!« rief ich heiser. Doch Hector saß da, die Knie mädchenhaft zusammengepreßt, strich mit den Handflächen langsam auf seinen Schenkeln auf und ab, und bis auf einige verstohlene Blicke auf mich konzentrierte er seine Aufmerksamkeit auf den dekorativen Fliegenfänger, der von der Decke hing. Ich war entsetzt. Da war ich nun mit einer Kiste verbotener Fische im Kofferraum meines Wagens herumgefahren, und jeder, der mich sah, und die Freunde und Verwandten von jedem, der mich gesehen hatte, würden von jetzt an ganz sicher sein, daß ich bis an den Hals in Wildfrevel verstrickt war. Ich war so schokkiert über Hectors Hinterlist, daß ich wenig trank und noch weniger von dem angebotenen *strupak* aß, und selbst dieses wenige verursachte mir Magendrücken.

»Hector«, schimpfte ich los, als wir wieder draußen waren. »Das war unverzeihlich! Diesmal bist du aber zu weit gegangen!«

»Ach, wegen dem bißchen Wilderei regt sich kein Mensch heutzutage mehr auf«, beschwichtigte er mich. »Solang es nicht zu viel ist. Wenn ich sie nicht raushol, tut's ein andrer.«

»Du hättest aufrichtig zu mir sein sollen«, sagte ich. »Du hättest mir doch sagen können, daß es Forellen und nicht Makrelen sind.«

»Na ja, Sie wissen doch sicher, daß die Hotels keine Makrelen von mir kaufen würden?«

»Sind noch welche übrig?« fragte ich, beschämt über meine Begriffsstutzigkeit.

»Nur ungefähr vier, vielleicht ein halbes Dutzend. Ach, um die kümmern wir uns nicht. Die könn' Sie sich zum Abendessen kochen.«

»Du weißt genau, daß ich nicht im Traum daran dächte, sie zu nehmen, aber ich will sie aus dem Wagen haben«, sagte ich.

»Aye, ich nehm sie sofort raus, aber jetzt komm' Sie mit

in den Laden, ehe die zumachen. Sie müssen mir helfen, was für Behag aussuchen.«

Ich gab insoweit nach, als ich einen wunderhübschen Pullover für Behag wählte und ihm half, Süßigkeiten für Fiona und Morag zu kaufen. Wir waren schon auf dem Rückweg zum Wagen, da raunte Hector plötzlich: »Oh, mein Gott!«

»Was ist denn?« fragte ich. Er starrte auf einen Polizisten, der unweit des Gehsteigs auf der anderen Straßenseite stand. Mir wurde etwas weich in den Knien. Die Strafen für Wilderer fielen mir ein, zu denen auch die Konfiszierung des Wagens des Missetäters gehörte.

»In 'ner Minute sieht der mich«, raunte Hector. »Hier, nehmen Sie sie.« Damit stieß er mir das Päckchen hin.

»Was ist denn?« wiederholte ich aufgeregt.

»Der wird mir die Hand schütteln wolln«, erwiderte Hector. »Ich kenn den gut von früher und hab ihn seit Jahr und Tag nicht gesehn«, und ergänzte dann erklärend: »Ich hätt im Hotel bitten solln, daß ich mir die Hände waschen kann, die verdammten Forellenschuppen kleben ja wie Leim. Sind welche auf meinen Manschetten?« Er wies mir seine Rechte, die reichlich mit unverwechselbaren Forellenschuppen gesprenkelt war, und wischte sie dann energisch am Hosenboden ab. Wir näherten uns dem Polizisten, der sich nun umdrehte und Hector erblickte. Sein Gesicht ging zu einem breiten Grinsen auseinander, als er den Weg überquerte, um Hector zu begrüßen. Der fuhr mit seiner Hand noch energischer über sein Hinterteil. »Großer Gott!« hörte ich ihn verzweifelt flüstern.

Der Polizist ergriff Hectors Hand und drückte sie kräftig. Kaum ließ er sie fahren, steckte Hector beide Hände tief in die Jackentaschen und behielt sie dort.

»Ein netter Kerl«, sagte er, als alles ein gutes Ende genommen hatte. »Aber trotzdem. Hätt ich gewußt, daß er in der Gegend ist, ich hätt mich von dem nicht sehn lassen.« Ich enthielt mich jedes Kommentars. »Ich geh jetzt besser in den Gottesdienst«, sagte er, als wir die Päckchen wieder in den Wagen legten und ich feststellte, daß an dem Tag die Geschäfte früher geschlossen wurden und ich meine Besorgungen nicht mehr würde erledigen können.

»Nein, Hector«, beharrte ich energisch, »nun sieh erst einmal zu, daß du die Forellen los wirst.«

»Ach ja. Aye, aye.« Er seufzte tief auf. »Was machen wir nur mit denen?«

»Ich warte darauf, daß du sagst, du würdest sie dem Polizisten schenken«, sagte ich mit bitterem Sarkasmus.

Überrascht, ja anerkennend blickte Hector mich an. »Das könnt ich tatsächlich machen«, antwortete er. »Ich schau mal, ob ich 'n Stückchen Papier krieg, um sie reinzupacken.«

»Hector!« rief ich verzweiflungsvoll, aber er eilte fort. Ich duckte mich hinter das Lenkrad und schloß die Augen, als er vertrauensvoll durch die offene Tür des Polizeireviers gegenüber trudelte. Ich öffnete sie wieder, als ich ihn am Kofferraum hörte. Er kam, das Kistchen unterm Arm, nach vorn zur Wagentür.

»Dauert keine Minute«, versicherte er mir fröhlich. Ich brachte es nicht über mich, ihn zu fragen, was passiert war, aber bald darauf erschien er wieder am Wagen, falsch pfeifend, und sagte: »Ich geh jetzt in den Gottesdienst.«

»Was hast du mit den Forellen gemacht?« fragte ich mit schwacher Stimme.

»Ach, na ja, ich bin zur Pollezei rein und hab nach ihm gefragt, und die haben gesagt, er ist zum Essen, und da bin ich zu seiner Frau rüber und hab zu ihr gesagt, ich möcht 'n Stückchen Papier, damit ich was Leckres für ihren Mann reintun kann. Und da hat sie mir 'ne Schachtel gegeben, und dann war ich die Geschichte los.« Er seufzte. »Na ja, nun geh ich besser«, wiederholte er, hatte aber nicht mit der Dankbarkeit des Polizisten gerechnet, der jetzt auf den Wagen zugeeilt kam. Hector strahlte zufrieden, als seine Hand erneut ergriffen und geschüttelt wurde. Diesmal jedoch waren es die Hände des Polizisten, die bedeckt waren mit Fischschuppen.

Als Hector aus der Kirche wiederkam, fragte er mich, ob es mir viel ausmache, dem Leichenwagen zum Friedhof zu folgen, statt sofort nach Bruach heimzukehren, wie wir ursprünglich geplant hatten. Behags Onkel, erklärte er, war so etwas wie ein verkommenes Subjekt und von seiner Familie verstoßen gewesen. Infolgedessen war Hector der einzige Leidtragende, und er dachte, Behag würde es nicht gefallen, wenn der alte Mann allein zur letzten Ruhe gebracht würde. Mir kam zwar der Verdacht, dieses Arrangement diene dazu, vor der Heimfahrt noch das abendliche Öffnen der Kneipen abzuwarten, aber ich willigte ein, weil ich auf diese Weise Teile der Insel kennenlernen würde, die ich noch nie gesehen hatte. Während Hector die eigentliche Bestattung übernahm, könnte ich, so meinte ich, über die Moore wandern und wilde Blumen suchen, von denen es einige Sorten in Bruach vielleicht nicht gab.

Auf dem Kirchhof empfing uns ein Trio aufgebrachter Totengräber, die sich von ihrem Sitz auf schiefstehenden Grabsteinen erhoben, um uns mitzuteilen, sie hätten erst vor einer Stunde gehört, daß sie ein Grab schaufeln sollten. Sie hätten heute abend Kühe zu melken und andere häusliche Arbeiten zu verrichten und könnten das Grab erst morgen früh fertig haben.

»Was machen wir denn dann heut nacht?« fragte Hector.

»Wir könnten ihn in die Kirche stellen«, schlug einer der drei vor. Die Totengräber und der Fahrer des Leichenwagens trugen den Sarg in die Kirche. Hector sah ihnen gleichmütig zu.

»Wissen Sie«, sagte er, als wir wieder in »Joanna« saßen und nach Bruach unterwegs waren, »ich glaub, das ist das erste Mal in seinem Leben, daß der Alte in der Kirche ist.«

Ich ließ Hector bei Morags Häuschen aussteigen, und weil ich wegen der Sache mit den Forellen immer noch gekränkt war, lehnte ich es unter einem Vorwand ab, zu einem *strupak* hereinzukommen. Morag wie Behag hatten bestimmt gewußt, daß Hector mir an dem Morgen eine Kiste gewilderte Forellen in den Wagen geladen hatte, da aber kein Bruacher ernstlich glaubt, daß mit Maßen betriebene Wilderei ein Vergehen ist, hatten sie vermutlich angenommen, auch ich hätte es gewußt und gutgeheißen.

Ich hatte kaum mein Geflügel gefüttert und meinen Tee getrunken, da kam Hector in einem neuen stahlblau-grün-gemusterten Pullover durch die Gartentür hereingeschossen. Er brachte eine Untertasse frisch gekirnte Butter von Morag und ganz aufrichtige Angebote, mir bei der oder jener Arbeit zu helfen, von der er genau wußte, daß ich sie bereits selber getan hatte. Er saß auch auf der Bank und sah zu, während ich den Tisch abdeckte und das Geschirr wusch, zu beschämt und geniert, um sich zu unterhalten, aber hin und wieder summend, um zu zeigen, wie behaglich er sich fühlte. Ich hatte ein paar Briefe zu schreiben und wünschte, er würde gehen, brachte es aber nicht fertig zu sagen: »Ich darf dich nicht länger aufhalten«, was im Gälischen die umschriebene Form ist für: »Um Gottes willen, verschwinden Sie!« Meine Miene muß etwas abweisend gewesen sein, weil er mehrfach versuchte, mir durch sehr dünne Witze ein Lächeln abzunötigen. Endlich konnte er es nicht länger ertragen. »Ich wollt, ich hätt Sie nicht mit den Fischen geärgert«, sagte er kläglich.

»Na ja, vergessen wir es«, sagte ich etwas steif.

Er erhob sich und kam mit ausgebreiteten Armen auf mich zugewankt. Ich dachte an die Katzen und kapitulierte.

4
Strandläuferei

Einer der größten Reize meines Lebens in Bruach bestand darin, immer einen Vorwand zu haben, am Ufer entlangzustreifen und Feuerholz zu sammeln. Um die Flutlinie gründlich abzugrasen, mußte man recht beweglich sein. Es galt von einem glitschigen Felsbrocken zum anderen zu springen, in ebenso glitschigen Gummistiefeln, man mußte durch knöcheltiefes, vollgesogenes Seegras schliddern, durch Pfützen voller Muschelschalen waten und manchmal steile, mit Entenmuscheln verkrustete Felswände erklimmen, um der heranrollenden Flut zu entgehen. Für mich war es schlicht ein Vergnügen. Den scharfen sauberen Seegeruch in der Nase, das Donnern der Brecher in den Ohren und das erfrischende Prickeln des feinen Gischts auf den Wangen, wäre ich gerne stundenlang so weitergewandert. Man wollte zwar immer hauptsächlich Treibholz zusammensuchen, widerstand aber nur schwer der Versuchung, ein paar Napf- oder Strandschnecken aufzuheben, aufzubrechen und an die wabernden Fangarme der Seeanemonen in den farbigen Tümpeln zu verfüttern oder einen Stein umzudrehen und zuzuschauen, wie die grünen Krabben sich eilig einen neuen Unterschlupf suchten. Treibholz war immer reichlich vorhanden, und man schichtete es zu kleinen Haufen am Ufer, die man auf dem Rückweg mitzunehmen gedachte, doch ein Stück weiter gab es immer noch schöneres, bis es zu viele Häufchen waren, als daß man sie noch hätte heimtragen können. Man mußte die besten Stücke heraussuchen und hoffen, daß der Rest beim nächsten Mal noch da war.

Abgesehen vom Treibholz war die Vielfalt der ans Ufer gespülten Gegenstände unbegrenzt. Dosen amerikanische Rasiercreme (die Morag ausgezeichnet fand, um damit Hectors verschwitzte Socken zu waschen), Plastikbecher,

Flaschenpostbriefe (ganz und gar unromantische!), Ruder, Besen, Segeltuchschuhe, Farbkanister. Zweifellos war es auf den Fund halbvoller Farbdosen zurückzuführen, daß die Wände meines Cottages so sonderbar angestrichen gewesen waren. Einmal fand ich eine unversehrte Thermosflasche, die ich noch heute benutze. Einmal eine Halskette und einmal zufällig eine volle Dose Bratfett. Mein Brotbrett ist die Tür eines Kajütenspinds, mein Türstopper der Rückenwirbel eines Wals, an dem kleinere Besuchshunde gern nagen und den große Besuchshunde sich entschlossen anzueignen versuchen. Mein bis jetzt kostbarster Fund ist ein gewöhnliches Stück Treibholz, Teil eines Astes, den die Natur zur klassischen Skulptur eines weiblichen Körpers geformt hat.

Viele meiner Nachbarn waren begeisterte Strandläufer und verbrachten manchmal stürmische Nächte in günstig gelegenen Höhlen, um als erste einzuheimsen, was das Meer schenkte, gewiß von der Hoffnung warmgehalten, daß es ein Faß Whisky sein würde. Ich erinnere mich, daß jemand einen Sack Mehl fand und es für verwendungsfähig erklärte, weil sich an der Außenseite eine Art Paste gebildet hatte, die das Innere trocken hielt. Ein anderer fand eine Schachtel Kerzen, gewiß etwas Nützliches. Aus angeschwemmten Kisten waren mir Zwiebeln geschenkt worden, die sich so mit Salz vollgesogen hatten, daß sie beim Kochen keines mehr benötigten, und Grapefruits, die aus demselben Grunde nicht mehr genießbar waren. Dinge wie Ballen Rohgummi galten früher als lukrative Funde, weil man zusätzlich zu den ein, zwei Pfund Belohnung vom Zolleinnehmer recht hohe Frachtgelder verlangen konnte, wenn man sie zu einer Stelle ruderte, von wo sie bequem abzuholen waren. Solange diese Rechnungen widerspruchslos gezahlt wurden, erhöhten die Bruacher sie immer mehr, bis die Vergeltung für ihre Habsucht kam: Die Behörden beschlossen, die Bergung von Gummi lohne sich nicht mehr. So ließ man die Ballen auf den Stränden verfaulen, zusammen mit den Grubenhölzern, Schleppnetzspulen, Korkschwimmern, alten Kokosnußschalen und Fischreusen, die zu den unvermeidlichen Zierden des Tangs an einem Kiesstrand gehören.

Im Herbst, wenn Heu und Mais für den Winter eingelagert und die letzten Torfsoden von den Mooren eingebracht waren, gingen die Bruacher Strandschnecken für den Billingsgate-Markt einsammeln. Wenn ich den Strand absuchte, begegneten mir oft ganze Gruppen, die am Ufer entlang die glänzend blauschwarzen Muscheln in Eimer sammelten, die vollen Eimer in bereitstehende Säcke umfüllten und die vollen Säcke den Hang hinauf zum Lastwagen schleppten. Es hieß, mit Strandschnecken ließe sich gutes Geld verdienen, und da mein Haushaltsgeld knapp war, wollte ich mich einmal darin versuchen. Mit drei Pullovern übereinander, Schals um Taille, Hals und Kopf, und über allem eine Ölhaut, nahm ich einen Eimer und folgte der zurückweichenden Flut. Tiefgebückt, den Rücken zum Meer, drehte ich Steine um, sah Funken fliegen, roch den schwefligen Geruch, wenn sie gegeneinander schlugen, und sah die sich schlängelnden Welse, die gefleckten Butterfische, die Myriaden von Sandflöhen und jammervoll wenig Schnecken. Als ich mich uferaufwärts vorarbeitete und die anrollende Flut mich schon unerbittlich weitertrieb, entdeckte ich ganze Kolonien von Schnecken, doch noch ehe ich mehr als ein paar Handvoll im Eimer hatte, schäumte mir das Wasser um die Stiefel und über die Schnecken hinweg, die ich nun nicht mehr sah und nicht mehr herauslösen konnte. Ein guter Sammler kann während einer einzigen Tide (das heißt zwei Stunden vor und nach der Ebbe) einen ganzen Sack Schnecken sammeln. Nach ein paar Tagen Üben merkte ich, daß ich ungefähr einen Eimer zusammenbekam, und ein Sack faßt fünf Eimer. Selbst diese klägliche Menge zusammenzubringen, mußte ich mich so sehr konzentrieren, daß ich, wenn ich abends die Augen schloß, nur noch Klumpen schwarzglänzender Schnecken sah und noch im Traum nach ihnen griff. Mit der Zeit brachte ich es, sehr zur Verwunderung der anderen »Pflücker«, zu einem ganzen Sack, doch nur, indem ich ungefähr weitere zehn Tage auf die nächste Ebbe bei Tageslicht wartete. Zu gegebener Zeit erhielt ich einen Scheck von einer Firma in Billingsgate, doch der Betrag war, nach Abzug der exorbitanten Frachtkosten bei der Bahn, kein Ausgleich für meine abgebrochenen Nägel, meine wunden, aufgesprungenen Hände und die Rückenschmerzen nach dem Ringkampf mit widerwilligen Felsbrocken. Doch die Bruacher freuten sich schon sehr auf den Beginn der Schneckensaison, und ich lernte ihren Eifer verstehen. Man konnte diese Arbeit zwischen andere Hausarbeiten einschieben, und das dabei verdiente Geld war immer willkommen. Für einige junge Leute, die keine Stellung auf dem Festland annehmen konnten, weil sie Alte versorgen mußten, war es oft die einzige Chance, sich ein Taschengeld zu verdienen. Sie zogen in fröhlich schwatzenden Gruppen los, nie außer Hörweite voneinander. Doch obwohl das Meer selbst bis nach Neujahr vergleichsweise warm bleibt, sind doch vier Stunden an exponiertem Ufer, von Gischt durchnäßt, während ein bitter kalter Wind einem eisige Dolche zwischen die Schulterblätter stößt, eine äußerst mühsame Art, Geld zu verdienen, besonders wenn einen daheim kein behagliches, warmes Bad erwartet, sondern nur ein paar Kessel heißes Wasser, wenn – ja wenn man zuerst an die Quelle geht und sich einen Eimer holt.

Der hartnäckigste Strandläufer und bei weitem der rascheste Schneckensammler des Dorfes war Euan, Sohn des Euan, dem Sohn des Euan, den man auf gälisch so aussprach, daß es klang wie ein herzhaftes Gähnen. Er war ein helläugiger alter Mann, immer mit einer alten Schildmütze und einem Matrosenleibchen malerisch verkleidet – Überbleibseln aus den Tagen, in denen er Steward auf einer Yacht gewesen war –, die Beine vom Schaft der Nagelstiefel aufwärts bis oberhalb der Knie mit dicker Schnur umwunden, daß er aussah wie die Reklame für Michelin-Reifen. Gummistiefel lehnte er kategorisch ab und meinte, darin würden seine Füße »gekocht«. Er behauptete steif und fest, daß seine starken Bergstiefel und Schnürgamaschen die Nässe besser abhielten, weil das Wasser nicht von oben hineinlaufen konnte. Euan hatte einige der am meisten beneideten Funde am Ufer getan. Es ging das Gerücht, er habe tatsächlich einmal ein großes Faß Whisky gefunden und es irgendwo in den Hügeln versteckt.

»Immer hat er ein Gläschen im Haus«, versicherte Postie jedermann ganz ernst. »Und das erlaubt ihm seine Rente nicht.« Da man überzeugt war, Postie wisse genau, wie hoch Euans Rente war, akzeptierte man auch die Geschichte von dem versteckten Faß, und wann immer Bruacher nichts mit sich anzufangen wußten, etwa an Sonntagnachmittagen, taten sie sich gern zu kleinen Suchtrupps nach Euans Schatz zusammen. Da sie stets nüchtern zurückkehrten, hatten sie ihn offenbar nicht gefunden.

Euan lebte mit seinen beiden Schwestern im übernächsten Anwesen. Bruder und Schwestern waren über siebzig, und von den dreien konnte nur Euan lesen, schreiben oder die Uhrzeit angeben. Seine beiden Schwestern waren vollkommen verschieden. Sarah, die jüngere (74), war ein reizendes, rundliches Dämchen, tat alle Arbeit im Haus und die meiste Bauernarbeit und beklagte sich nie, außer darüber, daß die Hühneraugen sie quälten. Die ältere Schwester, Flora, war einmal Zofe gewesen und konnte es absolut nicht vergessen. Sie saß den ganzen Tag lang steif auf einem Stuhl, machte geringschätzige Bemerkungen über alles, was Sarah tat, und rührte selbst keinen Finger. Sie konnte weder lesen noch schreiben. Sie strickte, nähte oder stopfte nicht. Sie rührte sich nicht von ihrem Stuhl, um zu kochen oder auch nur einen sprudelnden Kessel vom Feuer zu nehmen. Das wenige, was sie aß, aß sie von einem Teller auf ihrem Schoß. Sie war weder krank noch irgendwie gelähmt, aber sie saß schon so lange still, daß der Stuhl mit ihrem Körper verschmolzen schien und ihr Körper wiederum mit den muffigen schwarzen Röcken, die so schartig am Boden auflagen wie alte Vertäfelung, so daß man keineswegs überrascht gewesen wäre, Mäuse darin aus- und einlaufen zu sehen. Auf dem Kopf trug sie die eindrucksvollste Kaffeewärmerfrisur, die sich denken läßt. Sie überwog ihr Gesicht so sehr, daß ich mich beim Anblick dieses Aufbaus manchmal fragte, ob sein Gewicht nicht an der augenscheinlichen körperlichen und geistigen Erstarrung schuld sei. In Bruach hieß es – und das will ich gerne glauben –, daß sie über vierzig Jahre lang weder Kamm noch Bürste, Seife oder Wasser an ihr Haar gebracht hatte und daß, wenn man es gründlich untersuchte, darin die Reste von mindestens einem halben Dutzend Haarnetzen und Hunderte von Haarnadeln entdeckt würden, alle total ineinander verwachsen. Einige erinnerten sich mit ehrfürchtiger Scheu, daß man sie einst, als ihr Haar noch nicht so verfilzt war, nach der Toastgabel hatte greifen sehen, die neben dem Feuer hing, um sich damit am Kopf zu kratzen, doch entweder juckte es sie nicht mehr, oder aber sie hatte die Toastgabel verlegt.

Flora sprach mit ausdrucksloser Stimme, und ihre Bemerkungen waren immer ans Feuer gerichtet.

»Du bist mit dem Heu fertig.«

»Aye.«

»Du hast es eingebracht.«

»Aye.«

»Frau und Tochter haben dir geholfen.«

»Die Tochter nicht.«

»Deine Tochter war mit dem Bus weg.«

»Nein, sie war fischen.«

»Sie hat was gefangen.«

»Aye.«

»Sarah, du wirst mir den Fisch so kochen, wie ich ihn gerne esse.«

»Aye, Schwester.«

Und so weiter und so fort. Sie stellte nie eine Frage und beantwortete auch keine. Sie wurde vorn und hinten bedient, und dabei schien ihr organisch nichts zu fehlen. Sie war die stinkfaulste und am wenigsten liebenswerte Person, der ich in meinem Leben begegnet bin.

Wegen Flora wurde, so glaube ich, das Haus sehr selten von Bruachern besucht, daher war ich, bis ich in ein eigenes Cottage zog, nicht viel mit Sarah und ihrem Bruder zusammengetroffen. An einem dunklen Herbstmorgen jedoch, als die Nebel in die Gipfel der Hügel sickerten und die Haubenkrähen ihr Lied krächzten, sah ich aus meinem Fenster ein großes, starkes Kalb auf meinem Anwesen grasen und etwas hinter sich herschleppen, das aussah wie eine verknotete Wäscheleine. Ich ging nachsehen, und das Kalb wollte wegrennen, als es mich sah, wobei es die Wäscheleine hinter sich herzog. Ich war entsetzt, als ich ein Stöhnen hörte. Vorsichtig wagte ich mich weiter vorwärts, doch das Kalb sprang mir wieder davon. Da drang Sarahs Stimme aus einem Bündel Kleider, zittrig, aber deutlich.

»Wenn ich die Kette festhalt, könnten Sie vielleicht das Seil bißchen mit'm Messer abschneiden.«

Ich stürzte zurück ins Haus und holte das schärfste Messer, das ich finden konnte, und als Sarah die Kette heranholte, gelang es mir, das Tier am Kopfseil zu packen und es rasch loszuschneiden. Das Kalb entsprang, und ich lief zu Sarah.

»Es hat den Pfahl rausgerissen«, erklärte sie. »Und dann hat's mir das Seil um den Fuß gewickelt und ist weggaloppiert und hat mich hinter sich hergezerrt.« Sie lag halb auf dem nassen Boden, ihr Gesicht war leichenblaß. »Ich glaub, das Vieh hat mir's Bein gebrochen«, murmelte sie noch deutlich und wurde dann schlankweg ohnmächtig.

Ich lief Euan holen und berichtete, was passiert war.

»Sie hat sich's Bein gebrochen?« fragte er sichtlich ungläubig. Euan hatte mich immer mit Mißtrauen betrachtet. Ich glaube, er hatte Angst, daß auch ich bei Sturm in dunklen Höhlen wartete und ihm möglicherweise irgendwann bei einem erlesenen Fundstück zuvorkommen könnte. »Ich glaube ja. Bitte eilen Sie sich und holen Sie sie ab.«

»Da nehm ich wohl am besten den Schubkarren«, sagte

er ungnädig und ließ seine halbvolle Teetasse stehen. Flora machte eine abfällige Bemerkung in Richtung des Feuers. Ich blieb einen Augenblick stehen und überlegte, ob sie sich nicht, wenn ich ihr Sarahs mißliche Lage sorgsam erklärte, zum Handeln angespornt fühlen könnte und ob ihr wohl der Stuhl am Rücken kleben bliebe, wenn sie aufstand, wie das Haus einer Schnecke. Ihre geistesabwesende Unbeweglichkeit erstickte meinen Impuls, und ich eilte zurück zu Sarah.

»Könnten wir sie nicht zu mir bringen?« schlug ich vor.

Euan warf mir und meinem Cottage einen Blick zu, der uns beide hätte vernichten können.

»Nein«, erwiderte er. »Ich nehm sie mit heim. Ich glaub nicht, daß ihr viel fehlt.«

Es war mir gräßlich, Sarah auf einen Schubkarren geladen und über den unebenen Boden davongeschoben zu sehen, war mir aber klar, daß es unter den gegebenen Umständen das Beste war. Sie durfte selbstverständlich nicht so liegenbleiben, bis ich bei den Nachbarn eine Bahre aufgetrieben hatte. Hätten wir uns zu dieser Maßnahme entschlossen, wären bestimmt einige Taktlose mit der Totenbahre vom Friedhof angerückt. So kämpfte sich Euan denn fluchend bis nach Hause, und ich trottete demütig hinter ihm her. Ein Schüler auf dem Weg zur Schule kam neugierig auf uns zugelaufen, und ich schickte ihn mit einer Nachricht zu Morag, um sie zu informieren, und informierte dadurch unabsichtlich gleich alle Bewohner des Dorfs. Ich telefonierte mit dem Arzt, der kam und bestätigte, daß Sarah sich in der Tat das Bein gebrochen hatte.

Sarah, wieder bei vollem Bewußtsein, seufzte mit einer gewissen Erleichterung bei dieser Mitteilung. »Bin dankbar, daß der mir nicht das ganze Bein glattweg abgerissen hat«, sagte sie und zeigte ihre linke Hand ohne Daumen, den sie als junges Mädchen bei einem ähnlichen Unfall verloren hatte.

»In dem Fall bekämen Sie ein wunderschönes hölzernes«, tröstete ich sie leutselig.

»Ja, so wie dieser Mann von der Feuerwehr«, erinnerte sie sich. »Ich glaub, der hat irgendwo ein Holzbein liegen.« Ängstlich sah sie zu dem Arzt auf. »Ich werd doch wieder gehn können, Doktor, oder?«

»Natürlich«, versicherte er ihr. »Du mußt eine Weile liegen, aber in ein paar Wochen bist du so gut wie neu.«

»Ich wollt, Sie kurierten meine Hühneraugen auch so schnell, wo Sie schon mal dabei sind, Doktor«, sagte sie nachdenklich.

»Wie kommst du denn zu Hühneraugen, Sarah?« fragte der Arzt.

»Es sind die großen Stiefel, die ich immer tragen muß. Euan erlaubt mir keine Gummistiefel, und die andern machen mir schreckliche Hühneraugen.«

»Schön, dann schick ich dir was dagegen«, versprach der Arzt, der neu in Bruach war und noch nicht wußte, daß Sarahs Hühneraugen fast so alt waren wie ihre Füße.

»Ob der das mit meinem Bein bloß gesagt hat, um mich zu trösten?« fragte sie uns zweifelnd, als er gegangen war.

»Komm, komm, Sarah«, mahnte Morag, die inzwischen voll von aufmunterndem Mitgefühl und Sachverstand auf dem Schauplatz erschienen war. »Warum sollte er so was sagen, wenn er's nicht so meint? Es war dir all die Jahre ein gutes Bein, und es gibt keinen Grund zu glauben, daß es dir nicht wieder ein gutes Bein werden wird.«

Sarah nickte langsam und ergeben und streichelte mit zärtlichem Stolz ihr gebrochenes Bein.

Trotz ihres Alters heilte Sarahs Bein in bemerkenswert kurzer Zeit. Während ihrer Arbeitsunfähigkeit besuchte ich sie oft und brachte ihr, so oft ich konnte, Bilder und Fotos der königlichen Familie, die sie rührend liebte. Sie war so erpicht darauf, am Leben und Treiben der königlichen Familie teilzunehmen, daß sie sich wann immer sie konnte, ganz nah vor das zaghaft tönende alte Radio postierte, nur um die Königin erwähnt zu hören. Unter ihrem Bett bewahrte sie mehrere, mit Band zugebundene Schachteln auf, randvoll mit Artikeln, die sie aus Zeitungen und Zeitschriften ausgeschnitten und ein halbes Jahrhundert lang gesammelt hatte. Wann immer sich Vorwand oder Gelegenheit fand, wurden sie hervorgeholt und liebevoll durchgesehen. Die Königinmutter und ihre beiden Töchter vergötterte sie geradezu. »Ach, das süße schottische Mädelchen«, meinte sie schmachtend beim Anblick eines Fotos der Königinmutter, und »die Schätzchen, die goldigen« über einem Foto der Königin und Prinzessin Margarets.

Wenn sie nicht gerade verzückt über Fotos der Königsfamilie brütete, verbrachte sie ihre Abende mit Nähen und benutzte dazu, weil sie schwache Augen hatte und keine Brille tragen wollte, eine übergroße Stopfnadel, die ihr Bruder scherzend als den Bootshaken bezeichnete. Floras frühere Herrin hatte ihr ganze Koffer voll eleganter Abendkleider hinterlassen, und es war merkwürdig rührend, wenn sich Sarahs weißer Kopf über rosa Taft oder blaue Seide neigte und sie mit ihren steifen, rauhen Fingern ihre riesige Nadel ein- und ausstach, um diese Gewänder in etwas zu verwandeln, was sie für ein passendes Tageskleid hielt. Ich habe sie den Kuhstall ausmisten sehen, gekleidet in paillettenbesetzten rosa Taft. Ich habe sie oben am Berg getroffen, den schwingenden Rock aus Goldlamé über die mageren, in Wolle steckenden Beine hochgezogen, die aus ihren schwarzen Nagelstiefeln ragten wie zwei Stöcke aus einem Leimtopf. Ich habe sie Strandschnecken sammeln sehen in Samt und Silberlamé gekleidet, die mit alter Sackleinwand verstärkt waren.

Als Sarah erst wieder auf den Beinen war, waren sie und ich enge Freundinnen geworden. Ich hatte die Aufgabe übernommen, für sie die Briefe zu schreiben, zur großen Erleichterung ihres Bruders, der ungern Briefe schrieb und fand, er habe genug mit seinen eigenen zu tun. Ich konnte es Euan nachfühlen, an so abgelegenem Ort zu wohnen verlangt unheimlich viel Schreiberei, vom Bestellen eines Pfundes Würstchen beim Fleischer bis zu einem neuen Kleid aus dem Warenhaus. Ich argwöhnte, daß Euan seine jüngere Schwester im Grunde sehr gern hatte, obwohl er sich nie gestattete, seine Zuneigung zu zeigen. Er war mittlerweile soweit, mich nicht mehr ganz so bedrohlich für sein Glück anzusehen wie zu Anfang. Bald ging er dazu über, in meinem Cottage vorbeizuschauen und mir einige seiner Trophäen zu schenken: einen Fußabstreifer aus Sisal, den ich sehr froh war zu bekommen, verzwirnte Paraffinklumpen, die das Feueranmachen sehr erleichterten, eine Schwimmweste und mehr als einmal ein Stück Wildbret, von dem ich glauben sollte, es stamme von einem eben angespülten Hirsch.

»Euan«, fragte ich ihn eines Tages und nannte eine meiner Ängste bei Namen, »sind Sie am Ufer schon mal auf einen Leichnam gestoßen?«

»Ja, einmal«, gestand er, »und ich hab mir noch überlegt, was für 'n Viech das wohl war, bis ich sah, daß es Sokken anhatte.«

»Ich habe neulich einen angespülten jungen Seehund gefunden, und das war schrecklich genug«, sagte ich schaudernd. »Es hätte mir fast die Strandläuferei verleidet. Ich weiß nicht, was ich täte, wenn ich einen Leichnam fände.«

»Da gibt's nichts andres, als ihn von der Flut wieder rausspülen lassen«, belehrte er mich. »Früher kriegten wir vier Pfund Finderlohn, aber jetzt ist nichts mehr zu holen.«

Er sah mich ein altes Stück Linoleum aufs Dach einer Teekiste nageln, die ich als Nest für eine Bruthenne zu verwenden hoffte.

»Dort drin kann sie die Küken nicht warm genug halten«, urteilte Euan. »Aber ich hab was in meinem Schuppen, damit kann man's zudecken. Ich bring's das nächste Mal vorbei.« Ein paar Tage später brachte er mir einige passende Stücke eines schweren, filzigen Materials, die ich über die Teekiste drapierte.

»Wie nennt ihr das Zeug?« fragte ich ihn. »Es scheint ideal für den Zweck.«

»Weiß ich gar nicht«, erwiderte er. »Hab das Zeug am

Strand gefunden. War in einer Art Tank, eine Riesenmenge. Ich hab Sarah eine Matratze für mich draus machen lassen, und ich kann Ihnen sagen, ich hab noch in keinem bequemren Bett gelegen.«

Ich hatte meine Zweifel an den Reizen des Materials für ein Bett, nahm aber an, Euan könne möglicherweise sein Bett so hart und unnachgiebig wollen, wie er selbst war.

»Aber ich glaub, Sie müssen's bei Sturm festnageln«, rief er mir zu, als er das Gartentor hinter sich zuzog.

»Mach ich wahrscheinlich sowieso«, versicherte ich, verschob es aber aus Faulheit auf ein andermal.

Als Sarah ein paar Tage später kam und Briefe geschrieben haben wollte, brachte sie die Neuigkeit, daß Euan mit Lumbago im Bett lag. Der Arzt hatte ihm Pillen geschickt, doch sollte er noch eine Weile liegen bleiben.

»Und dabei ist das Korn erst halb geschnitten und das Heu noch auf Haufen«, jammerte Sarah. »Wir wer'n das Getreide erst Neujahr reinkriegen. Ich kann nicht begreifen«, fuhr sie fort, »er hat schon immer schrecklich das Rheumatische gehabt, aber seit er angefangen hat, auf der neuen Matratze zu schlafen, die ich ihm aus dem Zeug vom Strand gemacht hab, hat's ihn kaum mehr gezwickt.«

Hector und Erchy wurden überredet, beim Kornschneiden zu helfen. Sarah und ich sammelten es und banden es zu Garben, und als es die erforderlichen drei Sonntage auf dem Feld geblieben war, brachten wir es in die Scheuer. Euan war immer noch ans Bett gefesselt.

Meine Bruthenne hatte ihre Küken ausgebrütet, drei Hähnchen und zwei Hühnchen, und das aus einem Gelege von zwölf. Der Rest der Eier war unbefruchtet.

»Sie besorgen sich am besten einen Hahn, der nicht so wählerisch ist«, sagte Morag, als ich es ihr erzählte.

In einer einzigen Nacht fand der Herbst ein brutales Ende, und als ich am nächsten Morgen meine Hühner füttern ging, die kräftig herangewachsen waren, stellte ich fest, daß die Filzdecke von der Teekiste weggeweht und die Kiste selbst umgestürzt war. In ihrem Schutz brütete die wackere Hühnermutter über den letzten beiden Küken. Ich beschloß sofort, zum Festland hinüberzufahren, mir Nägel zu besorgen und das Filzdach zu befestigen.

Am nächsten Morgen war es schön und – wie ich inzwischen wußte – trügerisch windstill, und ich suchte mir meine Nägel und einen Hammer zusammen und machte mich daran, der Bruthenne ein Heim zu zimmern, wie sie es verdiente. Als ich ins Freie trat, öffnete gerade der Polizist die Gartentür – die Sonne glänzte auf seinem Mützenschild.

»Sie haben keinen Hund, oder?« fragte er.

»Nein«, sagte ich. »Warum?«

»Es hat Klagen gegen wildernde Hunde gegeben, und ich muß alle Steuermarken kontrollieren.«

Er sah meinen Hammer und die Nägel. »Was haben Sie vor, wolln Sie sich ein neues Haus bauen?«

Ich führte ihn zur Teekiste, den piepsenden Küken und der nicht unterzukriegenden Mutterhenne. Sein Blick fiel auf die bereitliegenden Filzstreifen.

»Um Gottes willen«, stieß er entsetzt hervor. »Woher haben Sie das Zeug?«

»Vom Strand«, erwiderte ich verblüfft.

Er hob ein Stück auf und untersuchte es sehr vorsichtig. Dann leckte er sich die trockenen Lippen.

»Was wollten Sie denn damit?«

»Ich werde es oben auf die Teekiste nageln, damit sie warm und trocken bleibt. Es ist gutes, sicheres Material und wird sie zusätzlich beschweren.«

»Den Teufel werden Sie tun«, sagte der Polizist, und ich bemerkte, daß er blaß geworden war.

»Wieviel von dem Zeug haben Sie?« fragte er.

»Oh, nur das, was Sie da sehen.«

»Hat noch jemand was davon?«

»Weiß ich nicht«, sagte ich ausweichend. Euan würde mir nie verzeihen, wenn ich jemandem verriet, daß er auf einer Matratze daraus schlief.

Der Polizist wurde nun dienstlich. »Sie werden das

Zeug nicht mehr anrühren«, befahl er. »Sie werden es liegenlassen, bis ich meine Instruktionen darüber habe, was damit zu geschehen hat. Ich werde sofort telefonieren. Fassen Sie es unter keinen Umständen an. Es ist sehr gefährlich. Ein Fund dieser Art hätte sofort gemeldet werden müssen.«

»Gefährlich?« wiederholte ich ungläubig, das Zeug sah für mich ganz harmlos aus. »Warum? Was ist es denn?«

»Schießbaumwolle«, sagte der Polizist schroff.

»Großer Gott!« stieß ich hervor, noch erschrockener, als er es gewesen war.

Er kehrte mit federndem Schritt zu seinem geparkten Wagen zurück, und kaum war er außer Sicht, stürzte ich in zunehmender Panik zu Euans Haus. Sarah war ausgegangen, und das einzige Mal im Leben hatte ich Grund, für die Teilnahmslosigkeit der Gestalt neben dem Kamin dankbar zu sein. Sie brachte mich wieder zur Vernunft.

»Ist Euan im Bett?« fragte ich mit erzwungener Ruhe.

»Der ist im Bett.«

»Euan!« rief ich mit erhobener Stimme. »Darf ich reinkommen?«

»Nur herein.« Ich ging durch ins Schlafzimmer. Euan lag behaglich auf Kissen gestützt und rauchte seine Pfeife. Ich war nicht recht vertraut mit den Eigenschaften von Schießbaumwolle, trotzdem drehte sich mir bei seinem Anblick der Magen um.

»Euan«, begann ich. »Können Sie ohne Hilfe aufstehen?«

»O nein, wirklich nicht. Mein Rücken tut so weh, daß ich mich nicht mal umdrehn kann. Hab schreckliche Schmerzen. Einfach schrecklich.«

»Dann müssen wir Ihnen raushelfen«, drängte ich. »Ihre Matratze...«

»Großartige Matratze, wirklich«, warf er ein. »Hilft mir sehr, mein ich, das zu kuriern, was der Doktor Lumbago nennt. Jedenfalls viel besser als dem seine Pillen. Zu Anfang war ich hilflos wie 'n Kind, aber seit ich im Bett lieg, geht's mir täglich besser, trotzdem daß die Schmerzen noch immer ganz arg sind, wenn ich mich umdreh.«

Ich tat einen tiefen Atemzug. »Euan«, sagte ich langsam und betont. »Eben hat der Polizist etwas von dem Zeug gesehen, aus dem Ihre Matratze ist, und er sagt, es ist Sprengstoff.«

»Nicht doch«, protestierte er.

»Doch, es ist ganz sicher, daß es Schießbaumwolle und hochexplosiv ist.«

Euans Körper wurde steif, seine Augen bohrten sich starr in meine. Er mußte meine Angst sehen.

»Raus aus'm Zimmer, Frau«, befahl er mir streng. Beim Ton seiner Stimme zuckte ich zusammen. »Raus aus meinem Zimmer, während ich in die Hosen fahr«, schrie er mich an. Ich flüchtete.

Wenn ein Arzt, der dieses liest, hinsichtlich der Wirksamkeit der Schießbaumwolle gegen Rheuma und Lumbago skeptisch sein sollte, würde ich gern hier und jetzt feststellen, daß ich Euan binnen fünf Minuten nach Erhalt der Nachricht die Geschichte des Mannes aus Bethesda noch verbessern sah: Er »nahm nicht nur sein Bett und wandelte«, er rannte dorthin, wo sein Anwesen an einer über dem Meer hängenden Klippe endete, warf die Matratze über die Klippe, ging wieder ins Haus und zog sich fertig an. Dann ging er die Kühe füttern. Er litt seither nie mehr an Rheuma oder Lumbago.

Sarah kam in die Küche gelaufen, völlig konsterniert.

»Mein Bruder! Mein Bruder!« keuchte sie. »Was ist mit ihm?«

Ich erzählte es ihr.

»So, so, und dabei hat er immer gesagt, es ist ein so wunderbares Zeug«, meinte sie.

Flora sah ins Feuer.

»Das sieht ihm wieder ähnlich.«

»Aye, Schwester.«

»Hat sein Bett weggeschmissen.«

»Ja.« Von mir durfte die Alte keine Nachsicht erwarten.

Ihr leerer Blick glitt vom Feuer zu meinem Gesicht und wieder zurück.

»Es war feucht.«

»Nein, feucht nicht.«

»Es war nicht länger bequem«, geruhte sie zu meinen.

»Es war sogar sehr unbequem geworden«, pflichtete ich bei und wünschte, ich könnte den Polizisten bitten, mir einen Rest Schießbaumwolle zu überlassen, um ihr ein Kissen daraus zu machen.

5
Arbeit auf dem Anwesen

Der Himmel brauste von Lerchengesang, die felsigen, zutage tretenden Stellen im Garten waren bestickt mit weitgeöffneten Primeln, und jede geeignete Mauer oder Hecke in der Nähe jeden Hauses war drapiert mit Decken, die ihr alljährliches Sonnenbad nahmen. Ich saß im Garten und versuchte recht dilettantisch, die Farbtöne und Halbtöne der Kuhstallwand, das Strohdach, die blaue Tür und den Saum aus welkenden Osterglocken aufs Papier zu bannen, da hörte ich Euans Stimme vom Gartentor her, auf das er sich in leicht verrenkter Haltung lehnte.

»Hab mir gedacht, ob ich wohl Hilfe beim Kartoffelnsetzen krieg«, konstatierte er. »Der Traktor kommt morgen früh.«

Ich sagte, ich würde ihm ganz bestimmt helfen, und machte weiter mit meiner Malerei. Mit zunehmendem Selbstvertrauen kam Euan herein und sah mir über die Schulter. »Meine Güte, ist ja mächtig ähnlich!« rief er in ungeschmeichelter Überraschung.

Ich murmelte etwas Nichtssagendes, weil ich nur zu genau wußte, daß es mit meinem künstlerischen Talent nicht weit her war. Ich male nur, wenn ich den Drang fühle, zu meinem Vergnügen, um eine Szene festzuhalten, die ich vielleicht nie wiedersehe. Im vorliegenden Fall wußte ich, daß das Strohdach des Kuhstalls sich rasch auflöste und bald durch ein Blechdach ersetzt werden mußte, wußte auch aus frostschaudernder Erfahrung, daß die Natursteinmauern im Winter arktische Winde und feinen Pulverschnee durchließen und daß, wenn Bonny je eine einigermaßen komfortable Unterkunft kriegen sollte, man diese Mauern mit Mörtel und Tünche abdichten mußte. Vom malerischen Standpunkt her tat es mir leid, das Strohdach zu ersetzen, die Aussicht jedoch, durch das Bewerfen der Mauern den vielen kleinen Vögeln den Zugang zu verbauen, die allnächtlich Bonnys Unterkunft teilten, war wirklich trübe. Zugegeben, ich sah die Vögel nur selten und flüchtig, doch war die Box jeden Morgen so reichlich markiert, daß ich wußte, es hatten mindestens ein Dutzend auf ihren heimlichen Schlafplätzen oberhalb von Bonnys warmem Atem behaglich übernachtet. Ich stellte mir gern vor, daß sie die Nacht mit ihrem Tschiep-Tschiep erfüllt hatten.

»Wissen Sie«, fuhr Euan fort, »da gibt's so Maler, die kommen her und sitzen tagelang rum mit ihren Farben und zeigen, was sie gemacht haben, und man weiß nicht, ob's die Hügel sind oder 'n paar im Regen vergeßne Heuhaufen, was man da sieht. Im Ernst, ich hab schon meine Kuh beßre Bilder mit'm Schwanz auf die Rückseite von ihrem Stand malen sehn als ein paar von denen. Aber das da«, er machte eine nachsichtige Geste in Richtung meines Skizzenblocks, »das ist ziemlich ähnlich.« Er beobachtete mich noch eine Weile. »Da werden Sie einen netten Rahmen brauchen, wenn Sie fertig sind«, regte er an.

»Nein, nein«, sagte ich, und um weiteren Komplimenten zu entgehen, legte ich das beendete Bild zusammen mit einigen anderen in eine alte Löschblattmappe und dachte nicht mehr daran.

Auch der nächste Morgen dämmerte wieder sonnig, und es wehte eine frische Brise, die den Wellchen in der Bucht so etwas wie ein Babylächeln abnötigte, und sobald ich in der Ferne das Geräusch des Traktors hörte, zog ich ein Paar Gummistiefel an und gesellte mich zu dem erlesenen Personenkreis, der sich bereits auf Euans Anwesen versammelt hatte. Die Bestellung der Äcker konnte in Bruach erst beginnen, wenn das Vieh, das sie von Ende November bis zum Frühjahr abgrasen durfte, wieder in die Hügel getrieben worden war. So wurde es Mitte April, ja sogar Anfang Mai, ehe die Spaten in den von Hufen zernarbten Boden eindrangen und die *pliachs*, die langen Furchen zum Kartoffelstecken, durch die frischgepflügte Erde liefen. In

Bruach gab es keine Traktoren. Nur ein Mann benutzte noch den *cas chrom*, den alten Handpflug. Wer das Glück hatte, ein Pferd zu besitzen, und vernünftig genug gewesen war, es im Winter mit Hafer zu füttern, konnte es im Frühjahr zum Pflügen benützen, doch im allgemeinen ließ man die Pferde frei auf den Mooren weiden und fütterte sie auch im strengen Winter nicht, und dann waren sie zu schwach, um den Pflug zu ziehen. Für die meisten Crofter war es die einzige Alternative zum Graben, mit jener besonderen gälischen Form der Geduld das Eintreffen des Miettraktors der Landwirtschaftsbehörde abzuwarten. Und da der Fahrplan des Traktors nie so recht feststand, durch Wetter und mechanische Pannen wohl auch so durcheinandergeriet, daß er erst in vorgerückter Jahreszeit das Dorf erreichte, war das lärmende Näherkommen der Maschine immer ein hochwillkommenes Geräusch.

Es war Brauch, daß sich alle Mietanwärter des Traktors zusammentaten und einander beim Pflanzen halfen, nicht nur weil der Traktor stundenweise bezahlt werden mußte, oder wegen der stets gegenwärtigen Angst vor einem Wetterumschlag, sondern weil Kartoffelstecken in Bruach sonderbarerweise traditionsgemäß Gemeinschaftsarbeit war und in so etwas wie Feststimmung verrichtet wurde. Eine Kette Frauen und Mädchen, alle mit buntgeblümten Schürzen über ihren Tweedröcken und alle, so wie ich, in Gummistiefeln, waren entlang dem Acker aufgereiht, als ich eintraf. Einige füllten Eimer und Schüsseln aus den Säcken mit Kartoffeln und Kunstdünger, und ihr hemmungsloses Gekicher und Geschwatze machte den Tag noch freundlicher. Die Männer waren vergleichsweise dunkel gekleidet, aber ebenso gesprächig. Sie trugen die letzten Körbe Mist auf die den Acker sprenkelnden Häufchen. Das Handhaben der schweren Mistkörbe verlangte nicht nur Kraft, sondern auch Geschick. Als erstes nahmen die Männer die Mützen ab, damit die nicht herunterfielen und unter dem Mist begraben wurden, dann beugten sie sich tief vornüber und huckten sich den Korb von hinten auf den Rücken, so daß ihnen etwas vom Inhalt über die Köpfe rieselte. Daß jeder der Männer beim Abnehmen der Mütze eine runde, kahle Stelle auf dem Kopf hatte, zwang mich zu der Erkenntnis, daß Haar und Kartoffeln nicht auf den gleichen Dünger ansprechen. Als der Traktor pflügebereit war, nahmen alle Männer außer Euan die Gabeln und bohrten sie tief in die Misthaufen, und während die Furchen umgebrochen wurden, warfen sie den Dünger hinein. Euan folgte und zeigte mit wortloser Autorität den ihm folgenden Frauen, in welchem Abstand er die Kartoffeln gelegt haben wollte. Diejenigen von uns, die nicht pflanzten, füllten und schleppten Eimer mit Kunstdünger heran. Weit verstreut wie die Möwen zogen wir hinter dem Traktor her und legten um jede Kartoffel einen Ring aus einer Handvoll Dünger.

Sarah, die im Haus hätte sein sollen, um einen *strupak* für uns alle zu rüsten, kam immer wieder besorgt angewetzt, kontrollierte unsere Fortschritte, fuhr mit der Hand tief in die Dunghaufen und streute ein paar Handvoll nach, wenn sie fürchtete, der einen oder anderen Kartoffel könnte es an Nahrung fehlen. Sie trug eine Sackleinwandschürze über einem pflaumenblauen Samtkleid, dessen lange, weite Ärmel reich mit Volants besetzt waren. Die Volants zeigten bald Anzeichen der Überdüngung.

Als die letzten Grasflecke gewendet und die leeren Säcke im Wind ausgeschüttelt waren, setzten wir uns in die Wiese und warteten auf den Traktormann und auf diejenigen, die eine Einladung zum *strupak* angenommen hatten, ehe sie beim Nachbarn weiterpflanzen halfen.

»Ich könnt ja auch ’ne Tasse Tee brauchen«, meinte Erchy, »aber ich werd den Teufel tun und mit der alten Flora reden, nur um eine zu kriegen.«

»Ich auch nicht«, keuchte Anna Vic, die trotz ihrer Korpulenz und Kurzatmigkeit eine der flinksten Arbeiterinnen des Dorfes war.

»Das alte Reff«, fuhr Erchy stark mißbilligend fort,

»ich glaub, die bliebe stocksteif sitzen, auch wenn man unter ihr den Stuhl wegzieht.«

»Aber sicher«, lachte Anna Vic. »Neulich abends war Sarah bei uns und hat gefragt, ob sie eine Bruthenne haben kann, um ein paar Küken auszubrüten. Ich hatte keine, da hab ich gesagt, sie soll doch mal paar Eier unter Flora legen und zuschaun, was passiert.« Sie lachte schuldbewußt.

»Ich glaub, die hätt sie sogar ausgebrütet«, meinte Erchy. »Bloß hättst du die Küken nie gefunden. Jedenfalls erst als ausgewachsne Hennen.«

»Aye, die arme Seele, muß doch furchtbar sein, so von einem Jahr zum andern auf nichts mehr zu warten.«

»Außer darauf, daß man im Winter die Grippe kriegt«, korrigierte Erchy.

Wenn das dörfliche Kartoffelstecken beendet war, begann der Traktor für das Korn zu pflügen. Ich konnte zum Glück in meinem Garten genügend Kartoffeln für den Eigenbedarf ziehen und auch Bonny abends ihren Brei aus gekochten Kartoffeln und Hafermehl liefern, die Abendkost einer verwöhnten Hebridenkuh. Aber ich sehnte mich danach, etwas von dem verfilzten Torfboden meines Anwesens so in schwarze Erde verwandelt zu sehen wie bei den Nachbarn, und nahm mir vor, versuchsweise einen Fleck Hafer anzubauen. Dadurch, daß ich Morag half, hatte ich bereits gelernt, wie man Getreidegarben bindet und aufstellt, und war ziemlich sicher, daß ich jemand kriegen würde, der den Hafer für mich mähte, wenn er soweit war. Der Traktor kam also und pflügte, und Peter, immer erfüllt von wütendem Eifer, gefällig zu sein, kam und zerteilte die Schollen, indem er sich an eine selbstgebaute Egge schirrte und sie wieder und wieder über die Erde zog. Für den flüchtigen Beobachter sieht Hafersäen lächerlich einfach aus, und als ich Morag die verschiedensten männlichen Verwandten bestürmen hörte, zu kommen und für sie Getreide zu säen, wunderte ich mich immer, warum eine so selbständige alte Frau diese Aufgabe nicht selbst erledigte. Wann immer sich Gelegenheit fand, beobachtete ich die Säer bei der Arbeit. Es schien daran nichts anstrengender oder kunstgerechter, als gleichmäßig auf dem Acker auf und ab zu gehen und Hände voller Saatgut aus einer über die Schulter getragenen Tragschlinge zu verstreuen. Ich drückte mich davor, Euans Angebot anzunehmen, ohne es endgültig abzulehnen, band mir ein altes Leintuch über die Schulter, füllte die Tragschlinge mit Körnern und ging streuend vorwärts. Es dauerte nicht lange, da kam mir der Verdacht, am Kornsäen sei doch weit mehr dran, als es ausgesehen hatte. Ich blieb stehen und kontrollierte mein Werk. An manchen Stellen meines Äckerchens lag das Korn fast so dick wie in meinem Beutel, an anderen war es spärlich, als hätte ich mit jedem Samenkorn einzeln gezielt wie mit einem Wurfpfeil nach der Scheibe. Nach wenigen Quadratmetern gab ich auf, weil ich beim Zielen keine merklichen Fortschritte bemerkte, und sobald der Abend dämmerte, harkte ich heimlich Erde über meine Bemühungen und wandte mich demütig an Euan, der am nächsten Tag kam.

»Ich seh schon, Sie haben's selber probiert«, tadelte er, denn die Vögel hatten meine Verheimlichungsversuche verräterisch bloßgelegt.

»Um die Wahrheit zu sagen, das habe ich«, gestand ich künstlich munter. »Es hat so leicht ausgesehen, wenn andere es taten.«

Euan knurrte und fing an zu säen. Das Korn verstreute sich bei jedem mühelosen Schwung seines Arms mit der gewissenhaften Regelmäßigkeit von Wasser aus der Gießkanne.

»Könnten Sie mir nicht das Geheimnis beibringen, wie es so regelmäßig fällt?« fragte ich.

Euans Antwort war ein neuerliches Knurren.

»Gibt es da eine besondere Methode, so zu säen, daß der Samen gleichmäßig fällt?« wiederholte ich unbeirrt, denn es sah noch immer erstaunlich leicht aus, obwohl ich es doch schon vergeblich versucht hatte.

»Jawohl, gibt es«, sagte Euan widerstrebend, ohne den

Blick vom Boden zu heben. »Sie müssen immer schaun, daß Sie fünf Körner pro Hufabdruck schmeißen.« Diese Instruktion war bei einem Boden, der vom Traktor gepflügt und von Peter in Gummistiefeln geeggt worden war, nicht unbedingt eine Erleuchtung. Ich stand da und sah ihm bewundernd zu, während die Schatten der Möwenflügel unbekümmert über dem Äckerchen hin und her fuhren. Morgen in der Frühe würden die Möwen sich an den Körnern vollfressen, irrtümlicherweise, wie es schien, denn die Einheimischen behaupteten, Möwen könnten das Korn nicht verdauen und würgten es kurz danach wieder aus. Noch immer hingerissen von Euans Technik überließ ich ihn seiner Arbeit und ging ins Haus, um den Kessel für seinen *strupak* aufzusetzen. Als ich zurückkehrte, war er mit Säen fertig und beobachtete nun seinerseits Peter, der seine Handegge mitgebracht hatte und Erde über das Saatgut zog.

»Fürs Pflügen könnten Sie Suppsidchen kriegen«, belehrte mich Euan. »Auf dem Stück Land ist seit Jahr und Tag kein Pflug mehr gegangen, da gibt's 'ne nette Unterstützung.«

»Ich glaube nicht, daß das lohnt«, sagte ich. »Es ist doch nur so ein kleiner Acker.«

»Überhaupt nicht klein. Ich denk mir, er ist fast so groß wie meiner, und der ist fast ein Acre.«

»Ein ganzer Acre? Doch nicht das Stück, auf dem wir neulich hinter dem Traktor her Kartoffeln gesteckt haben?«

»Aye, genau das.«

»Aber Euan, das war doch nie und nimmer ein Acre, nicht entfernt«, widersprach ich energisch, nachdem ich im Geist rasch die Tabelle der Quadratmaße durchgegangen war.

Euan warf mir einen vernichtenden Blick zu, der allmählich weniger vernichtend wurde, weil er merkte, daß ich womöglich wußte, wovon ich redete. »Na ja«, räumte er hochfahrend ein, »jedenfalls einen Acre lang war er.«

Damit stakste er brummig auf und davon, ohne auf seine Tasse Tee zu warten. Ein paar Tage später jedoch, als er mir verziehen hatte, recht zu haben, stand er wieder vor meiner Tür, als Wiedergutmachung ein Paket unter dem Arm.

»Ich hab hier was, das gibt 'n hübschen Rahmen für das Bild, das Sie gemalt haben«, sagte er. »Es ist erst vor paar Tagen angespült worden. Hat sein Bild verlorn, und ich hab ein Brettchen hinten drauf machen müssen, und ein Kettchen, das ich hatte, damit man's aufhängen kann. Jetzt holn Sie mal Ihr Bild, und wir schaun, ob's paßt.«

Recht gerührt über seine Aufmerksamkeit ging ich ins Schlafzimmer und holte meine Malerei. Als ich in die Küche zurückkam, hatte Euan das Paket ausgepackt und hielt stolz einen unverwechselbaren, hufeisenförmigen Rahmen hoch, der türkisblau emailliert war. Ich unterdrückte ein entsetztes Atemholen und betrachtete aufmerksam sein Gesicht, während er mein Bild sorgsam zwischen Rahmen und Rückwand schob. Ich schwöre, es war keine Spur von Falsch in seiner Miene. »So, jetzt«, sagte er und hielt mir das Ganze zur Besichtigung hin. »Jetzt sieht's fein aus, finden Sie nicht?«

Mit zitternder Stimme, die er zum Glück für Bescheidenheit hielt, pflichtete ich ihm bei.

»Ein Bild sieht gleich ganz anders aus, wenn's in einen netten Rahmen kommt«, belehrte er mich. »Na, wo wollen Sie's denn jetzt hinhängen, dann kann ich gleich einen Nagel einschlagen, wo ich schon mal da bin.« Ich zeigte auf eine Stelle in der dunkelsten Ecke. »Aber da kriegt es ja gar kein Licht, da werden's die Leute nicht sehn.«

»Es ist kein besonders gutes Bild«, meinte ich zögernd.

»Ach, es ist nicht schlecht. Gar nicht schlecht. Wie wär's hier?« Er hielt es an die Wand oberhalb der Kochstelle. »Schaun Sie, da ist schon ein Nagel dafür.« Insgeheim verfluchte ich die Hartnäckigkeit dieses besonderen Nagels. Euan trat zurück und bewunderte den Effekt. »Richtig schön«, bemerkte er. Ich stimmte ihm zu. »Kaum daß ich den Rahmen am Ufer liegen sah, wußt ich, der ist der richtige für Ihr Bild«, versicherte er mir mit ernster Freundlichkeit und verabschiedete sich hastig, zweifellos um meinen überschwenglichen Danksagungen zu entgehen. Guter Euan! Wie schockiert wäre er gewesen, hätte er den Doppelsinn seiner letzten Bemerkung ahnen können! Wenn jedoch jemand zwischen hier und Amerika zufällig einen türkisblau lackierten Klodeckel vermißt, interessiert es ihn möglicherweise, daß er jetzt in meiner Küche über dem Kocher hängt, als Rahmen um die dilettantische Wiedergabe eines alten Natursteinkuhstalls mit vermoderndem Strohdach und einem Saum welkender Osterglocken. »Richtig schön« sieht er aus!

Als der Frühling voranrückte und die Tage länger wurden, um all die notwendigen zusätzlichen Arbeiten unterzubringen, wurden Torfstücke gestochen, getrocknet und gestapelt, und die Kühe kalbten. Üblicherweise ließ man sie auf den Hügeln kalben, wo sie wollten, und die Kälber blieben bis zur Viehauktion im Herbst bei den Müttern. Als jedoch die Zeit herankam, in der Bonny kalben sollte, riet mir Morag, die nie aufgehört hatte, sich meiner Interessen anzunehmen, als seien es ihre, sie aufs Anwesen zu treiben, damit ich sie im Auge behalten könne.

»Denken Sie immer dran, was für Wirtschaft unser Ruari mit der Jungkuh hatte, die er gekauft hat«, warnte sie.

Ich erinnerte mich sehr gut an diese »Wirtschaft«. Als ich noch bei Morag wohnte, war eines Abends Bella, Ruaris scheue und unruhige Ehefrau, hereingestürzt und hatte Morag sehr besorgt gebeten zu helfen, ihre Jungkuh sei »mit'm Kalb steckengeblieben«. Mich flehte sie an, nach dem Tierarzt zu telefonieren. Ein paar Stunden später – ich saß mit Strickzeug und Schlummertrunk aus Cider da – klopfte es, und einer der Dorfjungen steckte den Kopf durch die Tür. Vollkommen ernsthaft sagte er: »Morag möcht ein saubres Leintuch für dem Kalb sein Bett.«

Ich konnte sein Ersuchen nur verständnislos wiederholen.

»Aye, sie sagt, Sie haben eins im Schubfach oben im kleinen Zimmer.«

Ich starrte den Jungen an und versuchte meine Kenntnisse von Bruacher Kälberverschlägen in Einklang zu bringen mit der Wahrscheinlichkeit, daß ein Kalb in einem davon mit sauberen Leintüchern zu Bett gebracht würde. Ich kam zu dem Schluß, der Junge spiele höchstwahrscheinlich ein Spiel nach Art von ›Wetten, daß...‹ und ich sei das erwählte Opfer, grinste und setzte mich bequemer zurecht.

»Wenn Sie's mir mitgeben, sie braucht's bitte gleich.« Der Junge klang jetzt ungeduldig.

»Muß es auch bestimmt ein sauberes Leintuch sein?« neckte ich und war überzeugt, gleich ein Kichern seiner Kumpel zu hören, die ihm sicherlich draußen im Dunkeln den Rücken stärkten.

»Aber ja.« Seine Miene wurde immer entschlossener, als ich noch immer keine Anstalten machte, nach oben zu gehen. »Soll ich zurückgehn und sagen, Sie geben ihr kein Leintuch?« fragte er unwirsch. »Muß ich ihr sagen, sie soll selber komm' und es holn?«

Wider bessere Einsicht ging ich hinauf ins kleine Zimmer, nahm ein frischgewaschenes Leintuch aus dem Fach, legte es ihm in die ausgestreckten Hände und fand mich damit ab, daß der Scherz, sollte es denn einer sein, am nächsten Morgen im ganzen Dorf herum sein würde. Natürlich hätte ich zu Ruari hinübergehen und mich diskret nach dem Stand der Dinge erkundigen können, da aber meine Anwesenheit zweifellos die Situation noch mehr kompliziert hätte, schien es mir unfair, sie mit meinen Zweifeln zu belasten. Als ich an diesem Abend schlafen ging, war Morag noch immer nicht zurück, und als sie am nächsten Morgen mein Frühstück brachte, sah sie so zerzaust aus, als hätte sie die Nacht bei Sturm im Freien verbracht.

»Na, nun hat Ruari wenigstens für all seine Sorgen ein feines Stierkalb«, lautete ihre Begrüßung. Ich murmelte etwas Passendes und wartete auf die Neckerei, die sicherlich gleich einsetzen würde. »Und stellen Sie sich vor, Bella hatte nicht mal ein saubres Leintuch für dem Kalb sein Bett«, rief sie aufgebracht.

Ich tat erstaunt, was mir leichtfiel.

»Hat sie doch nichts andres gefunden als einen alten Bezug, aus dem die Farben rausgehn, wenn er naß wird«, ergänzte sie. »Und das wär doch nie was gewesen für das Vieh. Ich hätt mich geschämt.« Sie schüttelte betrübt den Kopf über die Unzulänglichkeiten ihrer Schwägerin.

»Und ich hab gedacht, der Junge macht Spaß, als er kam und um ein Leintuch bat«, gestand ich reumütig.

»Ja, richtig. Er hat erzählt, daß Sie's ihm anfangs nicht recht geben wollten. Wieso eigentlich?«

»Ich konnte mir einfach nicht vorstellen, daß ein Kalb zwischen Leintüchern ins Bett gebracht wird«, sagte ich. »Ich kann es noch immer nicht. Es klingt völlig unwahrscheinlich.«

Morag unterdrückte ein Kichern. »Aber *mo ghaoil*, das Bett von einem Kalb ist das, wo's drin liegt, eh's geboren ist. Wie heißt es denn auf englisch?«

»Sie meinen den Tragsack?«

»Richtig, den Tragsack. Und der ist gestern nacht mitsamt dem Kalb abgegangen, und wir mußten versuchen, ob wir ihn mit'm Leintuch wieder reinstopfen könn'. Manche Leute nehmen einen Strohwisch, aber Ruari wollte davon nichts hören. Ein sauberes Leintuch, hat er gesagt, und nichts andres durft's sein.« Sie verbreitete sich nun über die schauerlichen Einzelheiten, und ich fühlte meinen Appetit auf das Frühstück – Schafsleber mit Ei – rasch schwinden.

»Und jetzt ist alles in Ordnung?« unterbrach ich sie verzweifelt.

»Aye. Der Tierarzt hat dem Kalb bißchen was operiern müssen, aber heut morgen haben wir's auf allen vieren rumhopsen sehn, als ob ihm nie was gefehlt hätt.« Sie goß sich eine Tasse Tee ein und setzte sich. »Du liebe Zeit, war der Tierarzt müde, als er fertig war, und das war nach vier heut früh.«

»Für die Jahreszeit war es heute nacht auch noch bitter kalt«, stellte ich fest und sah im Geist, wie ungemütlich es in einem durchschnittlichen Kuhstall in Bruach war.

»Aye, wir haben alle über die Kälte geklagt – alle außer dem Tierarzt. Der hat gesagt, ihm ist warm genug, da wo er ist.« Sie schloß mit einem kleinen Lachrülpser.

»Und wo war das?« fragte ich in aller Unschuld.

»Na, die meiste Zeit zur Hälfte in der Kuh, *mo ghaoil*«, informierte sie mich mit sichtlichem Vergnügen.

So durfte denn Bonny ihre Niederkunft in der vergleichsweise luxuriösen Umgebung der Croft erwarten und wurde täglich mehr zum Schmusetier. Sie war das, was einer echten Highländerin am nächsten kam und was ich hatte kaufen können: zottig, rothaarig und mit schwarz umrandetem Maul. Sie hatte gekrümmte Hörner.

»Ein Horn zeigt zum Himmel und das andre zur Hölle«, sagten meine Nachbarn bei ihrem Anblick. »Sie werden merken, daß sie halb Engel und halb Teufel ist.« Aber sie war hauptsächlich Engel. Ich hätte vielleicht ihre äußere Erscheinung verbessern können, hätte ich getan, was Morag mir riet: eine dicke Futterrübe in heißer Torfasche backen und schnell über das krumme Horn stülpen und es beim Weichwerden allmählich und ganz vorsichtig in die richtige Lage bringen. Ich bezweifelte jedoch, daß Bonny die Behandlung gut aufnehmen würde, und insgeheim freute ich mich über ihre Schieläugigkeit, denn dadurch war sie für mich aus den Dutzenden anderer Highlandrinder draußen auf den Hügeln leichter herauszufinden. Ich hatte peinliche Erinnerungen an die Male, in denen ich Morags Kühe hatte füttern wollen und in der sinkenden Dämmerung hilflos dagestanden hatte, unfähig, eine Kuh von der anderen zu unterscheiden, bis eine von ihnen klug genug war, *mich* zu erkennen.

Als Bonny dann kalbte, vollzog es sich ganz ohne Zwischenfälle. Ich ging sie wie immer morgens besuchen und stellte fest, daß eine Miniaturausgabe von ihr sich an ihre Flanke schmiegte. Ihre Augen waren vor lauter Liebe dunkel und weit aufgerissen, und sie muhte leise, als ich mich näherte. Doch obwohl sie warnend die weitstehenden Hörner gegen mich schüttelte, achtete sie doch darauf, daß mich keines berührte.

Meine erste Freude über ein eigenes Anwesen hatte eingesetzt, als ich das erste warme Ei meiner eigenen Hühner in der Hand hielt. Dann war der Erwerb von Bonny gekommen, dann das erste gepflügte Stück Land, und nun Bonnys Kalb, ein kräftiges Kerlchen mit lockigem hellbraunem Fell, das mich an schaumige Milchschokolade denken ließ.

Hatten erst alle Kühe des Dorfs gekalbt, gab es die im Winter stets knappe Milch überreichlich. Bei jedem *strupak* wurde *crowdie*, Sauermilch, angeboten, und Sahne gab es nicht nur zu jeder Mahlzeit, sie wurde sogar gegen Sonnenbrand auf die Haut aufgetragen. Als es wärmer wurde und wir einige unserer winterlichen Kleidungsstücke ablegten, wurden die Pferdebremsen plump vertraulich, Unkraut schien über Nacht zu voller Höhe aufzuschießen und die jungen Kartoffelpflänzchen zu bedrängen, das Gras auf den Crofts wurde so hoch, daß es wogte, und die Gnitzen, ein Fluch der Highlands, der das Glasgower Brot und die üppige Sozialhilfe noch übertrifft, kamen in Schwärmen, besiegten die Pferdebremsen und quälten uns beim Hacken und Häufeln der Kartoffeln. Die Regenperiode im Juli kam und ging und hinterließ einen saftigen Grünteppich, der den steinigen Boden effektvoll verschleierte. Und genau um die Zeit, in der in englischen Kirchen Erntedanklieder gesungen werden, traten bei uns die Sensen in Aktion. Sie wurden gedengelt, und die Heuernte begann.

Alles Heu in Bruach wurde von Männern mit der Sense gemäht. Das Ausbreiten und auf Heinzen Setzen blieb

Frauen und Kindern überlassen, bis das Heu völlig durchgetrocknet war und dann – wiederum von Männern – zum Winter in Scheunen gelagert werden konnte. Ich hatte laienhaft mit der Sense umgehen gelernt, konnte aber den gleichmäßigen Schwung nicht stundenlang durchhalten, der nötig ist, will man einen nennenswerten Heuvorrat erzielen. Wenn ich nicht gezwungen sein wollte, das Winterfutter für Bonny zu kaufen, brauchte ich Hilfe. Erchy, auf den ich mich bei landwirtschaftlichen Arbeiten immer verlassen konnte, mähte das meiste mit der oft verheißenen, nachlässigen und von Morag angespornten Hilfe Hectors. Doch auch dann wurde das Ausbreiten, Harken, Wenden, Hängen und wieder Ausbreiten allmählich fast zuviel für mich allein. Ich entdeckte zu meinem Schrecken, daß ich hinter meinen Nachbarn nachhinkte, und obwohl mir jedermann von Zeit zu Zeit versicherte, es eile nicht, man könne bis Neujahr Heu machen, ging ich zu Peters Mutter Sheena und fragte sie, ob sie ihn manchmal entbehren könne, damit er mir half.

Sheena und Peter wohnten, obwohl sie auf meinem Nachbargrundstück arbeiteten, am anderen Ende des Dorfs. Sheena war alt, etwas wackelig auf den Beinen, aber nicht unterzukriegen, und sie brachte es fertig, Peter, der trotz seines Schwachsinns voll von überschüssiger Kraft und unberechenbaren Einfällen war, in völliger Abhängigkeit zu halten. Ihr Heim mit seinem überhängenden Strohdach war eines der ältesten im Dorf, und ihrer dunklen Küche entströmte eine immerwährende Freundlichkeit, wie ihrem windschiefen Herd der Rauch. Die Tür stand offen und entließ den blauen Torfrauch, versetzt mit dem Duft nach vor kurzem verbranntem Mehl, in den heiteren Abend. Ich wartete einen Augenblick, ehe ich mich meldete, und hörte Sheena Peter in stockendem Bariton aus der Zeitung vorlesen. Als sie meine Stimme hörte, sprang sie auf, zog mich ins Haus, schuffelte auf ihren bestrumpften Füßen herum, um einen *strupak* vorzubereiten, und blieb hin und wieder stehen, um mich auf die Schulter zu klopfen und mir zu sagen, wie tüchtig ich sei, und zwischendurch Peter zu fragen, ob sie nicht erst heute zu ihm gesagt habe, daß sie mich liebe wie eine Schwester. Sie begann unter dem Alkovenbett in der Ecke herumzufuchteln und förderte ein braunes, verschnürtes Päckchen zutage. Betroffen merkte ich, daß ich einmal mehr ein Stück Sandkuchen würde schlucken müssen, den Sheena einmal aus Edinburgh als Geschenk bekommen hatte und nun für Ehrengäste hortete. Die Firma behauptete auf dem Dosendeckel, seit über hundert Jahren Sandkuchen herzustellen, und als ich bei meinem ersten Besuch bei Sheena ahnungslos ein Stück entgegengenommen hatte, war ich sofort überzeugt gewesen, Sheenas Dose sei eines der allerersten Exemplare. Seitdem hatte ich trotz wiederholter Einladungen und echter Sympathie für die alte Frau meine Besuche absichtlich reduziert, immer in der Hoffnung, es seien inzwischen genügend Ehrengäste bei ihr gewesen, daß mir von dem Sandkuchen nichts mehr angeboten würde. Es sah jedoch so aus, als sei der Vorrat unerschöpflich, und ich überlegte, wie viele weitere Dosen wohl in dem kaum erforschten Territorium unter ihrem Bett ruhen mochten. Sheena hatte schlechte Augen, und ich hätte den Kuchen leicht in meiner Tasche bergen können, wäre da nicht Peter gewesen, der jeder meiner Bewegungen wie ein hypnotisierter Spatz mit den Blicken folgte.

»Peter, hör sofort auf, Miss Peckwitt anzuglotzen«, mahnte Sheena, stieß ihm mit einer Geste, die ihn zusammenzucken ließ, die Zeitung in die Hände und befahl ihm, die Bilder anzuschauen. Peter gehorchte mit solch augenrollendem Eifer, daß seine Mutter ihm, plötzlich mißtrauisch werdend, über die Schulter sah, ihm eine Doppelseite Badeschönheiten wegriß und durch einen Veterinärkatalog ersetzte. Oberhalb von dessen seriösen Seiten heftete sich Peters Blick verzweifelt auf meine Füße. Peters Gewohnheit, mich unverwandt anzustarren, gehörte zum beunruhigendsten, was ich auszuhalten hatte. Zwar lebte ich schon mehrere Jahre in Bruach, war mir aber zwingend bewußt, noch immer eine Quelle dauerhaften Interesses für die Einheimischen zu sein. Sie beobachteten mich wenigstens heimlich. Peter hatte nicht Grips genug, seine Neugier zu verbergen, und wann immer ich auftauchte, glotzte er mich so versunken an, daß er total vergaß, was er gerade tat, bis seine Mutter ihn mit einer Ohrfeige wieder daran erinnerte. Seine Aufmerksamkeit war peinlich und ihr Ergebnis unvermeidlich: Wann immer Sheena und Peter miteinander arbeiteten und ich in Sicht kam, wurde es zu einer Groteskummer von Dick und Doof. Erst an diesem Nachmittag war ich Heuwenden gegangen, und Peter, der Heu harkte, während seine Mutter es zusammentrug, erblickte mich plötzlich. Sofort wurde seine Harkerei so unkontrolliert, daß er der armen Sheena die wackeligen Beine unter dem Leibe wegharkte und sie umwarf, ehe ihre Rufe seine Aufregung durchdrangen, und er lange genug innehielt, daß sie sich aufrappeln und ihn ohrfeigen konnte.

Nach den unerläßlichen Präliminarien teilte ich Sheena den Grund meines Besuchs mit.

»Aber gewiß wird Peter kommen und Ihnen helfen, *mo ghaoil*. Ganz gewiß. Er ist ein guter Junge, auch wenn er, wie ihr auf englisch sagt, ›ein bißchen weich im Oberstübchen ist‹.« Aber Sie solln ihn haben, mit Vergnügen, Miss Peckwitt. Sobald ich ihn bei unserm Heu entbehren kann.« Peter wurde gar nicht erst gefragt. »Und Peter liebt Sie, Miss Peckwitt«, fuhr sie begeistert fort. »Ist doch wahr, Peter? Du sagst mir doch fast jeden Tag, wie sehr du Miss Peckwitt liebst?« Peter nickte erschrocken, aber energisch Zustimmung, und abgeschirmt durch ihre Beteuerungen, transportierte ich dankbar das Stück Sandkuchen in meine Tasche und machte mich an frischgebackene Scones, deren verlockender Duft die Küche schon bei meiner Ankunft erfüllt hatte. Ich schnitt die sich entwickelnde Lobrede auf meine Vorzüge und Peters Talente kurz ab, indem ich Sheena ein Kompliment über ihre Scones machte.

»Ach, *mo ghaoil*, die hab ich geschwind zusammengemischt, als wir aus'm Heu kamen, denn dem Brot war vor lauter Schimmel schon direkt ein Bart gewachsen. Ehrlich, ich sag noch zu Peter, es sieht nach all der Hitze aus wie ich.« Sie schlug sich mit der Hand auf den Mund. »Ach, wüßt ich nur die richtigen Wörter und könnt es Ihnen sagen! Ich könnt Sie lachen machen, wenn ich nur mehr Englisch könnt«, meinte sie bedauernd.

»Aber Sheena, Sie bringen mich doch *immer* zum Lachen«, entgegnete ich vollkommen ehrlich.

»Das freut mich aber, *mo ghaoil*. Lachen ist für die Menschen so gesund wie ein Teller Hafergrütze, und man sollte es jeden Tag haben.« Sie quetschte energisch meine Schulter. »Also, wie gesagt, mein Gesicht wurde von Sonne und Wind so wund, daß ich die Sahne, die ich für die Butter auf die Scones zusammengespart hatte, einfach draufgespritzt hab, und dann hab ich mich vorm Haus in den Schatten gesetzt, weil ich vor Hitze schon geschnappt hab wie die Vögel. Du meine Zeit, ich muß dabei eingeschlafen sein, wie ich aufwach und faß mir ins Gesicht, da war's voller Haare wie bei einer Ziege. Nanu, sag ich mir, wie um Himmels willen ist denn das passiert?« Sie lachte lautlos. »Und was krieg ich raus? Mein Prachtstück von Peter hier hat versucht, sich die Haare zu schneiden, sich dazu neben mich gesetzt, und der Wind hat mir all seine Haare ins Gesicht geblasen, und da sind sie in der Sahne klebengeblieben.« Während dieses Berichts hatte sie wiederholt meine Schulter gedrückt und geklopft, und als sie geendet hatte, krümmte sie sich unter Lachkrämpfen, die nur noch abgehackt ihre Kehle erreichten. Ich lachte begeistert mit über ihre Geschichte, Peter jedoch, der sich wahrscheinlich an die bei dieser Gelegenheit erhaltene Strafe erinnerte, beobachtete seine Mutter nur argwöhnisch. »Ach, *mo ghaoil*, wenn Sie mehr Gälisch könnten, ich könnt Ihnen viel besser sagen, wie ich ausgesehn hab«, klagte sie wieder. Ihr zu Gefallen lachte ich übermäßig.

In der Küche wurde es dunkel, da der Himmel sich anschickte zu regnen, und vereinzelt kamen schon Tropfen den Schornstein herunter und zischelten auf dem warmen Herd.

»Der olle Kamin hat die Pisse nie richtig abgehalten«, erklärte mir Sheena vergnügt.

»Ja«, sagte ich und erhob mich vom Stuhl, »ich glaube wirklich, wir brauchen dringend Regen.«

»Aber gewiß doch«, erwiderte sie. »Haben Sie schon mal ein so heißes Wetter erlebt, wie wir's jetzt und vorige Woche hatten?« fragte sie heiser.

»Es war wirklich sehr warm«, bekannte ich.

»Der arme Peter hat sich beim Heuen einen solchen Sonnenbrand geholt, daß er sich alle paar Minuten an der Wand schaben muß wie das Vieh, so juckt's ihn.« Eben noch rechtzeitig fing ich einen flehenden Blick von Peter auf und unterdrückte eine skeptische Bemerkung hinsichtlich der Möglichkeit, durch ein dickes Flanellhemd hindurch, das Peter immer trug, Sonnenbrand zu kriegen. Mir fiel ein, daß ich ihn an einsamer Stelle des Ufers vorigen Sonntag in der Sonne hatte liegen sehen, als seine Mutter ihn in der Kirche glaubte.

Ich sagte, ich müsse gehen, ehe der Regen heftiger würde, und Sheena ließ Peter in der nun völlig düsteren, unbeleuchteten Küche zurück, geleitete mich fast bis zum Weg und beteuerte mir feierlich, daß ich Peter fürs Heu bekäme, »am ersten schönen Tag ab übermorgen, falls der Herr uns alle bewahrt«. Sie hatte keine Jacke übergezogen, um mich zu begleiten, und ich drängte sie umzukehren, ehe sie durch und durch naß würde.

»Ach, ein bißchen Regen macht mich nicht naß, *mo ghaoil*«, behauptete sie munter, erlaubte mir aber, allein weiterzugehen. Erst als ich mich abwandte, merkte ich, daß sie noch immer auf Strümpfen war.

Der Regen hielt die ganze Nacht an und machte eine Arbeit im Heu am nächsten Morgen unmöglich. Ich beschloß, die Hausarbeiten nachzuholen, die ich des Heues wegen hatte liegenlassen müssen. Ich hatte eben angefangen, den Boden zu bohnern, da kam Sarah und teilte mir mit, Bonny sei stierig. Sie riet mir dringend, sie sofort zum Bullen zu führen. Ich zitterte bei dem Gedanken, Bonny einem Stier auch nur auf eine Meile Abstand nahezubringen.

»Würde Euan das wohl für mich tun?« fragte ich hoffnungsvoll.

»Würde er bestimmt, aber er ist heut früh mit dem Bus weg. Sein Bruder hat eine Beerdigung«, erklärte sie.

Erchy und Hector hatten, das wußte ich, zu viel mit den Touristen zu tun, und selbst wenn keine gekommen wären, war Hector mit den vielen hübschen jungen Verwandten im Dorf voll ausgelastet. Sheena konnte ich nicht um Peter bitten, weil sie ihn offiziell nie sexuell aufgeklärt hatte. Ich mußte mich daher damit abfinden, Bonny selbst zum Stier zu führen, wenn ich nächsten Sommer Milch haben wollte.

Vor langer Zeit, ziemlich am Anfang meines Aufenthalts in Bruach, war ich einmal einem großen, zottigen Highlandbullen begegnet, der mitten auf der Straße stand, unerschütterlich, als »Herr des Glen«, und hatte kurz darauf zu meiner Verblüffung erlebt, wie ein junges Mädchen von hinten an diesen Bullen herantrat, ihn mit der bloßen Hand auf das Hinterteil klatschte und ihm befahl: »Nun mach schon!« Der Bulle war gehorsam abgetrottet. Als ich mich aus meiner Erstarrung gelöst und das Telefonhäuschen verlassen hatte, in das ich mich beim ersten Anblick des Bullen geflüchtet hatte, nahm ich mir vor, es eines Tages dem jungen Mädchen nachzutun oder es doch wenigstens zu versuchen. Dieser Plan schien undurchführbar, vielleicht weil es mir unglücklicherweise vom Schicksal bestimmt war, meinen Bullen immer direkt von vorn gegenüberzutreten, eine Situation, die auch stärkere Naturen als mich einschüchtert. Um Bonnys willen mußte ich nun mit einem Bullen oberflächliche Bekanntschaft schließen. Ich führte die fügsame Bonny am kurzen Strick und hatte dabei immerzu das Gefühl, daß mein Torso sich von meinen Beinen zu trennen gedachte. Bei Morag schaute ich kurz herein, teils um eine kleine Atempause zu haben, teils um mich zu erkundigen, wo ungefähr sich der Stier aufhielt.

»Aber da haben Sie Glück, *mo ghaoil*. Morgen muß der nämlich auf den Prahm, und Angus hat ihn auf seinem Grundstück, bis der Lastwagen ihn abholt. Da brauchen Sie das Vieh nur bis dorthin führn.«

Fiona, Hectors und Behags kleine Tochter, begann sich eifrig die Gummistiefel anzuziehen.

»Wo willst du denn hin?« fragte Behag mit mütterlicher Nachsicht.

»Ich bring Miss Peckwitt zum Bullen«, verkündete Fiona energisch, und weder Morag noch Behag schienen ihr Vorhaben im geringsten außergewöhnlich zu finden. Behag war immer froh, Fiona in meiner Gesellschaft zu wissen, weil ich anscheinend der einzige Aufpasser war, dem das Kind sich nicht zu entziehen versuchte. Fiona war die geborene Herumtreiberin und verschwand selbst dann stundenlang, wenn man ein strenges Auge auf sie hatte. Außerdem war sie das eigensinnigste, unlenkbarste Bündelchen Unabhängigkeitsdrang, das mir je untergekommen ist, und gerade heute wünschte ich ihre Gesellschaft entschieden nicht.

»Nein, Fiona«, sagte ich. »Heute kannst du nicht mitkommen.«

Fiona ignorierte meine Weigerung und kämpfte sich kindlich ungeschickt in eine Strickjacke.

»Du hast gehört, daß Miss Peckwitt dich nicht mitnehmen will«, sagte Behag mit einem hilflosen Blick auf mich und Morag.

»Ich bin schon weg«, sagte das Kind ungerührt.

»Fiona!« warf Morag streng ein.

Fiona zeigte nur durch ein Zusammenpressen der Lippen, daß sie es gehört hatte.

»Heute mußt du mit Tantchen und Mami zu Hause bleiben«, sagte ich und versuchte energisch zu klingen. »Morgen geh ich dann mit dir spazieren.«

Fionas graue Augen waren unverwandt auf mich gerichtet. »Ich komm mit«, verkündete sie. »Los, eil dich.«

Morag gab mir zum Trost einen Apfel. Fiona verlangte auch einen und hatte ihn schon fast aufgegessen, ehe wir wieder auf der Straße standen.

»Ich steck deinen Apfel bei mir in die Tasche«, bot sie eifrig an, als sie ihren Apfelbutzen wegwarf, »du kannst mir's dann sagen, wenn du ihn nicht willst.«

Die Sonne war durch die Wolken gebrochen, um die morgendliche Feuchtigkeit aufzulösen, und wärmte uns den Rücken, als wir den steinigen Pfad hinaufkletterten. Fliegen summten mir unaufhörlich um den Kopf und störten mich kaum mehr als Fionas ebenso unaufhörliche Fragen. Als uns Angus' Hunde entgegenliefen, war ich dankbar für die zeitweilige Ablenkung. Im Hause entschuldigte sich Angus' Frau für die Abwesenheit ihres Mannes und auch dafür, daß sie uns nicht begleiten könne. Sie lehnte sich schwer auf einen Stock, weil sie sich, wie sie sagte, das Knie so aufgeschlagen habe, daß sie kaum auftreten könne. Der Bulle, sagte sie, sei weit unten im »Park«, eine Tatsache, die Bonny, ihrem plötzlichen Interesse nach zu urteilen, ebenfalls entdeckt hatte. Sie brüllte, zerrte an ihrem Leitseil und zog mich hinter sich her. Es kam ein Antwortgebrüll vom Bullen, und als wir das Parktor erreichten, ließ ich das Seil los, trieb sie rasch hindurch und schloß das Tor hinter ihr fest zu. Bonny blieb kokett stehen, als der Bulle auf sie zugetrabt kam. Ich lag auf einem Steinhügel in sicherer Entfernung außerhalb des Zauns und wartete, ganz damit zufrieden, all die verborgenen kleinen Dinge im Heidekraut zu studieren, die nur die Faulen kennen. Die Wolken waren nun ganz vor der Sonne zurückgewichen, die Luft war erfüllt von Sommergeräuschen: den langgezogenen gurrenden Bemerkungen der Möwen, dem gedankenverlorenen Summen der Insekten, dem Zischeln des Meeres. Meine ganze Aufmerksamkeit war auf eine leuchtend grüne Raupe konzentriert, die sich ein Blatt einverleibte. Da fuhr Fionas Stimme mit vernichtendem Hohn in meine Versunkenheit.

»Das ist der dämlichste Stier, den ich in meinem Leben gesehn hab«, sagte sie.

Ihr Interesse an den Vorgängen war einigermaßen peinlich.

»Fiona«, flötete ich, »komm doch mal her und schau, wie diese Raupe gerade zu Mittag ißt.« Der Köder blieb unbeachtet.

»Der Stier ist ein blöder Stier«, wiederholte sie. »Er tut nicht, was er soll. Kommen Sie mal schaun?« Sie zog mich ungeduldig an der Schulter.

Ich wandte mich um. Bonny stand fröhlich wiederkäuend da, und der Stier, der begeistert mit dem Schwanz schlug, hatte sich auf die Vorderbeine niedergelassen und sog befriedigt an ihrem Euter. Ich stand auf, und Bonny richtete einen flehenden und beredten Blick äußerster Verwunderung auf mich.

»Was machen Sie jetzt?« fragte Fiona.

»Wart's ab«, sagte ich mürrisch, trat über den Zaun und gab dem Stier mehrere Klapse auf den Hintern. »Nun mach schon!« brüllte ich ihn an, wartete aber nicht ab, ob er gehorchte, sondern kletterte behende wieder über den Zaun, wo ich mich, erschüttert über meine eigene Kühnheit, schwer atmend an einen Pfosten klammerte.

»Dem haben Sie's aber gezeigt«, kreischte Fiona in hemmungsloser Bewunderung. Sie wandte sich zum Stier. »Warum hast du das nicht gleich gemacht, du blöder Kerl«, verhöhnte sie ihn.

Für die Arbeit im Heu blieb mir, als ich mit Bonny heimgekehrt war, noch ein langer Nachmittag. Nach einem hastigen Imbiß ging ich hinaus und lud das schon trockene Heu von den kleinen Reitern auf größere. Peter, der mit seiner Mutter auf seiner Wiese arbeitete und gerade die vielen Kletten aus dem Heu pflückte, erblickte mich und winkte mir mit einem großen Klettenstrauch begeistert zu. Sheena, die gebückt neben ihm gearbeitet hatte, richtete sich kurz auf, in dem gleichen Augenblick, als er den Arm wieder sinken ließ, und die Kletten verfingen sich eigensinnig in ihrem grauen Haar. Sheena stand einen Moment verblüfft, ihre Hände fuhren zum Kopf, um das Ausmaß des Schadens abzuschätzen, und dann sofort an Peters Kopf, um ihm einen Hagel scharfer Klapse zu verpassen. Erst als dies vollbracht war, zogen sich die beiden an die Grenzmauer zurück, wo Peter sich schlotternd bemühte, die Kletten wieder herauszuzupfen. Nach dieser lautstarken und langwierigen Operation blieb die arme Sheena ganz niedergeschlagen auf dem Grenzmäuerchen sitzen, Peter aber hatte sich von seiner Aufgabe bereits erholt und machte sich daran, die lästigen Kletten wieder zusammenzusuchen. Ich gedachte Sheena zuzureden, bei mir eine geruhsame Tasse Tee zu trinken, damit ihre Stimmung sich besserte, und in dieser Absicht ging ich durch die Wiese auf das Mäuerchen zu. Peter, dessen Aufmerksamkeit vorübergehend von mir abgelenkt worden war, bemerkte mein Näherkommen und warf in einem Freudenkrampf die zusammengelesenen Kletten über die Schulter nach hinten. Ich rang nach Luft. Sheena schrie heiser auf. Peter wandte sich um, und beim Anblick dessen, was er nun schon wieder angestellt hatte, sank ihm der Unterkiefer. Er ergriff die Flucht. Sheena sprang auf, versuchte hinter ihm drein zu wanken und rief wütend seinen Namen, aber er fürchtete ihren Zorn und lief weiter, nicht ohne zwischendurch einen angstvollen Blick zurück zu werfen. Sheena griff sich an den zwiefach malträtierten Kopf.

»Gott und Miss Peckwitt mögen mir verzeihn«, sagte sie, und Tränen des Zorns ließen ihre Stimme zittern, »aber jetzt *muß* ich fluchen.«

Und das tat sie auch.

6
Die Tinker

»Im Frühling sind die bestimmt wieder da – genau wie die Spinnen«, sagte Morag mit Nachdruck.

Sie sprach von den Tinkern, diesen gutgelaunten, geschwätzigen, umherziehenden Bewohnern der Hebriden, die alljährlich das Dorf überschwemmten, wenn auch vielleicht nicht mit dem allerersten Frühlingshauch, aber doch bald nach dessen erstem tiefem Atemzug. Sie trafen etwa gleichzeitig mit den Theologiestudenten ein, die in ihren Ferien bei den Croftern mit Bibeln und religiösen Schriften hausierten – eine Beschäftigung, die man mit »Eulen nach Athen tragen« hätte bezeichnen können – und gelegentlich an den Haustüren ein bißchen das Predigen übten. Die Crofter duldeten beide, doch an purem Unterhaltungswert gehörten die Tinker doch in eine andere Kategorie.

Die Einstellung der Crofter zu den Tinkern oder »Tinks«, wie man sie auch nannte, war ebenso interessant wie amüsant. Sie verachteten sie wegen ihrer nicht dauerhaften Behausungen, die von Grassodenhütten bis zu den Ladeflächen von Lastwagen reichten. (Ich glaubte manchmal, wenn Lord Nuffield in einem Caravan in Bruach aufgetaucht wäre, sie hätten auch ihn als Tinker bezeichnet.) Sie fürchteten sie auch, weil sie unbelehrbar an ihre übernatürlichen Kräfte glaubten. Sie hießen sie willkommen, weil nach der Isoliertheit des Winters irgendein Besucher immer noch besser war als gar keiner und die »Tinks« mit ihrem Klatsch und ihren Scherzen so manche öde Stunde aufhellten. Außer Töpfen und Pfannen boten ihre mannigfachen Bündel für viele die einzige Gelegenheit, persönlich einzukaufen. Daher taten die Crofter die Türen weit auf und sahen wohlwollend zu, wenn sich ihre Küchentische in Miniaturverkaufstheken verwandelten und Straßenbengel in hartnäckige Vertreter.

Ich gedachte mir einen Melkeimer zu kaufen, war daher am Kommen der Tinker interessiert. Ehe Bonny kalbte, hatte ich mich mit allen nötigen Utensilien für die Versorgung mit Milch, Butter und Sauermilch versehen, als da waren: flache Schüsseln, Milchsiebe, Butterstößel etc. Aber infolge einer geistigen Verirrung hatte ich den Melkeimer vergessen. Es gab keine Möglichkeit, diese Unterlassung wiedergutzumachen, außer aufs Festland zu fahren, und bis dahin mußte ich in eine Puddingform melken, wobei ich notgedrungen entweder die Puddingform in der einen Hand halten und mit der anderen melken mußte (dabei bekam man einen Krampf in der Hand) oder aber die Puddingform auf den Boden stellen und riskieren, daß Bonny sie als Fußbad benutzte – ein Unfall, der sich nur zu oft ereignete.

Nach einem solchen Unfall, als ich gerade ein Fußbad aus mistversetzter Milch zu meinem halben Dutzend Hühnern trug, die neuerdings mit entmutigender Vorfreude in einer Reihe warteten, wann immer ich melken ging, tauchte Morag – die nie eine Gartentür oder einen Weg benutzte, wenn sie auf andere Weise in einen Garten gelangen konnte – hinter dem Kuhstall auf.

»Sehen Sie sich das an«, sagte ich und zeigte ihr die Form. »Das ist nun das dritte Mal diese Woche, daß das passiert. Ich wünschte, ich bekäme irgendwo einen richtigen Melkeimer.«

Da erzählte sie mir, das Eintreffen der Tinker stünde unmittelbar bevor.

Ein paar Tage später wußte sie zu berichten: »Hab gehört, die Tinks warn vorige Woche in Neabost.« Ich sagte, diesmal wolle ich sie nicht verpassen.

»Und denken Sie dran«, sagte sie, »wenden Sie sich an den zusammenklappbaren Tink, der immer aussieht, als ob er in der Mitte abbricht.« Ich nickte, denn ich erkannte ihn nach ihrer Schilderung sofort.

»Der hat nämlich die besten Melkeimer. Aber schaun Sie, daß er dafür nicht mehr verlangt als eine halbe Krone.

Ich könnt mir denken, daß er versucht, mehr zu kriegen, weil Sie ihm fremd sind. Ich zahl ihm immer eine halbe Krone.«

Obwohl ich die Verhandlungen meiner Wirtin mit den Tinkern oft belauscht hatte, war ich doch immer zu mißtrauisch gewesen, um selbst etwas von ihnen zu kaufen. Doch als ein paar Tage nach meiner Unterhaltung mit Morag der »zusammenklappbare Tink« fröhlich meinen Gartenweg heraufgeschlendert kam, das Hemd aus der Hose hängend, die Arme bewehrt mit Melkeimern, hieß ich ihn lächelnd willkommen – und zückte die halbe Krone.

»Ich nehme einen von Ihren Milcheimern.«

Höflich zog er den trostlosen Filz, dessen Hutband mit frisch gepflückten Heiderosen und Glockenblumen geziert war. »Ein wunderschöner Tag heute, Madam«, mahnte er mich sanft.

Ich besann mich. Selbst bei Tinkern gilt zunächst und vor allem die Höflichkeit. Ich gab zu, es sei ein wunderschöner Tag.

»Und trotzdem täte hier in der Gegend Regen not«, fuhr er gesprächig fort.

»Das stimmt«, sagte ich mit steigender Ungeduld. Ich wollte zurück zu meinem Gulasch, das bereits ärgerlich zischelnd Aufmerksamkeit heischte. Vielleicht hörte auch er das Zischeln, denn ganz plötzlich änderte er sein Verhalten. »Sagten Sie nicht, Sie wollten einen von meinen Eimern, Madam?«

»Ja, bitte.« Wieder hielt ich ihm die halbe Krone hin.

»Er kostet fünf Shilling«, sagte er aalglatt.

Ich erinnerte mich meiner Instruktionen. »Ich gebe Ihnen eine halbe Krone, und nicht mehr«, sagte ich.

»Tut mir leid, Madam, diese Eimer kosten fünf Shilling. Für eine halbe Krone kann ich sie nicht hergeben.«

»Eine halbe Krone«, wiederholte ich fest und wußte, wenn ich den Tinkern ein einziges Mal den Eindruck machte, ich sei leichte Beute, würden sie mich nie mehr in Ruhe lassen.

Er unterließ vorübergehend jede weitere Diskussion und wandte sich dem Garten zu, in dem die Knospen der jungen, von mir gepflanzten Büsche kurz vor dem Aufbrechen standen und die Narzissen sich in ihrer Üppigkeit fast zu Tode blühten.

»Ich weiß noch, daß Sie die Pflanzen wollten, als ich voriges Jahr hier vorbeikam«, bemerkte er leutselig. Ich habe nie feststellen können, ob die Tinker wirklich ein so phänomenales Gedächtnis haben oder ob ihre Behauptungen einfach eine raffinierte Kombination aus Vermutungen und Gewandtheit sind. Aber sie erinnern sich anscheinend an alles – jedes Mal.

»Wundervoll«, sinnierte er weiter, »wie doch alles in einem einzigen Jahr wächst.«

Ich bestätigte das etwas kurz. Das Gulasch brannte deutlich an, aber ich hatte Angst, meine Augen auch nur einen Moment von dem Tinker zu wenden. Ich wollte meinen Melkeimer, und außerdem wollte ich ihn loswerden.

»Und Ihre Kuh?« fragte er, als er Bonny erblickte, die zwischen den rauchblauen Glockenblumen friedlich graste. »Du meine Zeit, die ist aber auch gewachsen, und das in nur einem Jahr. Ist das zu glauben.« Er schüttelte verwundert den Kopf.

»Vor einem Jahr hatte ich sie noch nicht«, wies ich ihn zurecht.

»Nein, Sie hatten sie nicht, aber ich hab sie voriges Frühjahr dort gesehn, wo Sie sie herhaben, und sie ist sehr gewachsen«, gab er geschickt zurück. »Gibt wohl viel Milch, was?«

»Über vier Liter morgens und abends«, gab ich Auskunft, »und ich hab nur eine tiefe Schüssel zum Melken.«

»In dem Fall brauchen Sie aber nötig einen von meinen Eimern, Madam.« Er blickte nachdenklich hinauf zu den zerklüfteten Gipfeln der Hügel, die über das Stalldach schauten.

Gott im Himmel, dachte ich, jetzt fängt alles von vorn an!

Er hängte aus dem Eimerbündel über seinem Arm einen ab und reichte ihn mir. Ich prüfte ihn flüchtig und hielt ihm mit triumphierendem Lächeln das Geld hin. Auch er lächelte. Ich glaube, er hatte während unseres gesamten Handels nicht aufgehört zu lächeln, doch jetzt kam noch ein gewisses Funkeln in seinen Augen hinzu. Humorvoll nickend schob er mir das Geld wieder zu. »Behalten Sie es, Madam«, sagte er freundlich. »Behalten Sie es bis nächstes Jahr, vielleicht wächst auch das.«

»Aber nein, hören Sie«, protestierte ich, doch da war er schon unterwegs zum Gartentor.

»Ist schon gut, Madam.« Er blieb stehen, um seine Kleidung um die Taille in Ordnung zu bringen. »Ich schau dann nächstes Frühjahr wieder rein. Ist doch wundervoll, wieviel beim Wachsen ein Jahr ausmacht. Wirklich, kaum zu glauben.«

Ich war zu fassungslos, um etwas anderes zu tun, als ihm nachzuschauen, wie er graziös wieder zur Straße zurücktänzelte. Als ich nach meinem Gulasch sah, war es schon fast verkohlt.

Noch am gleichen Abend suchte ich Morag auf. Ein glänzender neuer Eimer schmückte die Anrichte.

»Wieviel haben Sie für den bezahlt?« fragte ich.

»Nur fünf Shilling«, sagte sie.

»Nur fünf Shilling! Aber Sie wollten doch unbedingt, daß ich nur eine halbe Krone zahlen soll, Morag!« protestierte ich ärgerlich.

»Stimmt genau, *mo ghaoil*, hab ich. Aber diese Eimer sind doppelt so groß wie die, die er gewöhnlich dabeihat. So unverschämt wär ich nicht zu erwarten, daß einer von denen nur eine halbe Krone kostet. Da würd ich den Mann doch betrügen.«

Nach zwölf Monaten Seelenpein öffnete ich eines Tages im Frühling dem »zusammenklappbaren Tink« die Tür. Mittschiffs klaffte er noch immer beängstigend auseinander, wieder war sein Hut mit Blumen geziert, diesmal jedoch hingen ihm nur zwei Eimer am Arm. Anscheinend war das Geschäft lebhaft gewesen. Er begrüßte mich wie eine alte, hochgeschätzte Freundin und machte mir sofort Komplimente über meinen Garten und das Wachstum meiner Kuh. Ich stürzte ins Haus, um mein Portemonnaie zu suchen, und stellte selbstverständlich fest, daß ich nur eine Zehnshillingnote hatte. Die stieß ich ihm hin. Es täte ihm leid, sagte er, Wechselgeld hätte er nicht, ja es täte ihm sogar mehr als leid, denn er könnte mir statt des Wechselgeldes auch keinen der beiden Eimer überlassen, denn die seien vorbestellt. Es täte ihm leid. Na ja, es war den Spaß wert gewesen.

Als die Tinker-Saison erst einmal angefangen hatte, blieb uns nichts anderes übrig, als ihre Belästigungen hinzunehmen, und es verging kaum eine Woche, ohne daß eine Horde Tinker über uns herfiel.

»Und wissen Sie, was ich zu Haus fand, als ich vom Urlaub heimkam, fünf glänzend neue Kessel auf dem Kaminsims«, beklagte sich die lahme Annie bei mir, als wir zusammen zur Post hinaufgingen, wo sie ihre Rente abholen wollte. »Und alles, weil fünf verschiedene Tinks vorsprachen und nichts andres zu verkaufen hatten als Kessel. Jonathon ist so weichherzig, der konnte keinem nein sagen.«

Ich mußte wohl oder übel mein Herz verhärten, sogar so weit, daß ich »Aberdeen Angus« widerstand, dem rührenden kleinen Inder, dessen makellos weißer Turban immer mit einer Plastiktüte gegen den Regen geschützt war. Er kam jedes Frühjahr vor unsere Haustüren gewankt, rechts und links zu Boden gedrückt von schweren Koffern, so daß man Angst bekam, er könne jeden Augenblick in der Mitte auseinandergerissen werden. Er war ungeheuer beliebt, hauptsächlich wegen seines Talents, die Zukunft aus Teeblättern zu lesen, obwohl er exorbitante Preise verlangte, und doch wankte er, wenn er das Dorf verließ, noch immer unter dem stark verringerten Gewicht seiner Koffer.

»Aberdeen Angus« war leicht wegzuschicken. Er schenkte jedem das gleiche bewundernde Lächeln, ob man von ihm kaufte oder nicht. Weniger leicht abzuweisen waren die ältlichen weiblichen Tinks, die so ungezwungen zu meinem Cottage geschlendert kamen und mit leiser Stimme hartnäckig die Qualität ihrer Herrenhemden, Hemdhosen, Handtücher, Damenkleider und Unterwäsche anpriesen, die sich aus ihren von Tischtüchern umwickelten Bündeln auf die Schwelle ergossen. Wenn sie endlich akzeptiert hatten, daß ich nichts kaufen würde, hörten sie auf, mir zuzureden, und sahen mich lange an, als wollten sie meine möglichen Reaktionen auf eine andere Art von Verhalten taxieren (wie es hieß, war ihr Vokabular gelegentlich einschüchternd), und dann zogen sie ab – mit nicht mehr als einem entrüsteten Rascheln von Unterröcken – oder vielleicht auch Pfundnoten.

Die einzigen Tinker, mit denen ich ins Geschäft kam, waren »Tinkerloo« und »Jinty«. Tinkerloo war ein ausgelassener, unverwüstlicher Kerl, der in einer Rostlaube von Wagen angefahren kam, um mit uns über den Erwerb von Schuhbändern, Schuhwichse, Haarklammern und Handcreme zu verhandeln, und uns ganz allgemein niederschmetternde Einblicke in das Leben von Hausierern tun ließ. Er erschien unregelmäßig. In der Hoffnung, ihn zu regelmäßigem Kommen anzuregen, kaufte ich ihm jedesmal, wenn er kam, etwas ab, obwohl seine Haarklammern fast immer einen Anflug von Rost zeigten und seine Handcreme nach schlechter Silage roch. Ich fragte einen der Tinker, warum Tinkerloo das Dorf nicht regelmäßig besuchte wie alle übrigen.

»Ach, der, Madam, das ist ein Schlimmer. Der trinkt!« belehrte er mich mit salbungsvoller Perfidie. »Voriges Jahr war der dreimal, heuer auch schon einmal im Krankenhaus, um von seinen Elefanten kuriert zu werden.«

Ich war überrascht. Tinkerloo war mir nie wie ein Alkoholiker vorgekommen, doch als ich ihn das letzte Mal sah, bestätigte er es mir selbst und zwinkerte dabei Tränen aus den Augen.

»Aye, Ma'm, es ist wahr. Und jetzt haben sie mich drei Monate ins Gefängnis gesteckt. Drei Monate, Ma'm, und das, weil ich gut und richtig gehandelt hab.«

»Wie denn das?« fragte ich.

»Schaun Sie, Ma'm: Immer wenn ich die rosa Elefanten seh, wie sie aus'm Heidekraut rauskommen oder aus Bäumen, wenn vielleicht gar keine Bäume da sind, wie Sie sicherlich gehört haben, Ma'm, sag ich mir: Jetzt wird's Zeit, Joe, was zu tun, sag ich und steig in meinen Wagen und fahr mich ins Krankenhaus. Hab ich doch immer gemacht, Ma'm. Viele Jahre, schon seit mich als jungen Kerl der Fluch getroffen hat.« Er sank bedrückt in sich zusammen. »Und jetzt haben sie es mir verboten und haben mich dafür ins Gefängnis geschickt. Und was soll ich jetzt machen?« fragte er kummervoll.

»Sie könnten vielleicht jemand finden, der Sie ins Krankenhaus fährt«, sagte ich.

Er starrte mich an. »Sie verstehn nicht, Ma'm«, erklärte er mir geduldig. »Ich krieg niemand in den Wagen mit mir, wenn ich in dem Zustand bin. Ach, ich glaub, ich bin dann wie ein wilder Stier.« Wieder traten ihm Tränen in die Augen, und ich mußte ein halbes Dutzend Tuben Handcreme kaufen und Hunderte von rostigen Haarklammern, ehe er auch nur ein wenig getröstet war.

Jinty, der andere Tinker, der auf meine Kundschaft zählen konnte, war eine drahtige Frau von grenzenlosem Optimismus. Sie hatte ein breites, zahnlückiges Lächeln und eine Nase, die sich infolge Sonnenbrand so verschwenderisch schälte, daß ich geschworen hätte, sie würde von Jahr zu Jahr ein paar Millimeter kleiner. Darüber machte ich einmal ihr gegenüber eine Bemerkung.

»Ach nein, es ist nicht die Sonne, was meiner Nase schadet, nein, nein, es ist mein Mann.«

»Ihr Mann?«

»Ja doch. Er ist für Speck und Eier, wissen Sie, und wo

wir doch dauernd unterwegs sind, kann ich sie nicht immer für ihn kriegen. Und wenn er morgens nicht Speck und Eier hat, krieg ich eins auf die Nase.« Sie seufzte. »Mit'm Tee ist es das gleiche. Alle paar Minuten will er Tee, Tee, Tee, den ganzen Tag. Und wenn kein Tee in der Kanne ist, heißt das, daß ich wieder Nasenstüber krieg.«

Ich drängte ihr ein Päckchen Tee auf, und sie nahm es mit zahnlückiger Dankbarkeit entgegen. Speck hatte ich nicht, und es war zu früh am Tage, als daß die Hühner schon gelegt hätten. Ich schlug ihr vor, später wiederzukommen. Ich kochte eine Kanne Tee, und wir setzten uns in die Sonne und tranken ihn. Wegen Jintys zerschundener Nase hätten wir vielleicht besser ins Haus gehen sollen, doch der Kamin hatte derartig geraucht, daß die Küche fast unbewohnbar war. Ich entschuldigte mich bei Jinty und erzählte ihr, daß ich seit Wochen nach jemand suchte, der den Schlot fegte, aber bis jetzt niemand gefunden hätte.

»Das macht aber bestimmt mein Mann heut abend für Sie«, äußerte sie fröhlich.

Ich tat, als interessierte mich das Angebot, glaubte aber keinen Moment, daß etwas daraus würde. Die Tinker sind berüchtigt für ihre Scheu gegenüber manueller Arbeit, und ich hatte ohnehin meine Zweifel, ob Menschen mit der Technik des Kaminkehrens vertraut wären, die ein Großteil ihres Lebens in Zelten oder Lastwagen leben.

Um so erstaunter war ich, als gegen vier Uhr nachmittags ein fetter, keuchender, aber harmlos aussehender kleiner Mann auftauchte, in einem buntkarierten Hemd, der bereits jetzt in wundervollen Technicolorfarben schwitzte. Er war in Begleitung eines Jünglings, dessen Figur aussah, als habe ein werdender Pfadfinder an ihm Knoten geübt. Sie seien gekommen, verkündete er, um den Schornstein zu putzen, und hätten es eilig. Anscheinend sollte in der altehrwürdigen Bruacher Manier gekehrt werden, denn der Jüngling trug ein großes Büschel Heidekraut und der Mann einen Stein von angemessener Größe. Zum Glück hatte ich das Feuer ausgehen lassen. Ich zeigte ihnen Leiter und

Seil, die seit Wochen bereitlagen. Sie banden den Felsbrokken und das Heidekraut an das Seil, dann kletterte Jintys Ehemann furchtsam auf das Dach. Ich stürzte ins Haus und warf rasch Schutzhüllen über alle Möbel, beobachtet von dem Jüngling, der mir ins Haus gefolgt war und so still stand, daß ich ihn in meiner Verwirrung fast auch gegen Ruß verhüllt hätte.

»Und was werden *Sie* tun?« fragte ich ihn.

»Ich fang den Ruß auf«, erwiderte er stumpfsinnig.

»Worin?«

Er schaute verständnislos. »Eimer«, murmelte er.

Ich hatte nur den einen Eimer, und den wollte ich nicht für Ruß hergeben. Der Jüngling nahm die Mütze ab und blickte zweifelnd hinein. Ich lief einen Sack holen, doch es war schon zu spät. Ein rumpelndes, schabendes Geräusch drang aus dem Kamin, dann wurde der Stein heruntergelassen, und zugleich fiel ein großer Klumpen Ruß in den Herd und verteilte sich auf dem Fußboden.

»Das hat ausgegeben«, frohlockte der Jüngling, auf den der Anblick von Ruß eine elektrisierende Wirkung zu haben schien. Er war mit einem Sprung draußen im Freien und wiederholte seine Worte seinem Verbündeten auf dem Dach. Man hörte noch einige Rumpler, und es kam noch mehr Ruß. Der Jüngling kam wieder, watete durch den Ruß zur Feuerstelle und steckte den Kopf in den Kamin. Von oben hörte man die gedämpfte Stimme von Jintys Mann.

Der Jüngling übersetzte: »Er sagt, da hat sich der Stein im Schornstein festgeklemmt, und wir wolln schaun, daß wir 'n rauskriegen.«

Damit war er auch schon wieder draußen. Sekundenlang war alles still, ehe es wieder unheilverkündend im Schornstein zu wummern anfing, obwohl jetzt nur noch gelegentlich ein Sprühregen von Ruß niederging. Ich holte mir ein Schäufelchen und eine Pappschachtel und wollte aufkehren, stolperte aber über ein Hindernis im Ruß, zweifellos die Mütze des Tinkers, und setzte mich unerwartet mitten hinein, wobei ich mir den Musikantenknochen an der Bratofentür anschlug. Ich saß noch und rieb ihn, da setzten die Stimmen ein. Ich hatte zwar schon oft den Ausdruck »fluchen wie ein Tinker« gehört, hatte aber bis zu diesem Augenblick keine entfernte Vorstellung gehabt, was genau das bedeutete. Ich glaubte, ich sei gegen Verwünschungen abgehärtet, aber die Sprache, die jetzt aus dem Kamin drang, als die beiden Tinker mit dem Stein kämpften, war doch eine Offenbarung. Ich konnte nur staunen, daß sie den Stein nicht zermalmte. Sie war ätzend! Sie war vernichtend! Ich hätte stundenlang dasitzen und zuhören mögen.

Schließlich wurde der Stein von der Stelle gerückt. Als die beiden Künstler vom Dach kamen und ihr Geld wollten, freute ich mich, daß mein Erröten vom Ruß verhüllt wurde.

»Also der Schornstein da«, sagte Jintys Mann vertraulich, »der is innendrin so uneben, Ma'm, da sollt man glatt bißchen was wegsprengen.«

Ich tat einen tiefen, zitternden Atemzug. »Na«, meinte ich respektvoll, »Sie haben jedenfalls Ihr Bestes getan, nicht wahr?«

Ich packte ein paar Eier in eine Tüte und reichte sie ihm. »Geben Sie die Ihrer Frau.«

Er war ganz erschrocken. »Meiner Frau? Wer soll'n das sein?«

»Jinty natürlich«, sagte ich. »Sind Sie nicht Jintys Mann?«

»Ja... Soso.« Er spuckte nachdenklich aus. »Jedenfalls hab ich einen guten Sohn von ihr, stimmt.« Er watschelte zufrieden ab, und der Jüngling schlurfte hinter ihm her.

Dann kam Sheena kurz vorbei. Sie wollte sehen, wie ich zurechtkäme.

»Wie ich hör, haben Sie die Tinker zum Kaminkehren dagehabt?« sagte sie. »Haben sie's denn richtig gemacht?«

»Das muß ich erst sehen«, erwiderte ich und hielt ein Streichholz an Papier und Späne. Der Herd war schon immer ein bedrückend langsamer Brenner gewesen. Wenn ich morgens aufstand, pflegte ich ihn anzuzünden, und anschließend ging er aus. Ich zündete ihn dann wieder an, er zeigte gute Ansätze, erlosch aber wieder. Ach, dachte ich dann, aller guten Dinge sind drei – und manchmal hatte ich Glück. Er war täglich eigenwilliger geworden, und das Anzünden glich immer mehr dem Ritual des Gänseblümchenabzupfens: Er liebt mich, liebt mich nicht... Diesmal aber fing das Papier sofort Feuer, die Späne knisterten, und die Flammen kräuselten sich um die Torfziegel und loderten in den Kamin hinauf. Es war wundervoll.

»Ich glaub, ich hab noch nie ein Feuer so gut brennen sehn, selbst bei Hamish und Mary nicht«, rief Sheena aus. »Mein Gott, die müssen ihn aber richtig saubergekriegt haben.«

»Ich glaube, sie haben ihn beinah ausgeschält«, murmelte ich mit schwachem Lächeln.

Sheena war gekommen, um mir zu sagen, daß sie am nächsten Morgen zu einer Ohrenuntersuchung ins Krankenhaus bestellt sei, und wollte, ich solle nach einem Tinker namens »Buggy Duck« Ausschau halten, von dem sie gewohnt war, die meisten Kleidungsstücke für Peter zu kaufen. Er wurde am folgenden Tag im Dorf erwartet. Ich sollte von ihm Socken, Hemden, Overalls und Taschentücher für Peter kaufen. Herunterzuhandeln gebe es nichts, versicherte sie mir, Buggy Duck nenne immer einen angemessenen Preis.

Als sich am nächsten Morgen ein riesenhafter, wild aussehender Mann mit buschigen Augenbrauen vor meinem Cottage einfand und in breitem Grinsen abgebrochene, schwarze Zähne entblößte, erkannte ich ihn als Buggy Duck. Seine gewaltigen Arme, nackt bis zum Ellbogen, waren struppig wie herbstliches Gras, seine Gesichtshaut glich braunem Krustenbrot. Als ich – ungefähr vor einem Jahr – Buggy zum ersten Mal begegnet war, hatte mich seine Erscheinung erschreckt – bis er den Mund auftat. Wie bei so vielen riesigen Kerlen kam die Stimme aus seinem Körper wie das Quieken eines Stofftiers, und selbst dieses lächerliche Falsettstimmchen zu produzieren schien all seine Kraft zu erfordern. Heute trottete ein kleines Mädchen neben ihm her, möglicherweise seine Tochter. Aber nach meinem kürzlichen Fauxpas fand ich es besser, die verwandtschaftlichen Zusammenhänge zwischen Tinkern nicht näher zu untersuchen. Einige unter ihnen scheinen das Stigma, verheiratet zu sein, nicht ertragen zu können. Ich führte die beiden in die Küche, und während Buggy Duck das leuchtend bunte Tuch seines Bündels aufknotete, setzte sich die Kleine und mampfte gleichzeitig Kuchen, Apfel und Süßigkeiten, die sie von kinderlieben Bruachern zusammengebettelt hatte. Ich suchte mir ein Paar Herrensocken oben aus dem Haufen und prüfte sie. Sekundenschnell hatte Buggy Duck seinen abgelatschten Schuh abgeworfen und wies mir, auf einem Bein balancierend, seinen Fuß zur Ansicht.

»Gute, gute Socken, die da, Ma'm. Solche hab ich selber an. Die trag ich nun vierzehn Tage, und sie saugen den Schweiß nur so auf.« Sein Gepiepse klang betont highländisch. Meine Nase bestätigte seine Aussage. Ich legte mir ein halbes Dutzend beiseite.

»Die Hemden da«, überlegte ich. »Ich weiß die genaue Größe nicht...« Im Geist versuchte ich die Breite von Peters Schultern mit der von Buggy Duck zu vergleichen. Ich hielt erschreckt die Luft an, als Buggy Duck mit einer raschen, krampfhaften Bewegung seinen dicken Pullover auszog und in Hemdsärmeln vor mir stand.

»Hab so eins an, Ma'm. Probieren Sie's über meine Schultern wegen der Größe«, forderte er mich auf.

Ich maß hastig und legte zwei Hemden beiseite.

»Damenhemden, Hemdhosen, Ma'm?«

»Nein«, sagte ich nachdrücklich, zog eilig zwei Overalls aus dem Bündel und legte sie zu den Hemden und Socken.

»Taschentücher?«

Ich atmete auf. Er breitete seinen Taschentuchvorrat aus – eine Raritätensammlung aus Gepunktetem,

Schwammgrünem und flammendem Rot. Ich suchte ein paar der am wenigsten scheußlichen aus und fragte dann nach dem Preis für das Ganze.

»Für die paar Sachen ist das aber ein stolzer Preis«, sagte ich, als er ihn nannte.

»Stimmt, aber was heutzutage alles kostet, es ist schauderhaft«, bestätigte er leidenschaftlich. Mit einem ungestümen Seufzer ließ er sich auf einen Stuhl fallen, nahm den ihm angebotenen Tee und schlürfte ihn geräuschvoll.

Ich wandte jetzt meine Aufmerksamkeit dem Kind zu. Das Mädelchen hatte eine Triefnase, klebrige Lippen und war schlampig angezogen, doch ihr Haar hatte die Farbe der Sonne auf Maisstoppeln, und die Augen waren wie von einem Tintenfinger in den Kopf gedrückt. Ihr Name sei, teilte Buggy Duck mir mit, Euphemia, kurz Phimmy. Normalerweise sind Tinkerkinder zu scheu, um mit einem zu sprechen, dieses jedoch antwortete mir keck, als ich es fragte, wie alt es sei.

»Fünf.« Sie sah sich mit großen Augen im Zimmer um, nichts schien ihr zu entgehen. »Du hast sechs Elefanten, sechs«, warf sie mir vor, als ihr Blick auf die Parade der Ebenholzelefanten fiel, die auf dem Kaminsims aufgereiht waren.

»Ja, die habe ich.«

»Du hast siebzehn Bücher auf dem Fach da, siebzehn.«

»Das stimmt.«

»Du mußt Elefanten und Bücher gern haben, was?«

»Ich finde«, sagte ich, »daß du ein ganz gescheites Mädelchen bist, Phimmy, wenn du schon bis siebzehn zählen kannst, wo du doch erst fünf bist.«

»Bin ich auch«, bestätigte sie selbstgefällig.

Buggy Duck griff nach meiner Tasse und neigte sie prüfend. »Eins ist sicher, Ma'm, Ihnen steht Glück ins Haus.«

Ich fühlte, daß der Erwerb von Socken, Hemden, Overalls und Taschentüchern mich zu einer günstigen Zukunft berechtigte. »Nur weiter!« ermunterte ich.

»Sie werden zu Geld kommen«, prophezeite er schrill und ernsthaft.

»Das werde ich auch brauchen, wenn ich weiter bei Ihnen einkaufe«, konterte ich.

Er schnaubte verächtlich: ein prachtvoller Laut mit aller Resonanz, die seiner Stimme sonst fehlte, stand dann auf und begann sein Bündel zu schnüren.

»Alsdann, Ma'm, ich danke Ihnen. Und viel Glück bis zum nächsten Jahr.« (Das sah einem Tinker wieder einmal ähnlich, einem ratenweise Glück zu wünschen.)

Ich ging neben den beiden den Gartenweg hinunter. Phimmy drängte sich vor uns durch das Tor. Das Kind interessierte mich, und ich wollte Buggy Duck klarmachen, daß es ein außergewöhnlich intelligentes Kind sei, und dafür plädieren, seine Schulbildung nicht so planlos dem Zufall zu überlassen wie bei den meisten Tinkerkindern.

»Phimmy«, begann ich ernsthaft, »ist ein ungewöhnlich intelligentes Mädchen.«

»O ja, Ma'm«, bestätigte er eifrig, »das soll wohl so sein, denn der sie gezeugt hat, war ein Doktor.«

Phimmy kam zu uns zurückgelaufen. »Ein Sack mit seinen Pfeifen kommt den Weg rauf«, platzte sie aufgeregt los.

Ich wollte sie schon verbessern, als ich den Sackpfeifer sah, verzichtete aber dann darauf.

»Jetzt holt er sich den Wind rein«, verkündete sie. »Gleich spielt er.«

Der Sackpfeifer kam durch das Gartentor herein. Ich habe Dudelsäcke ganz gern, finde aber, es sollte vorgeschrieben sein, einen Abstellknopf an ihnen anzubringen. Aus angemessener Entfernung liefert der Dudelsack mit seinem Schnaufen und Wimmern die ideale Musik für das Land der Hügel und Glens. Schlimm ist nur, daß seine Anhänger glauben, zwei Meter vom Ohr sei eine angemessene Entfernung. Mehr als einmal mußte ich die Qual erdulden, von einem Sackpfeifer unterhalten zu werden, der in der Enge eines Autobusses aus vollen Lungen blies.

Phimmy tanzte und steppte. Buggy Duck klopfte mit dem Fuß und nickte dazu mit dem Kopf. Ich litt, ein perfides Lächeln wie festgefroren auf dem Gesicht. Meine Stimmung hob sich, als eine schwarze Wolke, so klein, daß sie in eine Kinderfaust gepaßt hätte, einen kurzen, scharfen Regenguß herabsandte, doch wir flüchteten nur in den Schutz des Cottage, der Pfeifer pausierte keinen Atemzug lang. Drinnen war der Lärm ohrenzerfetzend, und ich mußte an den Rat von Jintys Mann denken: Jetzt wurde der Kamin tatsächlich fast weggesprengt.

Endlich brummte und verstummte der Vortrag. Buggy Duck und Phimmy gingen fort, der Sackpfeifer blieb noch erwartungsvoll, bis ich ihm eine Münze in die Hand drückte. Ein Lächeln, breit und schmutzig wie ein Strich mit dem Teerpinsel, teilte seine Lippen. »Meinen Dank auch, Ma'm«, murmelte er grabesdüster.

Mit beginnendem Herbst verließen uns die Tinker allmählich wieder und hinterließen die Spuren ihrer Feuer an den Straßenrändern und abgelegte Schuhe, Stoffetzen und weggeworfene, zerbrochene Haushaltsgegenstände auf der Heide.

»Ich glaub, von denen sehn wir heuer nichts mehr«, meinte Hector, als wir eine Gruppe an einem regnerischen Tag müde auf den Lastwagen klettern sahen.

»Gut, daß wir sie los sind«, sagte Erchy erbittert. »Wissen Sie noch – den Haufen vorige Woche? Ihr Laster war im Graben steckengeblieben, und sie haben nach uns geschickt, wir sollten ihn wieder flottmachen. Und richtig sind ein paar von uns hin, zum Beispiel ich und Hector, und bei Gott, wir hatten die Karre kaum wieder auf der Straße, da haben sie schon ihre Bündel rausgezogen und versucht, uns Hemden und Socken und all das zu verkaufen, rechts, links und in der Mitte. Dort draußen, wohlgemerkt, neben dem Weg! Ich glaub wirklich, die haben ihren Laster absichtlich in den Graben besorgt, nur um uns hinzulocken.«

Als ich am nächsten Morgen die Vorhänge aufzog, sah

ich zu meinem Schrecken unten in meinem Garten einen Kinderwagen stehen. Ich wollte meinen Augen nicht trauen. Ich war sicher, daß es noch nie einen Kinderwagen in Bruach gegeben hatte. Kein Baby hätte es überlebt, über Wege wie die unseren geschoben zu werden. Ich ging nachsehen und umrundete ihn argwöhnisch wie ein Tier den Köder. Ja, es war unbestreitbar ein Kinderwagen. Kein neuer, aber einer in gutem Zustand. Ich konnte mir seine Anwesenheit schlechterdings nicht erklären, und ich konnte nur abwarten, was geschehen würde. Es geschah nichts, daher ging ich hinüber zu Morag.

»Morag«, sagte ich und kam mir außerordentlich albern vor. »In meinem Garten steht ein Kinderwagen.«

»Wirklich?« fragte sie nur milde überrascht.

»Wer hat ihn dorthin gestellt?« wollte ich wissen.

»Haben Sie ihn nicht selber hingestellt?«

»Natürlich nicht«, verwahrte ich mich. »Wie könnte ich denn?«

»Ja, dann weiß ich auch nicht. Am besten fragen Sie Erchy.«

Ich fand Erchy beim Ausmisten des Kuhstalls.

»Erchy«, fragte ich, »unten in meinem Garten steht ein Kinderwagen, können Sie mir sagen, wieso?«

»Hab nichts damit zu tun«, bestritt er mit rechtschaffenem Eifer.

»Hat ihn jemand zum Spaß hingestellt?« beharrte ich.

»Hab noch nie einen Kinderwagen im Dorf gesehn, wie hätt jemand es da können?« fragte er.

»Ich versteh das einfach nicht«, sagte ich.

Erchy überlegte kurz. »Den müssen die Tinker dagelassen haben«, meinte er.

Wir konnten uns keinen Grund vorstellen, warum die Tinker einem ältlichen Fräulein einen Kinderwagen verehren sollten.

»Ach, jetzt fällt's mir ein«, erinnerte sich Erchy. »Der letzte Haufen, der da war, wie's so geregnet hat, die hatten einen Kinderwagen auf dem Laster, und dann haben sie

Murdoch diese alten Tanks abgekauft. Ich glaub, dann hatten sie keinen Platz mehr, und da haben sie den Kinderwagen einfach in Ihren Garten geschmissen, der kam ihnen genauso gelegen wie jeder andre Ort. Ein wahres Wunder«, setzte er nachdenklich hinzu, »daß sie nicht versucht haben, Ihnen den zu verkaufen.«

Wir beschlossen, so müsse es gewesen sein, und eine andere Erklärung tauchte auch nie auf.

»Du meine Güte, da haben Sie Glück«, äußerte Erchy, als jemand ein paar Tage später von der Geschichte anfing.

»Glück? Wieso?« wiederholte ich.

»Glück, daß sie Ihnen nur den Wagen dagelassen haben. Sie hätten auch das Baby dalassen können. Bei Tinkern weiß man nie.«

7
Pilger und Erdenpilger

Bruach verfügte zu seinem Pech nicht über einen Gemeindesaal und wenn auch die Schulbehörden nichts dagegen gehabt hätten, das Schulhaus anderweitig zu nutzen, gab es doch immer einen ortsansässigen Wichtigtuer, der Einwände erhob.

»Nicht mal das Kränzchen vom Landfrauenverein könn' wir hier abhalten«, ärgerte sich Morag, »bloß weil irgendwer findet, es ist zu sechs-suell.«

So blieben denn die einzigen Gelegenheiten zu gemeinsamer Unterhaltung für die Crofter der sonntägliche Kirchgang, die Abendmahlsfeiern zweimal im Jahr, eine Wahlversammlung alle fünf Jahre und noch seltener ein Vortrag der Geflügelberaterin, vertraulich als »das Hühnerweib« bezeichnet. Während der Wintermonate wurden unsere Abende manchmal durch den Besuch von jungen Laienpredigern belebt, ortsüblich als »die Pilger« bezeichnet, die mit unterschiedlichem Fanatismus uns armen Sündern ins Gewissen redeten – unseren Sündenpfad zu verlassen und zur Schar der Gerechten zurückzukehren – und denen wir mit unterschiedlichen Graden der Zerknirschung lauschten. Manche dieser Pilger blieben eine volle Woche bei uns, und wir ertrugen allabendlich die harten Kirchenbänke, während sie mit bleichem, verzerrtem Gesicht, Tränen in den Augen und vor Ergriffenheit heiserer Stimme, die uns Zuhörer, ja selbst den Allmächtigen mit chronischer Taubheit bedrohte, Rettung und Vergebung für uns erflehten. Sie stießen den Namen des Herrn so heftig hervor wie ein Schimpfwort und beschworen uns, Pfeifenrauchen, Kirchenkränzchen und Konkubinen aufzugeben. (Merkwürdigerweise hörte ich dabei nie Alkoholismus als Sünde erwähnt, nehme aber an, daß manchmal selbst der eifrigste Pilger eine Aufgabe als hoffnungslos erkennt.)

»Was is'n eine Konkubine?« fragte Erchy nach einer solchen Andacht.

»Das ist eine Frau, die sich ein Mann nimmt, ohne mit ihr verheiratet zu sein«, erklärte ich.

»So was wie 'ne Mätresse?«

»Ja.«

»So was machen wir hier in der Gegend nicht«, verwahrte sich Erchy. »Warum solln wir mit einer zusammenziehn, wo die doch schon selber ein Heim hat?«

Aber bei einem *ceilidh* ein paar Wochen später kam er auf das Thema Konkubinat zurück.

»Einmal wie diese Pilger da warn, hab ich keinen gewußt, der mit 'ner Frau gelebt hätt, die nicht seine Ehefrau ist, aber später ist mir dann Dodo eingefallen.«

»Der ist nicht aus Bruach«, wandte jemand ein.

»Das weiß ich sehr gut, daß er das nicht ist, aber der hat mit so 'ner Frau gelebt. Und was noch mehr ist, der hat drei Kinder von ihr gehabt.«

»So ein Schuft«, stieß Morag in gerechtem Zorn hervor.

Dodo war ein linkischer, begriffsstutziger, unbekümmerter Mensch aus einem Dorf in der Nähe. Sein Haus war nur stellenweise weiß gekalkt, seine landwirtschaftlichen Arbeiten waren nie erledigt, weil er immer wieder etwas Neues anfing, das er dann ebenso unfertig stehenließ.

»Wie die Pilger damals weg sind«, fuhr Erchy fort, »sind sie zu Dodo gegangen, und sie müssen ihm mächtig zugesetzt haben, denn wie ich hör, sind er und das Weib heimlich nach Glasgow und haben geheiratet.«

»Geheiratet? Nach all den Jahren?« wiederholten wir alle ungläubig.

»Hab ich gehört. Ich glaub's auch.«

Einen Moment herrschte Schweigen, weil jeder diese Neuigkeit verarbeitete, dann sagte Morag philosophisch: »Wenn das stimmt, ist es, soviel ich weiß, das erste Mal, daß der Kerl was fertigmacht, was er angefangen hat.«

Daß sich die Pilger so mit den Bewohnern Bruachs beschäftigten, soll niemand glauben machen, sie seien frommer oder unfrommer gewesen als andere Gemeinden der Insel oder sonstwo auf der Welt. Jener Missionar, der sich von der Kanzel herab beschwerte: »Vögel, Vieh und Wurzeln dieser Erde haben ihre Paarungszeit, aber die hiesigen Weiber haben sie immer«, meinte bestimmt nicht Bruach. Ein Kirchenkränzchen hatte das Dorf nie angestrebt, es hätte ja auch keinen Ort gegeben, an dem man es hätte abhalten können. Das Konkubinat wurde, wie Erchy aufgezeigt hatte, so selten praktiziert, daß man es vergessen konnte. Nur die reuelosen Pfeifenraucher rauchten nach dem Besuch der Pilger mit dem gleichen Genuß weiter wie vor deren Eintreffen. Und doch durfte jeder Bruach aufsuchende Pilger auf eine volle Versammlung und eine ostentativ aufmerksame Zuhörerschaft rechnen. Die angeborene Höflichkeit der Bruacher veranlaßte sie hinzugehen. Die Pilger hatten – fanden sie – ebenso wie das Hühnerweib Mühe auf sich genommen und waren in ihr Dorf gekommen, um ihnen zu helfen. Sie waren möglicherweise am Schicksal ihrer Seelen ebenso wenig interessiert wie am Schicksal ihres Geflügels, doch sie strömten mit nüchterner Regelmäßigkeit zu den Gottesdiensten und hörten mit sichtlicher Andacht zu. Nach Beendigung des Gottesdienstes murmelten die Frauen scheinheilig: »Du liebe Zeit, war das eine gute Predigt« oder auch: »Ein fabelhafter Prediger«, denn sie ließen sich von den abgedroschensten theatralischen Wendungen mitreißen. Doch hatten sie die Kirche erst hinter sich, sah man in ihren Augen ein Fünkchen Hoffnung glimmen, eine von ihnen könne eine lustige Unverschämtheit äußern, die ihnen erlaubte, sich in einem kleinen Lachanfall zu entspannen. Ich halte nach meinem langen Aufenthalt bei den Gälen sie im Grunde für nicht religiös. Sie sind durch den Calvinismus unterdrückt worden, aber für mich ist ihre Bereitschaft, diese Fessel abzuwerfen, wann immer äußere Umstände ihnen einen Vorwand dazu liefern, ein hinlänglicher Beweis, daß sie den Calvinismus nie wirklich in sich aufgenommen haben. Sie können unerträglich fromm sein, aber auch abstoßend lästern. Ich weiß noch, wie ich einmal auf der Schwelle eines Hauses innehielt, weil ein andächtiger alter Mann seiner Frau langsam und feierlich den Abendsegen aus der Bibel vorlas. Das von einer Lampe erleuchtete Ritual war sehr eindrucksvoll, bis der Alte am Ende der Lesung die Bibel zuknallte und sie über den Tisch seiner Frau hinstieß mit den Worten: »Stell das gottverdammte Ding jetzt weg.« Auch erinnere ich mich an einen hartgesottenen Junggesellen, der allein lebte und so wenig daran gedacht hätte, einen Bissen ohne vorheriges Tischgebet zu sich zu nehmen, wie seine Steuern vor der allerletzten Mahnung zu bezahlen. Nach einer stürmischen Nacht, in der ihm das Dach teilweise abgedeckt worden war, so daß die anschließenden Regengüsse unheilvoll in seine Küche tröpfelten, saß er vor seinem Frühstückshafermus und sprach das gewohnte Tischgebet. Als es endete, lief ihm ein stetiger Wasserstrahl genau in die Schüssel. Gemächlich sprach er das Amen und fuhr dann ohne wahrnehmbare Pause oder Änderung des Tons fort: »Und entschuldige, o Herr, aber ich wär dir dankbar, wenn du mir nicht in den Brei pinkeln würdest.«

So kamen und gingen denn die Vertreter der verschiedensten Religionen, alle ohne Unterschied als »Pilger« bezeichnet, ohne einen bedeutenden Eindruck bei der Gemeinde zu hinterlassen. Einmal hatte Bruach verblüfft einen schwarzgewandeten Geistlichen in seiner Mitte entdeckt, einen freundlichen, jovialen Mann, den man täglich beim Durchstreifen der Moore oder beim Ersteigen der Hügel sah, umflattert von seinen schwarzen Gewändern. »Wegen dem legen die Hühner auch nicht mehr Eier«, murrte Morag.

Seit meiner Übersiedlung nach Bruach war eine zweite Kirche gebaut worden, so daß nicht länger zweierlei Religionsgemeinschaften gemeinsam Gottesdienst halten mußten. Die neue Kirche lag etwa einen Kilometer weiter oben an der Straße und war, wie die andere, aus schlichtem Wellblech. Zu dieser neuen Kirche strebten Morag, Behag,

Kate und ich eines Mittwochs im Oktober, um dem letzten einer Reihe von Gottesdiensten beizuwohnen, abgehalten von zwei ernsthaften jungen Männern, die eine Erweckungstour durch die Hebriden unternahmen in der Hoffnung, viele, die seit ihrem vorigen Besuch rückfällig geworden waren, zur Einkehr, wenn nicht gar Umkehr zu veranlassen. Die Eröffnung ihrer Kampagne in Bruach war begleitet gewesen von einem Orkan, der fast ohne Unterbrechung die ersten vier, fünf Tage wütete, an den Wänden der Kirche rüttelte und Regen oder bleierne Schlossen wie Maschinengewehrfeuer aufs Dach hatte prasseln lassen. In den letzten beiden Tagen jedoch hatte er sich gelegt, war anfänglich zu heftigen Böen mit Hagelkörnern geworden, die einem wie glühende Funken in die Wangen stachen, dann zu frischen Windstößen, die lamettadünne Regenschnüre mit sich führten, und schließlich am heutigen Abend zu dramatischer Stille, noch intensiviert durch das unaufhörliche Rauschen der See draußen vor der Bucht. Über der Dekoration der Hügelkette flackerten planlos ein paar Sterne, und ein unreifer Mond lugte aus Wolkenkulissen wie ein ungeduldiger Schauspieler.

Als wir uns der Kirche näherten, tauchte eine hohe Gestalt mit einer Kuh am Strick vor uns auf.

»Aber Ruari, willst du die Kuh zum Gottesdienst mitnehmen?« rief Morag.

»Was, Gottesdienst?« brüllte der taube Ruari.

»Aber ja doch, heut abend ist Kirche«, erklärte ihm Morag geduldig.

»Was wolln denn die mit dem Bullen in der Kirche?« wollte Ruari wissen. »Kein Wunder, daß ich ihn nirgends find. Hab das Vieh hier seit zwölf Uhr vormittags rumgeführt und nirgends eine Spur von ihm. Hab schon gedacht, er ist über die Klippe gesprungen. Ausgerechnet in der Kirche?« Der Rest seiner Tirade ging in einem entrüsteten Ausspucken unter.

Morag packte ihn am Ohr und erklärte ihm energisch:

»Die halten hier heut abend Gottesdienst. In der Kirche ist kein Bulle.«

»Aber der Bulle war doch gestern drunten im Glen. Ich hab ihn selber gesehn. Weit kann er nicht sein«, meinte Kate.

»Der kann weit genug weg sein«, murmelte Ruari, setzte sich an den Wegrand und wischte sich das Gesicht mit der Hand. »Ich bin es leid, nach ihm zu suchen.«

»Dann komm mit rein und hör dir die Predigt an. Hat doch kein' Zweck, hier auf dem nassen Gras zu sitzen. Du erkältst dich ja zu Tode.«

»Es ist zu spät, um sie heut abend noch zum Bullen zu bringen«, meinte Kate. »Meinst du nicht, daß sie sich bis morgen hält?«

»Kann sein«, sagte Ruari verzagt.

»Dann bind sie an den Pfosten und komm mit«, befahl Morag, nahm dem widerstandslosen Ruari den Strick ab und schlang ihn um einen Telegrafenmast.

Gehorsam folgte ihr Ruari in die Kirche, wohin uns das vorwurfsvolle Muhen der Kuh begleitete. Da wir spät kamen, mußten wir in der ersten Reihe Platz nehmen, die Kirche hatte sich von hinten her gefüllt. Die Pilger, mit fröhlich entschlossenen Gesichtern, wollten gerade anfangen.

Auf meinen Gängen während der Woche war ich diesen Pilgern mehrfach begegnet, und es war schwer, die angenehm sprechenden, normal intelligenten jungen Leute, mit denen ich mich dabei unterhalten hatte, mit den beiden zu identifizieren, die allabendlich vom Pult aus die Gemeinde mit schriller Stimme andonnerten. Heute abend schienen sie noch emotionaler als gewöhnlich. Sie entnahmen ihren Text der Apostelgeschichte und warnten uns – wogegen Ruaris Kuh empört Einspruch brüllte –, es nicht jenem Felix gleichzutun, der »auf gelegenere Zeit wartete«. Sie illustrierten den Text durch den Bericht über einen jungen Mann, der seine Bekehrung bis nach einer kirchlichen Veranstaltung hatte aufschieben wollen. Bei eben dieser zog er sich eine Erkältung zu, die sich zur Lungenentzündung verschlimmerte, und als er schließlich auf dem Totenbett lag, bat er die Prediger, seinen Sarg beim Vorbeitragen an der Kirche abzusetzen und den Gläubigen auszurichten: »Nun ist mir die ewige Verdammnis gewiß, und alles wegen einem Kirchenkränzchen mit Tanz.« Der Pilger, in dessen Gesicht und Hals alle Muskeln zuckten, pausierte drohend eine volle Minute lang, damit die Versammelten über diese Tragödie nachdenken sollten. Ruaris Kuh jedoch pausierte nicht, sondern brüllte verzweifelt weiter. Weder das eine noch das andere schien jemanden besonders zu rühren. »Ach, meine Freunde«, fuhr der Pilger fort und kämpfte mannhaft gegen das deutliche Bedürfnis zu weinen, »auch dieser junge Mann wartete ›auf eine gelegenere Zeit‹, und dann war es zu spät.« Von seinen Gefühlen überwältigt, mußte er sich auf dem Pult niedersetzen und sein Gesicht mit dem Taschentuch bedecken. Sein Partner übernahm den Rest des Gottesdienstes. Wir sangen einen Choral, und nachdem wir nochmals dringend ermahnt worden waren, »die Drusillas aus unserer Mitte zu verstoßen«, zahlten wir unseren Obolus und marschierten im Gänsemarsch hinaus.

»Gut gemacht«, war Moraqs erste Bemerkung, und der Meinung, sie spräche von dem Prediger, war ich drauf und dran, ihr lendenlahm beizupflichten, da sah ich, daß ihr Blick auf dem mondbeleuchteten Weg ruhte.

Kates Vermutung, der Bulle könne nicht weit sein, war sichtlich der Wahrheit sehr nahe gekommen. Das einladende Gebrüll der Kuh hatte ihn zu ihr geführt. »Die hat auch nicht auf eine bessere Gelegenheit gewartet«, flüsterte Kate boshaft.

Ich war keineswegs überrascht, am nächsten Morgen zu erfahren, daß nach dem Gottesdienst ein Bus voller Gemeindemitglieder von Bruach aus ins Nachbardorf zu einer Tanzerei gefahren war. In den frühen Morgenstunden – die eifrigen Bekehrer hatten sich längst in die Betten verzogen – drang Motorengeräusch in ihre himmlischen

Träume. Sie waren sich zum Glück nicht bewußt, daß dies die Rückkehr eines Großteils ihrer Gemeinde von gestern abend anzeigte, erschöpft vom fieberhaften Tanz und mehr als beschwingt vom Whisky. Noch später kamen Angus und Hector heim. Sie hatten ihre Gewehre mit in den Bus genommen und waren auf der Rückfahrt unterwegs ausgestiegen, um beim ersten Tageslicht zu wildern.

Die zwei männlichen Pilger wurden bald abgelöst durch zwei Pilgerinnen mittleren Alters. Sie schienen der Meinung, die Bewohner von Bruach hätten nicht nur gelegentliche, sondern fortwährende geistliche Betreuung nötig, zogen in das leere Haus am Friedhof und richteten sich auf längeren Aufenthalt ein. Die eine war unverheiratet, klein, strahlend, mollig und schwärmerisch, mit blauen Äuglein, in denen stets Tränen glänzten, wenn sie gerührt war, etwa über eine Bemerkung wegen des Wetters oder ein Kompliment wegen eines hübschen Kleides. Die andere war Witwe, war kurze Zeit mit einem Jockey verheiratet gewesen, war düster und grämlich und hatte seltsam fleckige Wangen, die aussahen, als habe man darauf Zigaretten ausgedrückt. Ihr langes, mageres Gesicht zeigte ausnahmslos eine empörte Miene und erinnerte mich an ein Ausrufungszeichen. Außerdem stotterte sie stark. Sehr bald nannte das Dorf die beiden nur noch »Flatter« und »Stotter«. Meiner Meinung nach gehörte keine der beiden einem besonderen Bekenntnis an, und Stotters leicht devotes Wesen ließ vermuten, daß ihr die Religion an sich ziemlich gleichgültig war und sie sie nur zur Inbrunst anfachte, um notfalls ihre Gefährtin zu beschwichtigen und sich weiterhin ihre Gunst zu sichern. Flatters Frömmigkeit wiederum war, davon war ich überzeugt, überwiegend drüsenbedingt.

Wenn Flatter nicht gerade mit religiösen Versammlungen oder Hausbesuchen beschäftigt war, strickte sie hingebungsvoll und war traurig, weil sich für ihre Arbeit kein Abnehmer fand. Stotters kurioses Hobby war die Herstellung von Fingerlingen aus allerlei Stoffresten, kariertem

Gingham, Pyjamastoff, Schottenplaid, alles säuberlich genäht und mit weißem Klebeband abgesetzt. Ich bestellte mir einen Pullover bei Flatter, und das machte sie glücklich, so sehr, daß ihre Tränen überflossen. Auch ich hätte weinen mögen, als ich den Pulli nach Hause brachte und feststellte, daß er als lockerer Überzug für meinen Armsessel gereicht hätte. Zum Glück versuchte Stotter nicht, ihre Fingerlinge zu verkaufen, ließ mir aber großzügig ein ganzes Bündel da, wann immer sie vorbeikam. Wenn sie gegangen war, pflegte ich meine Finger kritisch zu untersuchen und zu zählen, um ganz sicher zu sein, daß ich wirklich nur zehn hatte, zählte dann auch meinen wachsenden Vorrat an Fingerlingen, die ich in der Blechschachtel für Erste Hilfe aufbewahrte. Einmal, auf dem Höhepunkt, beliefen sie sich auf einhundertsechs Stück.

Weil die weiblichen »Erwecker« vom Glück und nicht vom Höllenfeuer predigten, sahen sich die Männer nicht verpflichtet, die wöchentlichen Zusammenkünfte zu besuchen, die die beiden Pilgerinnen in ihrem Cottage abhielten. Die Frauen jedoch mit ihrem geschmeidigeren Gewissen und froh über jede Abwechslung, erschienen regelmäßig, um Choräle zu singen und sich von Flatter vorlesen zu lassen. Manchmal wurde aus der Bibel vorgelesen, doch fast ebenso oft waren es Geschichten aus Missionszeitschriften oder an besonders aufregenden Abenden aus ›Die Menschenfresser von Kumaan‹ oder sogar aus ›König Solomons Minen‹. Beim Vorlesen setzte Miss Flatter sich ausnahmslos dem Spiegel am Kamin gegenüber und warf zu ihrer Beruhigung häufig flüchtige Blicke hinein. Wenn es Zeit zum Beten wurde, pflegte sie, ungeachtet der Alltagskleidung ihrer Gemeinde, ihren Hut von der Kommode zu nehmen und sorgfältig aufzusetzen, ehe sie bekanntgab: »Und nun wollen wir versuchen, ein Gebet aufsteigen zu lassen«, als wolle ein Wilderer einem vertraulich mitteilen, er jage jetzt ein paar Moorhühner hoch. Ich muß gestehen, das Geschrei auffliegender Moorhühner wäre die passende Reaktion darauf gewesen. Die Zusammenkünfte wurden sonntags für die Kinder derjenigen Eltern wiederholt, die bereit waren, die Jeremiaden und bissigen Sarkasmen ihrer calvinistischen Gemeindeältesten zu ertragen, denen die Sonntagsschule etwas Frivoles, fast Profanes dünkte. Bei den Sonntagsversammlungen wurden die Kinder aufgefordert, zu einer Melodie, die entfernt an ›Hört die Pfenn'ge klirren‹ erinnerte, die Miss Stotter einer gequälten Geige entlockte, ihre Pennies in eine Teekanne mit der Aufschrift »Gruß aus Blackpool« zu werfen. Dafür erhielten sie eine knallbunte Devotionalienkarte. Wenn die Pilgerinnen keine mehr hatten, nahmen sie Zigarettenbildchen. Die Kinder hielten wenig von Flatters Vorlesen und noch weniger von Stotters Geigenspiel. (»Sonntags ist das genauso Sünde wie Sackpfeife, aber der Lärm ist nicht halb so gut«, vertraute ein kleiner Junge mir an.) Einige Kinder empfanden die bunten Karten als dürftige Gegenleistung für ihre Pennies, doch weil sie dadurch der erstickenden Sabbatfrömmigkeit daheim entflohen, kamen sie mit einer für die Pilgerinnen erstaunlichen und schmeichelhaften Regelmäßigkeit. Das führte dazu, daß die Damen beschlossen, zur Belohnung eine Party zu geben, für deren Erfrischungen etwas vom Kollektengeld genommen werden sollte. Obwohl nun viele der Crofter großzügig genug gewesen waren, zu den Gottesdiensten im Cottage zu kommen, war doch die Verbindung von Partys mit Religion für sie gänzlich unannehmbar, was sie aber nur verblümt zum Ausdruck brachten. Die Pilgerinnen hätten kein übermäßig feines Gespür benötigt, um zu merken, daß ihr Plan allgemein abgelehnt wurde. Durch ihren Egoismus auf das glücklichste abgeschirmt, fuhren sie munter mit ihren Vorbereitungen fort. Miss Flatter lernte entschlossen Gedichte zum Aufsagen. Miss Stotter übte auf der Violine, und beide machten sie die Runde im Dorf und sammelten so viele feste Versprechen zu kommen, daß ich gespannt war, wie die Geschichte ausgehen würde.

Am genannten Tage zur genannten Zeit machte ich mich

zum »Pilgrim Cottage« auf und erwartete, andere auf dem Weg dorthin zu treffen. Sarah rief mich von der Haustür her an.

»Kommen Sie denn nicht zur Party?« fragte ich, weil sie noch immer in alten Sachen und Gummistiefeln war.

»Aber nein doch. Die Kuh wird ganz bald kalben, und ich kann sie nicht verlassen.«

»Ich kümmer mich schon drum«, warf ihr Bruder ein, der gerade einen Eimer Wasser ins Haus trug, »geh du nur zu der Party.«

»Ach, wißt ihr, ich kann meinen einen Strumpf nicht finden«, fuhr Sarah gewandt fort. »Ich hatte ihn vorigen Sonntag zur Kirche noch an, und ich hab ihn bestimmt unters Bett geschmissen, wie ich's immer mach, aber wo er jetzt ist, weiß keiner.«

Ich konnte Sarah nicht behilflich sein, die nur einen dicken schwarzen Wollsocken trug. Nicht lange nachdem ich mich von ihr verabschiedet hatte mit dem Versprechen, sie bei den Pilgerinnen zu entschuldigen, hielt der Bus neben mir.

»Komm' Sie mit ins Küno?« fragte Johnny, der Fahrer.

»Nein, ich geh zu der Party«, antwortete ich. »Kommen Sie denn nicht hin?«

»Eben haben wir davon geredet.« Er wandte sich Bestätigung heischend an die etwa ein Dutzend Fahrgäste im Bus. »Aber wissen Sie, es läuft der Film ›Freut euch des Lebens‹, und wenn wir nicht heut abend fahren, kriegen wir den vielleicht nie mehr zu sehn.«

»Ich muß zur Party«, sagte ich. »Ich habe fest versprochen zu gehen.«

»Haben wir doch alle«, sagte Johnny leichthin, und alles lachte, als der Bus wieder anfuhr.

Auf der Straße von Bruach war viel Verkehr. Hector, den ich hatte äußern hören, er schnitte sich eher die Kehle durch als nicht zur Party zu gehen, kam jetzt auf mich zu. Er schob sein Rad. Ich fragte, ob er mitkäme.

»Ach nein, mein Rad ist kaputt, und ich will zu Padruig, ob er nicht was hat, um's zu flicken.«

Es sah so aus, als werde die Party äußerst spärlich besucht werden. Morag mußte Butter rühren, und die Sahne hielt sich nicht bis zum Morgen, Fiona war schon den ganzen Tag krank, daher konnten weder sie noch Behag kommen.

Als ich beim Cottage ankam, begrüßten mich die nervösen und entzückten Pilgerinnen. Miss Flatter tupfte sich fortwährend die überströmenden Augen. Miss Stotter trug exotische Fingerlinge an zwei Fingern der Linken. Drinnen sah ich mich einem großen Tisch gegenüber, bedeckt von unzähligen hoch aufgehäuften Tellern mit Sandwichs. Miss Flatter begann mich mit jedem Teller bekannt zu machen: Eier und Käse, Käse und Eier, Käse, Eier, Fleischpaste, Fisch. Wenn sie es nicht mehr genau wußte, hob sie das Oberteil des Sandwichs ab und sah nach.

Wir setzten uns und warteten auf die übrigen Gäste, ich mit wachsender Beklommenheit. Als die Kessel am Herdrand fast zwei Stunden geseufzt hatten und das Obere der Sandwichs sich zu kräuseln begann, beschloß Miss Stotter, daß sie nun wohl besser Tee aufbrühen sollte.

»Ich hab ihn schön stark gemacht, damit wir viel Wasser dazutun können, wenn sie kommen«, sagte sie in beharrlichem Optimismus, als sie mir eine Tasse von der Farbe verblaßten Sonnenbrands eingoß. Miss Flatter forderte mich auf – mittlerweile völlig trockenen Auges –, mir ein Sandwich auszusuchen. Ich wählte eines mit Lachs. Sie sah verdutzt aus.

»Mit Lachs haben wir keines«, sagte sie.

»Oh, Verzeihung«, entschuldigte ich mich. »Ich hörte sie vorhin ›Fisch‹ sagen, und weil es rosa aussah, hielt ich es für Lachs.«

»Nein, es ist Dorsch«, verbesserte sie mit ernsthaftem Lächeln und reichte mir den Teller. »Wir haben das Rezept selbst erfunden, um Reste zu verwerten.« Dann sah sie sich den Teller genauer an. »Aber die sind ja rosa geworden.«

Vorwurfsvoll blickte sie zu Miss Stotter hinüber, die schuldbewußt auf ihre Fingerlinge blickte und dann mehrmals die Hand hinter dem Rücken versteckte. Ich besann mich anders und wählte Käse.

Als es zehn Uhr schlug und noch immer niemand außer mir zu der Party gekommen war, packten die bedrückten Pilgerinnen die Sandwichs in Blechschachteln. Ich hoffte, dies bedeute, daß ich mich drücken dürfte. Doch sie fanden, da ich mir die Mühe gemacht hätte zu kommen, müsse ich auch unterhalten werden, und so saß ich ergeben da und hörte Miss Flatter Gedichte aufsagen und Miss Stotter mit dem Bogen auf der Geige kratzen und ihr gigue-ähnliche Laute entlocken, nicht musikalischer als ein Zweitaktmotor.

Die Bruacher lieferten am nächsten Tag den beiden so kriecherische Vorwände und Entschuldigungen und versicherten so überzeugend, wie enttäuscht sie gewesen seien, die Party zu versäumen, daß die Pilgerinnen bereit waren zu glauben, das Fiasko sei größtenteils auf ihr eigenes Mißmanagement zurückzuführen.

»Wissen Sie«, sagte Erchy, als er ein paar Tage später in meine Küche geschlendert kam, »Hamish hat denen Pilgerinnen gestern 'ne Gasflasche bringen müssen und sagt, die essen sich noch immer durch einen Stoß altbackener Sandwichs. Sie haben ihn eingeladen, zum Tee zu bleiben, aber er hat genau gewußt, was ihn erwartet, und hat gesagt, er müßt auf'n Berg. Die haben seit der Party schon viele zum Tee eingeladen, aber alle sind zu schlau.«

»Es war wirklich schlimm«, belehrte ich ihn. »Sie haben doch alle vorher gefragt, und fast alle haben zugesagt.«

»Was soll man denn sonst sagen, wenn einen jemand so direkt auffordert«, erkundigte er sich. »Man kann doch nicht einfach sagen, man kommt nicht.«

»Warum nicht?«

»Dann wollen sie wissen, warum nicht, und wenn man ihnen was sagt, ist es wahrscheinlich gelogen. Es ist viel leichter, man sagt ja.« Er setzte sich ans Fenster und zündete sich eine Zigarette an.

»Und wie hat euch ›Freut euch des Lebens‹ gefallen?« fragte ich.

»Großartiger Film«, erklärte er. »Die waren vielleicht besoffen, kann ich Ihnen sagen.«

»Schlimmer als die Leute hier?« fragte ich zweifelnd.

Er überlegte kurz. »Na ja«, räumte er dann ein, »mir kamen sie ziemlich besoffen vor, aber was ich nicht verstanden hab: Die hatten ihr Arbeitszeug an. Wenn die besoffen waren, müßten sie doch ihre besten Sachen angehabt haben. Ich glaub, die haben das nur gespielt.«

Erchy hatte mich auf dem Rückweg vom Haselgertenschneiden besucht, weil er für mich einen Hummerkorb flechten wollte. Ich hatte ein kleines, leichtes Dingi gekauft, das ich ohne Hilfe zu Wasser bringen und den Strand wieder hinaufziehen konnte. Erchy kannte meine Vorliebe für Hummer und hatte vorgeschlagen, ich solle einen Hummerfangkorb auslegen und mir selber welche fangen. Mein Ehrgeiz ging jetzt dahin, mich vor ein Gericht selbstgefangene Fische zu setzen. Brot und Butter hatte ich selbst gemacht, Gemüse und Obst selbst gezüchtet, daher war die Aussicht auf ein Fangnetz jetzt ebenso verlockend, wie es vor einigen Jahren die Aussicht auf eine Flasche französisches Parfum gewesen wäre.

»Und was machen wir jetzt?« fragte Erchy, als er mich ein paar Eier von meinen eigenen Hühnern in eine Schüssel schlagen sah.

»Zitronencreme«, erwiderte ich.

»Also so was mag ich gern«, schwärmte er. »Nur eins mag ich noch lieber, das ist Gelee aus schwarzen Johannisbeern.«

»Die mag ich auch«, gab ich bekümmert zu. Der Garten meines Cottage war, als ich ihn übernahm, ein wahres Gestrüpp von schwarzen Johannisbeerbüschen gewesen, und ich hatte sie in Bodennähe abgemäht. Seither hatten sie sieben Beeren getragen.

»Ich bring Ihnen massenhaft, wenn Sie Gelee draus machen«, erbot sich Erchy.

»Gelee ist schnell gemacht«, willigte ich ein. »Aber woher nehmen wir die schwarzen Johannisbeeren?«

»Da drum kümmern Sie sich mal nicht«, sagte er. »Sie liefern den Zucker und ich die schwarzen Johannisbeeren, und wir machen halbe-halbe.«

Erchys Mutter backte zwar ausgezeichnet Scones und Haferkuchen, hatte aber das Marmeladekochen noch nie ausprobiert und behauptete, ein »Schalleh« brächte sie nie zustande.

Überhaupt machten nur wenige Crofter den Versuch, Marmelade zu kochen, trotz einer Überfülle an Beeren während der Saison. Wer Familie hatte, fand keinen Platz, und die Frauen klagten überdies, auch wenn sie ein halbes Dutzend Gläser Gelee machten, nähme jedes Familienmitglied sich eines und äße das Ganze mit dem Löffel auf einen Sitz aus. Ich nahm daher Erchys Vorschlag an.

Am Donnerstag darauf ging ich zur wöchentlichen Versammlung im Pilgerinnencottage. Es sah so aus, als schämten sich die Dorfbewohner ihres Fernbleibens von der Party der Pilgerinnen und wollten es durch ihr Erscheinen heute abend wiedergutmachen. Frauen und Kinder drängten sich im kleinen Cottage, und wir mußten die Türe offenlassen, damit die draußen stehenden Männer teilnehmen konnten. Erchy, Johnny, Hector, Alistair, Angus – alle waren sie gekommen. Miss Flatter war hingerissen, verlor beim Lesen mehrfach die Zeile und setzte für die Gebete den Hut verkehrt herum auf. Die Choräle wurden so hastig gesungen, daß Miss Stotters Geige nur ein, zwei Takte lang zu hören war, wenn es ihr gelang, vor den übrigen einzusetzen. Als die Versammlung schloß, winkten uns die zwei strahlenden Pilgerinnen von der Schwelle her noch Abschiedsgrüße und Segenswünsche nach, bis wir außer Hörweite waren. Mein Ärger über das Benehmen der Bruacher gegenüber den Pilgerinnen vorige Woche schmolz dahin. Es sah so aus, als empfänden sie echte Gewissensbisse wegen ihres Versäumnisses, und als mir Erchy am nächsten Morgen die versprochenen schwarzen Johannisbeeren brachte – zwei Melkeimer voll –, erwähnte ich ihm gegenüber, wie sehr sich die Pilgerinnen über den großen Zulauf gefreut hätten. Er bestätigte es kurz und ging.

Es waren ungefähr zehn Pfund schwarze Johannisbeeren, und es standen acht volle Gläser auf meinem Tisch zum Etikettieren, und ein weiterer Kessel Gelee kochte auf dem Herd, als Miss Flatter mich besuchte.

»Ah, Sie sind beim Einkochen«, bemerkte sie. »Und auch noch schwarze Johannisbeeren.« Sie schnüffelte anerkennend. »Wissen Sie, wir wollten auch gerade solches Gelee kochen. Noch gestern nachmittag hatten wir herrlich viele schwarze Johannisbeeren an unseren Büschen, wollten sie aber dann lieber bis heute lassen.« Sie seufzte. »Und jetzt wären wir froh, wenn wir sie gepflückt hätten, denn heute früh, als wir hinausgingen, war keine einzige mehr dran. Ob wohl die Vögel sie so rasch abgeleert haben, was meinen Sie?«

Ich war ganz sicher, daß das nicht der Fall war. Als Erchy dann am Abend sein Gelee abholen kam, war ich vorbereitet.

»Erchy, wo hatten Sie die schwarzen Johannisbeeren her?«

»Vom Pilgercottage, woher denn sonst.«

»Und wann?«

»Als wir gestern abend auf der Versammlung waren. Warum glauben Sie denn, sind wir alle hingegangen? Wir Jungens sind alle hin, ein paar zum Pflücken und ein paar zum Mitsingen. Wenn sie besonders laut gesungen haben, war's eine Warnung, daß die Pilgerinnen in der Nähe der Tür sind und wir zur Andacht zurückflitzen müssen. Ach, was kümmert Sie denn da dran? Die wären doch verkommen, wenn wir sie nicht geholt hätten.«

»Sie wollten heute selbst Gelee kochen«, berichtigte ich ihn. »Miss Flatter war heute nachmittag da und erzählte mir, daß alle schwarzen Johannisbeeren weg waren, als sie sie pflücken wollten.«

»Die will auch erst was, wenn's nicht mehr da ist«, sagte Erchy schlagfertig.

»Es ist mir schrecklich peinlich«, sagte ich klagend.

»Ach was, schenken Sie ihr einfach 'n Glas, dann ist sie ruhig«, tröstete er. »Aye, und von mir auch eins. Das ist dann mehr, als sie je aus den schwarzen Johannisbeeren rausgekriegt hätt.«

Miss Flatter und Miss Stotter waren sehr, sehr dankbar für die beiden Gläser. Sie benutzten sie zweifellos, um die allerletzten Sandwichs hinunterzuwürgen.

8
Wieder in der Schule

Die Meise in der Eberesche hinter dem Haus hatte den ganzen Vormittag lang Tiiitscher, Tiiitscher gerufen, ich hätte jedoch nicht gedacht, daß das prophetisch sein sollte. Aber am Nachmittag, als ich gerade einen Arm voll Wäsche von der Leine holte, sah ich die Hauptlehrerin der Schule mit großen Schritten auf mich zukommen. Als ich zum allerersten Mal in Bruach eintraf und die weitverstreuten Häuser, die Überzahl an ledigen Frauenzimmern, Junggesellen und Rentnern sah, hatte ich ein bißchen gestaunt, daß es überhaupt eine Schule am Ort gab.

»Ja, gibt es denn genügend Kinder, die hingehen?« hatte ich ganz harmlos gefragt.

»Aber ja. Wir machen hier die Kinder genau wie anderswo auf der Welt, wissen Sie«, hatte Erchy mit brutaler Taktlosigkeit entgegnet.

Die massive Gestalt der Hauptlehrerin ragte vor mir auf und zischelte wohlmeinend. Es erwies sich, daß Elspeth, die Junglehrerin, plötzlich erkrankt war und ein paar Tage ihre Pflicht nicht erfüllen konnte. Die Hauptlehrerin wiederum litt an einer schweren Erkältung und fand, daß die zweifache Bürde über ihre Kräfte ginge. Ob ich wohl, fragte sie, vorübergehend einspringen könne. Mir gefiel der Gedanke, besonders weil mich Mary, meine Freundin aus England, am nächsten Tag besuchen wollte, und ich wußte, daß sie Bonny und die Hühner nur zu gern ein Weilchen versorgen würde.

Bruachs Schule bestand aus einem einzigen Klassenraum, der in der Mitte durch einen grünen Friesvorhang unterteilt war. Zu beiden Seiten standen je etwa zehn Doppelpulte. Als ich ihn am ersten Morgen betrat, war die Hauptlehrerin schon da. Sie führte mich kurz in die laufende Arbeit ein und gab mir Anweisungen. Während wir auf das Eintreffen der Kinder warteten, unterhielten wir uns mit der angestrengten Herzlichkeit zweier Menschen, die wenig gemeinsam haben.

»Hoffentlich macht Ihnen meine Wascherei nichts aus«, nuschelte sie und zeigte auf einen Kessel Bettücher, der neben dem Kaminfeuer bullerte. »Weil ich in letzter Zeit nicht recht wohl war, bin ich eben mit allem im Rückstand.«

Um zehn Uhr kamen die Kinder hereinmarschiert, die Blicke voll leidenschaftlichem Interesse auf mich geheftet. Johnny, der mir seinerzeit den ersten Unterricht im Angeln von der Klippe gegeben hatte, war nun unter den größeren Jungen, und die Zwillinge, die ich vor langer Zeit »Giggle und Sniggle« getauft hatte und die einander glichen wie ein Ei dem anderen, schmiegten sich gemeinsam in ein Pult und brachten eine gewisse Stimmung mit, die ich von den *ceilidhs* kannte. Als die Kinder saßen, las die Hauptlehrerin das Morgengebet, und die gesamte Schule sagte rhythmisch das Vaterunser auf, wobei ihre volltönenden Highlandstimmen die R rollten und die Konsonanten verschliffen.

Ich nahm das Klassenbuch heraus.

Irgendwann einmal hatte mich ein in Bruach Fremder gefragt, ob ich ihm das Haus eines Mister McAnon zeigen könne. Ich hatte ihm auseinandersetzen müssen, daß es bei einer Einwohnerzahl von wenig mehr als zweihundert Seelen fünfzehn McAnons gab. Er suchte nach einem Mister Lachlan McAnon. Diese Auskunft erleichterte die Identifizierung nur wenig, da es fünf Lachlan McAnons gab. Ich forschte nach weiteren Einzelheiten. War der Mister McAnon verheiratet? Ja, er hatte in seinem Brief eine Ehefrau erwähnt. Damit waren die Möglichkeiten auf drei reduziert. War er dunkel- oder rothaarig? Das wußte der Fremde nicht, doch wenn es eine Hilfe sei, könne er mir seine Handschrift zeigen. Ich bezweifelte, daß uns das weiterbrächte. Mir war aufgefallen, daß offenbar alle Bruacher die gleiche Handschrift hatten. Einige waren vielleicht schriftlich gewandter als andere, aber alle malten sie die gleiche steife Schönschrift und machten die gleichen üppigen Schnörkel. Ein Graphologe hätte womöglich daraus geschlossen, sie hätten alle den gleichen Charakter. Jedenfalls gelang es durch einen Prozeß der Eliminierung, einen passenden Mr. McAnon herauszufiltern, den er besuchen konnte, und es erwies sich, daß es der richtige war.

An das Erlebnis mit dem Fremden wurde ich erinnert, als ich die Schüler nach der Liste aufrief. Die Mehrzahl führte den gleichen Familiennamen, und da man sich sklavisch an den Brauch hielt, Kinder nach Angehörigen zu taufen, gab es auch bei den Vornamen Doubletten. In meiner kleinen Klasse entdeckte ich zwei Alistairs, zwei Angus', drei Floras und zwei Moragss. Zwei der Floras waren auch noch Schwestern, die ältere hieß nach der Mutter und war als »Flora Vor«, die große Flora, bekannt, die jüngere hieß nach der Großmutter und war bekannt als »Flora Vic«, die kleine Flora. Es traf sich glücklich, daß ich sie alle vom Ansehen kannte.

Meine Klasse kämpfte sich durch die Rechenaufgaben, murmelte, hustete, kratzte sich am Kopf, stach mit dem Federhalter ins Tintenfaß und tat all das, was Kinder in einem Klassenzimmer tun. Fiona hob den Kopf und musterte mich kühl. Sie mochte die Schule nicht und neigte zu Aufsässigkeit beim Unterricht. Giggle und Sniggle, die infolge ihrer Frisuren aussahen, als könnten sie jeden Moment auffliegen, kauten an den Federhaltern und flüsterten miteinander. Beide Zwillinge waren etwas zurückgeblieben und daher noch in der Klasse der Kleinen. Eine Serie von Aufschnupfern, die sehr befriedigt klangen, lenkte meine Aufmerksamkeit auf einen kleinen Jungen mit extrem ausgeprägter Stupsnase, den ich als »Beag a Mor« (groß und klein) kannte. Er hatte offenbar den gleichen Namen wie ein älterer Bruder bekommen, und als der Bruder gestorben war, hatte der jüngere, aus einem unbegreiflichen Grunde, beide Adjektive geerbt. Ich trat zu ihm und fragte ihn leise, ob er kein Taschentuch hätte. Er grub in seiner Tasche und zog nach langem Kramen einen schmutzigen Lumpen hervor, der mir den Verdacht eingab, vielleicht habe sich seine Nase bei dessen Anblick nach oben gebogen. Als er meine angewiderte Miene sah, erklärte er mir liebenswürdig, sein Taschentuch sei nicht schmutzig, es habe nur unter einem schwarzen Pullover gesteckt, den er angehabt hätte, und als der naß wurde, habe er abgefärbt.

Während die Kinder arbeiteten, füllte ein starker Geruch nach Seetang, der mit dem von seifiger Wäsche wetteiferte, das Klassenzimmer. Die meisten Kinder kauten, und wenn sie meinten, ich schaute anderswohin, zogen sie verstohlen die geschälten Stengel des Riesentangs unter dem Pult hervor, von dem sie große Bissen nahmen.

Von jenseits des Vorhangs drang die nuschelnde Stimme der Hauptlehrerin, die ihre Klasse mit Kopfrechnen quälte.

»Also, wenn ein Ei zweieinhalb Pence kostet, wieviel kosten dann zwölf Eier?« Und ohne eine Antwort abzuwarten, fuhr sie im Plauderton fort: »Haben die Hühner deiner Mutter schon angefangen zu legen, Jessac?«

»Nein, noch nicht.«

»Na, so etwas. Ich hab von meinen fünfzehn gestern acht zusammengekriegt. Und eure, Johnny?« Johnnys Antwort blieb unhörbar. »Richte deiner Mutter aus, sie soll Gewürze ins Futter tun. Sie werden am Wagen verkauft. Ich finde, die machen viel aus. Wo waren wir doch noch stehengeblieben?«

Nach weiteren Fragen und Antworten drang ihre Stimme erneut in mein Bewußtsein.

»Wenn zehn Pfund Sultaninen... Annac, hast du nicht gehört, wie deine Mutter vorige Woche am Wagen Sultaninen verlangt hat?«

»Ich glaub schon.«

»Dann denk dran und sag ihr, wenn du heimkommst, daß es im Laden beim Jan sehr schöne gibt, aber sie muß sich beeilen, als ich dort war, kauften schon alle Leute welche für Klöße.«

Und dann wieder: »Granatäpfel kosten dreieinhalb Pence... Hat einer von euch schon mal einen Granatapfel gesehen?« Anscheinend hatte noch niemand, denn sie beschrieb sie unbefangen als »eine Frucht wie eine Gurke. Wer eine Gurke gesehen hat, hat auch schon beinahe einen Granatapfel gesehen.«

Als nach dem mündlichen das schriftliche Rechnen drankam, stellte sie ihnen die gute alte Aufgabe von den Wasserhähnen und dem Bassin, übertrug sie aber sehr geschickt auf hiesige Verhältnisse und formulierte: »Wenn euer Boot leckt und das Meerwasser eindringt...«

So gemütlich nahm der Unterricht seinen Fortgang. War es – überlegte ich – möglicherweise zum Teil wegen solcher vertrauten Beobachtungen, daß die Schulbildung der Highlands keiner anderen nachsteht?

Meine Betrachtungen wurden durch ein Klopfen an der Klassentür unterbrochen. Als die Lehrerin öffnen ging, blieb sie ein paar Minuten im Vorhaus und unterhielt sich mit jemand.

»Es ist der Schäfer«, flüsterte sie mir heiser durch den Vorhang zu. »Er gibt seine Stellung hier auf und will von mir ein Empfehlungsschreiben.«

In der Vormittagspause holte die Hauptlehrerin ihre Bettlaken aus dem Waschkessel und überredete die Köchin, ihr beim Auswringen zu helfen. Noch vor dem Ende der Pause blähten sie sich auf der Leine im Schulgarten. Zur Lunchzeit strömten die Kinder in die winzige Kantine, einen Schuppen hinter dem Schulhaus. Giggle und Sniggle wurden als Bedienerinnen abkommandiert. Es gab so viele eifrige Hände, die bereitwillig die auftauchenden Teller packten, daß das Servieren mit erstaunlicher Geschwindigkeit erledigt wurde wie alles andere auch. Das Mahl begann mit schottischer Gemüsesuppe und mit lärmendem Tumult.

»Wer will mein Gemüse?« rief die Lehrerin und schob

beim Auffüllen der Suppe ihr Gemüse auf den Tellerrand. »Groß und klein« kam herüber, verlangte die Graupen, aber nicht das Gemüse. Sie wiederholte die Frage, stand sogar auf und bot ihren Teller feil wie eine Marktfrau ein Sonderangebot, doch es gab keine Abnehmer. Die Schnelligkeit, mit der die Kinder das gesamte Essen in sich hineinschaufelten, war phänomenal. Mit schmuddeligen Fingern stopften sie das Besteck in den Mund, schlangen, verschütteten, gurgelten und schmatzten wie ausgehungerte junge Hunde. Ich beobachtete sie fasziniert und dachte an das viele Bauchweh in Bruach und daran, daß eine Pakkung doppeltkohlensaures Natron zu den Mahlzeiten ebenso notwendig war wie Zucker oder Salz und als Zierat so vertraut wie eine Teedose auf einem Kaminsims.

»Kein Wunder, daß die Kantine voller Ratten ist«, sagte die Lehrerin mit vollem Mund, »die Kinder verschütten soviel Essen. Ich muß Rattengift besorgen, das leg ich aus, wenn die Schule aus ist.« Ich bot ihr an, dazubleiben und ihr zu helfen.

Der Tisch wurde bereits abgedeckt, als die Kinder noch dicke Backen vom letzten Happen hatten. Wir standen auf und dankten dem Herrn für das, was er uns bescheret hatte. Ich hätte es passender gefunden zu beten: »Wir danken dir, daß wir nicht erstickt sind.«

Draußen strahlte die Sonne, schoß Silberpfeile auf das blaue Wasser und vergoldete die steilen Klippen, in deren Schutz die Schule lag. Ich setzte mich auf die Treppenstufen und sah den Kindern zu, und die Lehrerin holte ihren Stopfkorb und setzte sich zu mir.

Die Bruacher Kinder kannten nur wenige Spiele. Fürs Seilspringen war es fast immer zu windig. Fürs Ballspielen war es ringsum zu steil und für Himmel-und-Hölle zu zerklüftet. Die kleineren Kinder bummelten in Gruppen am Ufer entlang und spielten ein wenig unbeholfen »Fangen« über die Felsbrocken. Ein Kind ging allein und spielte mit einem abgehackten Hühnerfuß, indem es an den freiliegenden Muskeln zog, dessen Zehen sich mit scheußlicher

Behendigkeit öffneten und schlossen. Einige der größeren Jungen hatten einen angespülten Grubenstempel gefunden und begannen mit ihm »Baumstammwerfen« zu üben, während die anderen »Fingersteine« spielten, ein sehr eigenartiges Spiel, bei dem man sich an die Übung erinnerte, sich mit der einen Hand den Bauch zu reiben, mit der anderen auf den Kopf zu klopfen. Der erste und zweite Finger der Linken rutscht auf einem Felsbrocken hin und her, mit dem in der Rechten gehaltenen Stein wird rhythmisch auf ihn eingeschlagen. Es ist eine brutale Art Intelligenztest, denn die weniger aufgeweckten Jungen hauen sich dabei häufig auf die Finger. Man hielt es hierorts für einen Riesenspaß, den Dorftrottel soweit zu bringen, »Fingersteine« zu spielen.

»Würden Sie nicht ganz gern wieder unterrichten?« fragte die Hauptlehrerin plötzlich.

»Nein, gar nicht.«

»Tatsächlich? Ich könnte gar nicht anders. Wenn man unterrichtet, hat man immer jemand, mit dem man reden kann. Fühlen Sie sich nicht manchmal einsam?«

»Wie viele von den Kindern können eigentlich schwimmen?« fragte ich, um ihre Aufmerksamkeit von mir abzulenken.

»Ich glaube, kein einziges.«

»Eigentlich schade, wo das Meer so nahe ist«, sagte ich.

»Mehr als schade«, pflichtete sie mir bei. »Sie riskieren wirklich manchmal allerlei, wenn sie so in den Felsen herumklettern. Ich wäre viel ruhiger, wenn sie schwimmen könnten.«

Ich sagte nichts, gedachte aber die Sache mit Mary zu besprechen, die nicht nur eine ausgezeichnete Schwimmerin, sondern nebenbei auch als Schwimmlehrerin tätig war.

Als der Unterricht wieder begann, war die Sonne herumgewandert und schien voll in die Schulhausfenster. Das Feuer hatte man ausgehen lassen, aber das Klassenzimmer wurde zunehmend heiß und stickig. Die Seetangabfälle unter den Pultdeckeln rochen allmählich entschieden zu stark, und der Raum verströmte den muffig-sauren Geruch schwitzender Kinder, vermischt mit dem nach Sonne auf staubigem Holz und Stoff. Die Kinder lasen abwechselnd laut aus dem Märchenbuch, das ich mitgebracht hatte, weil es in der Schulbücherei keines gab. Ich mußte mir ständig ins Gedächtnis rufen, daß sie von Natur gälisch sprachen und Englisch erst hatten lernen müssen. Gegen Ende der Geschichte war Giggle an der Reihe. Sie las stockend, sprach unbekannte Worte mit ausdrucksloser Gleichgültigkeit, wie es ihr gerade einfiel, und schürzte bei jeder Silbe der übrigen den Mund. »Und die Prin... zess... sin... hei... heira... tete den Herrn Zock...« Die Klasse brach in Kichern aus, das ich mit einem Blick verstummen ließ. Ich forderte Giggle auf, die Stelle noch einmal zu lesen, aber sie schaffte den »Herzog« noch immer nicht. Diesmal kam unterdrücktes Kichern nicht nur von meinen Schülern, sondern auch von jenseits des Vorhangs, wo die Klasse unter hörbarer Anwendung von Radiergummis eine Karte von Nordafrika zeichnete. Selbst die Lehrerin kam herüber und lachte mit, ehe sie uns ernsthaft aufforderte, das Schlußgebet zu sprechen.

Als die Kinder gegangen waren, blieb ich noch, um beim Auslegen von Rattengift behilflich zu sein, und die Lehrerin zeigte mir bei dieser Gelegenheit das Zeugnis, das sie dem Schäfer ausgestellt hatte.

»Ist er wirklich so gut?« fragte ich zweifelnd. Es war eine Lobeshymne. Ich glaube, einen besseren Schäfer hat es nie gegeben.

»Sie kennen ihn natürlich?« fragte sie. »Er wohnt außerhalb des Dorfs, geht aber regelmäßig zur Kirche.«

»Ich weiß, daß Netta vor einer Weile ein Kind von ihm gekriegt hat«, bekannte ich.

»O ja. Das stimmt. Aber er hat es bei ihr wiedergutgemacht. Er hat dafür gesorgt, daß das Baby unter seinem Namen angemeldet wurde.«

»Aber wenn er zugibt, daß er der Vater ist und das

Baby seinen Namen haben soll, warum um Himmels willen hat er das Mädchen nicht geheiratet?«

Die Lehrerin sah mich mit bestürzter Überraschung an. »Aber Miss Peckwitt«, nuschelte sie vorwurfsvoll, »er ist ein hochangesehener Mann und hofft eines Tages Missionar zu sein. Er könnte nie ein solches Mädel heiraten.«

Dann übersiedelten wir in die Küche und bestrichen Brotscheiben mit Rattengift.

»Sie sollen von dem Zeug durstig werden und das Anwesen verlassen, um Wasser zu suchen, und wenn sie trinken, gehen sie ein, so funktioniert das doch, oder?« fragte ich.

»Ja, aber ich glaube, wir sorgen lieber dafür, daß sie gleich hier Wasser finden«, sagte sie und stellte zuvorkommend Untertassen mit Wasser in die Schränke.

»Haben Sie das Mittel denn schon mal benutzt?« fragte ich. »Wissen Sie, wie es wirkt?«

»Eigentlich nicht, aber Sandy Beag sagt, es ist das Richtige«, kicherte sie. »Mein Mann und ich haben zugesehen, wie Sandy Beag vor ein paar Wochen Rattengift in seinem Schuppen ausgelegt hat. Ich weiß nicht, ob es gerade dieses war, was er dabei benutzt hat, aber er hat ganz vorsichtig vergiftete Brotstücke ausgelegt, und hinter ihm her kam sein treuer Hund und fraß jedes Stück, kaum daß es lag. Immer wieder hat Sandy ihn erwischt und geschimpft und geflucht und neue Köder ausgelegt, aber der Hund hat weitergemacht. Endlich hat er das Tier im Haus eingesperrt, doch nach ein paar Minuten war der Hund wieder draußen und fraß weiter. Nur gut, daß das Zeug für Haustiere unschädlich ist, sonst hätte er bestimmt seinen Hund verloren, und an dem hing er.« Wieder kicherte sie. »Ich glaube fast, er ist zu dem Schluß gekommen, sich mit den Ratten abzufinden.«

»Er sollte es mit Erchys und Johnnys Mittel versuchen«, sagte ich und mußte lachen, als es mir einfiel. Die Geschichte, wie Erchy und Johnny einmal den Auftrag übernahmen, ein Hotelnebengebäude von Ratten zu befreien, wurde im Dorf oft erzählt. Die zwei Rattenfänger hatten sich jeder eine Flasche Whisky ausbedungen. Ihr Plan bestand darin, Brotstücke mit Whisky zu tränken und zu warten, daß die Ratten davon betrunken wurden, dann wollten sie sich auf die Ratten stürzen, ehe die wieder in ihren Löchern verschwanden, und sie erschlagen. Sie schworen, Ratten würden von Whisky angezogen und ihre Methode habe sich schon mehrfach bewährt. Mit derben Knüppeln bewaffnet, meldeten sich die beiden eines Abends zur Arbeit, und der Hotelier, skeptisch, aber in verzweifelter Lage, lieferte ihnen den Whisky. Am nächsten Morgen jedoch, so wird erzählt, als er nachsehen ging, was die Männer zustande gebracht hatten, fand er Erchy, Johnny und mehrere Ratten betrunken auf dem Boden liegend, einige in Erchys Ellbogenbeuge gebettet. Bei seinem Wutschrei waren die Ratten aufgesprungen und zielsicher in ihre Löcher gestürzt, die zwei Versager aber hatten sich nur aufgerichtet, um unter der Lautstärke seiner wütenden Sarkasmen wieder zusammenzusinken. Das komischste Ergebnis dieser Nachteskapade war, daß die Ratten unerklärlicherweise von da an das Nebengebäude mieden.

»Der Zustand der zwei Kerle hätte jede Ratte vertrieben, die etwas auf sich hält«, erklärte der Hotelier boshaft.

»Es war Ihr verdammt schlechter Whisky, der sie vertrieben hat«, gab Erchy zurück. »Und Ihre verdammte Flucherei«, meinte Johnny grämlich.

Abends sprach ich mit Mary über die Möglichkeit, den Kindern Schwimmunterricht zu geben. Sie stimmte der Idee sofort zu, und ich schickte den Müttern Nachricht, falls die Kinder einen Badeanzug und ein Handtuch mitbrächten, könnten sie nach der Schule dableiben und Schwimmstunden bekommen, vorausgesetzt das Wetter bleibe schön und sonnig. Nach der Pause kamen zwei, drei Schüler zu mir und versicherten mir, es würde bestimmt »ein prima Tag«. Sie schüttelten ihre hohlen Hände und öffneten sie, um mir zu zeigen, daß die widerlichen Holzasseln auf dem Rücken zappelten. Hätten sie sich zu einer

Kugel zusammengerollt, wäre das ein sicheres Anzeichen für Regen gewesen.

Die Sonne schien weiter, der Wind blieb infolge der Hitze mundtot, und als die Schule für diesen Tag aus war, warteten sämtliche Kinder am Ufer.

»Schön, und nun zieht alle den Badeanzug an«, sagte ich, als Mary erschien. Die Mädchen liefen in Scharen ins Vorhaus, die Jungen tauchten hinter die Mauern des Schulhofs, und alle kamen im Badeanzug wieder heraus – ihren gewohnten Wollpullover mit einer Sicherheitsnadel zwischen den Beinen.

Unter Marys und meiner Aufsicht plätscherten sie im flachen Wasser und machten die nötigen Bewegungen, die aussichtsreicheren wurden einzeln herausgesucht und in tieferem Wasser unterrichtet. Als beschlossen war, fürs erste genüge es, baten sie um eine Schwimmvorführung, und Mary, die im Wasser so gewandt ist wie ein Seehund, demonstrierte ihrem entzückten Publikum willig ihr Können. Dann gingen sie und ich zu einem *strupak* ins Schulhaus. Gerade verabschiedeten wir uns auf der Schwelle von der Lehrerin, da kam Seumas Beag, der Vater der Zwillinge, schüchtern herangeschlurft.

»Und was möchtest du, Seumas?« neckte die Lehrerin. »Willst du auch schwimmen lernen?«

»Ich bestimmt nicht. Ich werd nie schwimmen lernen.«

»Warum nicht? Sie sind doch viel auf dem Boot draußen. Wäre Ihnen nicht wohler, wenn Sie schwimmen könnten?« fragte ich.

»Nein. Ich hab erst neulich mit 'nem Mann geredet, der mal ertrunken ist, und der hat mich gewarnt, ich soll nur ja nie schwimmen lernen. Nein, ich bin gekommen, weil die Alte ausrichten läßt, die Zwillinge zerschneiden sich immer so arg die Zungen an den Messern in der Kantine. Sie sagt, die sind einfach zu scharf.«

»Da sind sie ganz und gar selber schuld«, sagte die Lehrerin von oben herab. »Sie sollten sie nicht so weit in den Mund stecken.«

»Wie schaffen Sie es, die Zwillinge auseinanderzuhalten?« fragte ich Seumas. »Mir fällt das sehr schwer.«

»Ja, manchmal weiß ich's selber nicht«, gab er betrübt zu. »Hab schon gemeint, ich bitt den Suppsidchenmenschen, daß er ihnen die Ohren stutzt, wenn er 's nächste Mal kommt, so wie bei den Kälbern.« Ein zaghaftes Lächeln umspielte seinen Mund.

»Warum war Hamish heute nicht in der Schule, Seumas?« examinierte ihn die Lehrerin.

»Ach, dem ist innerlich nicht ganz gut«, meinte Seumas ausweichend.

»Gestern abend war er noch auf dem Berg, ich hab ihn gesehen. Ging es ihm da auch schon schlecht?« fragte sie kühl.

»Nein, nein. Erst heut früh, gleich nach'm Frühstück hat er plötzlich so Bauchweh gekriegt.« Seumas strebte sichtlich voll Unbehagen von uns fort.

»Wird wohl zum Frühstück zuviel gegessen haben«, gab die Lehrerin zurück.

»Nur zwei rohe, hartgekochte Eier hat er gegessen«, widersprach Seumas im Wegeilen entrüstet.

»Jetzt geht er Hamish warnen, daß er sich nicht zeigen soll«, bemerkte die Lehrerin scharfsinnig. »Es ist wirklich schrecklich, was dieser Mensch einem alles aufhängt.«

An Marys verblüfftem Gesichtsausdruck erkannte ich, daß ich ihr würde erklären müssen, daß es sich hier um Lügen und nicht um Ungeziefer handelte.

Da gerade Ebbe war, wollten wir gemächlich den Strand entlang heimbummeln. Wir waren keine hundert Meter gegangen, da stießen wir auf Sandy Beag höchst persönlich, samt Gewehr und Hund, der auf einem Felsen auf der Lauer lag nach Kormoranen, sogenannten *skarts*. Sandy machte Mary ein Kompliment über ihr Schwimmen und meinte dann, es gäbe wohl bald ein Gewitter.

»Ich hab schon gedacht, ob Sie nicht meinem Hund das Schwimmen beibringen können«, fuhr er optimistisch fort. »Tag für Tag schieß ich hier *skarts*, und die Flut trägt sie raus, weil mein Hund nicht schwimmen kann.«

»Alle Hunde können schwimmen«, widersprach Mary und unterdrückte wacker ein Lachen.

»Der hier nicht«, beharrte Sandy Beag. »Ich hab ihn paarmal reingeschmissen, und er ist fast ersoffen vor lauter Angst, die Beine zu bewegen. Ich dachte, wenn ich ihn vielleicht im Boot mit rausnehm und über Bord schmeiß, und Sie packen ihn gleich und strampeln mit seinen Beinen, ob er dann nicht doch schwimmt? Wenn er erst mal weiß, wie er strampeln muß, könnt er's dann vielleicht.«

Mary lehnte es lachend ab, zu strampeln. »Ein netter Hund«, sagte sie und streichelte den Kopf des Tieres.

»Ja, nett ist er schon, aber nützen tut er mir überhaupt nichts. Ich jag auf dem Berg, und er sitzt daneben, schaut zu und kratzt sich. Aye, meine Frau hat ihn so gern, deswegen kann ich ihn nicht abschaffen.« So entschuldigte er, daß er selbst an dem Hunde hing.

In diesem Augenblick schoß Sandy in die Höhe, warf die Mütze in die Luft und wedelte mit beiden Armen. Die *skart*-Jäger von Bruach behaupten, wenn ein *skart* außer Schußweite schwimmt, wird er umkehren, um eine ins Wasser geworfene Mütze zu untersuchen, angeblich um festzustellen, ob es nicht auch ein *skart* ist. Diese List scheint wirksam zu sein.

»Wenn ich ihn erwisch, bring ich ihn Ihnen«, versprach Sandy Beag.

Manche Leute behaupten, ein *skart* sei ungenießbar, er schmecke zu stark nach Fisch. In Bruach vergraben wir die Vögel drei Tage lang und ziehen ihnen dann die Haut ab. Nach dieser Behandlung ist jede Spur von Fischgeschmack verflogen, und die Menge Fleisch an Brust und Beinen ist erstaunlich. Der Inhaber einer Pension, den ich kenne, pflegt sie als »Meeresputer« zu servieren und bekommt für dieses Gericht so manches Kompliment. Mary und ich machten uns glatte, teuer aussehende Federkappen aus der

Haut, indem wir sie einfach über ein Stück Grubenholz spannten und später gerben und füttern ließen.

Nach der drückenden Tageshitze war zumindest ich müde, und wir saßen lange beim Tee und sahen zu, wie sich ein Spinnennetz vor dem Fenster langsam mit Mücken füllte und allmählich einer schwachen Bleistiftzeichnung glich, die jemand mit breitem Kohlestift nachgezogen hat. Das Netz hing schon eine ganze Weile, es war etwas zu Vollkommenes, um es zu zerstören. Jeden Morgen war der Fang sauber ausgeräumt und die Spinne größer und dicker. Wir wünschten ihr ein langes Leben. Endlich raffte ich mich auf.

Alle vierzehn Tage schrieb ich Briefe für Sarah, heute war ihr Abend, und Mary beabsichtigte, mich zu begleiten und dabei ihre Post aufzugeben. Sonst kam Sarah mit ihren Schreibutensilien herüber ins Cottage, aber das warme Wetter war so beschwerlich für ihre Füße, und ich hatte ihr versprochen, heute abend zu ihr zu kommen. Verschleiert gegen die Mücken machten wir uns auf den Weg, und Mary drohte, mich auf ihrem Heimweg abzuholen, um die sagenhafte Flora kennenzulernen, die ich ihr zwar oft in meinen Briefen geschildert hatte, von der Mary aber behauptete, daß sie unmöglich so sein könne. Im Süden war der Himmel seltsam erleuchtet und abgeschirmt durch regungslose, dunkle, silbrig gesäumte Wolken. Das Gewitter, das Sandy prophezeit hatte, murrte gedämpft hinter den Bergen, und das Meer, verdrossen und verschattet, schien Düsteres ahnend immer kälter zu werden. Die Crofter, die wir bei der Arbeit sahen, wischten sich die Mücken von Gesicht und Nacken.

Sarah hielt Briefpapier und Umschläge schon bereit und schien mir ungewöhnlich erhitzt und aufgeregt.

»Ich möcht, daß Sie für mich an die Königin schreiben«, platzte sie heraus, kaum daß ich mich an den Tisch gesetzt hatte.

»Die Königin?« echote ich erschrocken. »Was denn, Sarah?«

»Ich möcht ihr schreiben und sie fragen, was sie gegen die Hühneraugen von ihrem Mann tut«, klärte sie mich auf.

»Ja, hat denn der Herzog von Edinburgh Hühneraugen?« fragte ich und versuchte mir vergeblich irgendeine Zeitungsnachricht in Erinnerung zu rufen, die Licht auf ihren Entschluß werfen konnte.

Statt jeder Erklärung zeigte mir Sarah ein neueres Foto des Herzogs von Edinburgh in Poloausrüstung. »Der *muß* Hühneraugen haben«, meinte sie und zeigte auf seine Fußbekleidung. »Bei so großen Stiefeln kriegt jeder Hühneraugen. Tun Sie, was ich sag, und fragen Sie, *mo ghaoil*. Einer alten Frau wie mir, die schwer arbeitet und schrecklich wehe Füße hat, sagt sie's bestimmt, und für ihn will sie doch immer das Allerbeste, wissen Sie.«

Ich habe es seitdem immer bereut, Sarah am Abschicken dieses Briefes gehindert zu haben.

Mary rief durch die offenstehende Tür nach mir, kam herein und verlor fast die Fassung bei der Gegenüberstellung mit Flora. Doch da in diesem Moment der Donner anhaltend grollte und große Regentropfen auf die Steinstufen platschten, kürzten wir unseren Besuch ab und rannten durch die frühe Dämmerung – jetzt zum Glück mückenfrei – in unser Cottage. Mary setzte sich ans Fenster, etwas eingeschüchtert durch die Quantität des Wassers, das auf das Meer niederströmte und in ganzen Kaskaden vom Schuppendach in die bereits vollen Regentonnen drosch. Ich zündete die Lampe an und begann, Geschichtshefte zu korrigieren, die ich von der Schule mitgebracht hatte. Die Klasse hatte die Schlacht von Mons Graupius durchgenommen. Vielleicht weil Elspeth in ein paar Tagen ihren Dienst wieder antreten würde, hatte ich mich ganz besonders darum bemüht, den Kindern die Sache begreiflich zu machen. Als Hausaufgabe hatten sie über die Schlacht schreiben müssen, und die ersten paar Hefte schienen zu beweisen, daß meine Arbeit nicht vergebens gewesen war. Zufrieden zensierte ich weiter. Dann schlug ich Giggles Schulheft auf. Der Kopf sank mir auf die Hände, als ich bestürzt auf die einzige Zeile der leeren Heftseite starrte. Dort stand: »Mons Graupius war ein großer, dicker Mann.« Ich las es immer wieder, versuchte einen möglichen Zusammenhang zu entdecken und stöhnte theatralisch.

»Was ist denn?« fragte Mary und sah sich um. »Du meine Güte«, fuhr sie fort und erhob sich halb vom Stuhl. »Es kommt jemand, Becky. Bei diesem Wetter!«

»Kennst du ihn?« fragte ich gleichgültig.

»Ich glaube nicht, aber genau kann ich es nicht sagen, er ist ganz in Ölzeug verpackt. Ein großer, dicker Mann.«

»Das«, sagte ich dumpf, »ist gewiß Mons Graupius.«

9
Die Tour

»Wo doch jetzt Hector und Behag bei mir daheim sind, machen wir nun unsre kleine Tour?« fragte Morag, für die jede Art von Ausflug, und sei es nur eine Einkaufsfahrt, eine »Tour« war.

»Das ist eine gute Idee«, lobte ich, »aber wenn, dann wollen wir auch hoch hinaus. Wir wollen nach Inverness fahren und uns ein paar Läden anschauen.«

Morag und ich hatten oft davon gesprochen, einmal »für ein paar Tage zu verreisen«. Sie hatte aber bisher immer geltend gemacht, daß ihre Tiere und Hühner sie daran hinderten, das Anwesen mehr als einen Tag zu verlassen. Auch jetzt war ich auf Ausreden gefaßt.

»Aye«, willigte sie überraschenderweise ein, »sogar noch weiter. Ich würd gern nach Edinburgh fahrn und die Dinger sehn, wo man Pennies reinsteckt, die ich vor paar Jahren mal gesehn hab.«

»Meinen Sie die Automaten, in die man eine Münze steckt und kriegt Schokolade oder sonstwas zurück?« fragte ich.

»Nein, nein, *mo ghaoil.* Ich mein, wo man diese schwarzweißen Vögel im Zoo mit Fischen füttert.«

Bald war unsere Tour verabredet. Um uns die Morgenfahrt im Bus zu ersparen und die Reise landschaftlich interessanter zu machen, bot sich Hector an, uns mit seinem Boot zum Festland hinüberzubringen. Er rechnete damit, eine Gruppe Touristen zusammenzukriegen, die man zu der Auffassung überreden könnte, die Fahrt sei genau das, was sie sich wünschten, und die daher zu einem finanziellen Erfolg werden würde.

Der für unsere Tour festgesetzte Tag brach recht trostlos an: grau und feucht, mit zerfetzten Wolken, die träge über die Gipfel der Hügel krochen, und einem zerwühlten

Ausschnitt Meer vor der Bucht. Nur ein, zwei Touristen warteten am Ufer, als Morag und ich dort anlangten.

»Wie wird die Fahrt denn werden?« fragte ich Erchy, der vorübergehend für Hector die Mannschaft bildete.

»Draußen wird's kabbelig werden«, erwiderte er, »aber davon sagen wir nichts, bis wir die Touristen an Bord haben. Hier am Ufer ist es ja recht ruhig.«

Seit meinem Umzug auf die Hebriden war ich mit dem Meer vertraut geworden, und es war mir nicht wie früher ein Schrecknis. Jetzt fand ich die Aussicht auf eine unruhige Überfahrt beinahe erheiternd. Erchy ruderte uns im Dingi hinaus zur »Wayfarer«, wo Hector uns in der winzigen Kajüte mit Bechern Tee erwartete.

»Füll mal gleich den Kessel wieder, dann geben wir denen den Rest Tee, wenn sie an Bord komm'«, sagte Hector. Erchy füllte den Kessel aus einem rostigen Kanister und stellte ihn wieder auf den Primuskocher.

»Wie viele Passagiere erwartet ihr denn heute?« fragte ich.

»Alles zusammen ungefähr zwanzig«, meinte Hector.

»So viele? Ich dachte, Sie dürften ohne Lizenz nur zwölf zahlende Passagiere mitnehmen?«

»Ich darf nicht mehr als zwölf zahlende Passagiere ertrinken lassen«, verbesserte Hector mich würdevoll. Ich lachte in mich hinein, doch seine Miene blieb ganz ernst. Es scheint eine sonderbare juristische Anomalie dieses Landes zu sein, daß jedes Greenhorn bis zu zwölf zahlende Passagiere in einem Boot befördern darf, das nur mehr durch Farbe und Gebet zusammenhält, und so lange er nicht mehr als zwölf ertrinken läßt, begeht er keine Gesetzesübertretung. Ertrinken ihm dreizehn, wird die Geschichte sehr schlimm. So jedenfalls interpretieren die Bootsführer das Gesetz.

Hector trank seinen Tee aus und steckte den Kopf aus der Kajüte. »Es warten ein Haufen Leute am Ufer«, verkündete er, sammelte die Becher ein und wusch sie im Kessel.

Erchy holte das Dingi längsseits und sprang hinein. »Jetzt sind schon mehr als zwanzig da«, bemerkte er, während er sich in die Ruder legte. »Ob die alle mitwollen?«

»Wenn's mehr sind, als wir mitnehmen könn', schau, daß du die Jungen aussuchst, die kriegt man leichter an Bord, wenn's schlimm wird«, rief Hector.

Das Heck des Dingi krachte in den Bug der »Wayfarer«.

»Wenn's bumst, ist er da«, bemerkte Hector sarkastisch.

»Erchy ist manchmal nicht so gut, wenn er das Boot längsseits manneffrieren soll«, flüsterte Morag mir zu.

Ein halbes Dutzend Leute kamen an Bord, vier spärlich behaarte, aber noch jüngere Männer und zwei Mädchen. Eines der Mädchen war eine kurvenreiche Blondine, die Hector vom ersten Moment an mit den Augen verschlang.

»He, Hector«, rief Erchy, »weißt du, wer am Ufer steht und mitwill?«

»Nein, wer denn?« fragte Hector.

»Die Pilgerinnen Miss Flatter und Stotter. Soll ich die holen?«

»Großer Gott!« sagte Hector nachdrücklich. »Wolln die weg?«

»Irgendwohin wolln sie«, sagte Erchy und ergänzte warnend: »Pilgerinnen sind genauso übel wie Pfarrer, die lassen auch das Wetter umkippen.«

»Aye«, bestätigte Hector und rieb sich bestürzt das unrasierte Kinn. Dann erhellte sich sein Gesicht. »Schau, daß du sie beiseite nimmst, und sag ihnen, es wird 'ne fürchterliche Überfahrt«, sagte er.

»Hab ich schon«, sagte Erchy. »Eben haben sie mir gesagt, der Wetterbericht ist gut.«

Hector stöhnte. »Vielleicht haben die 'nen guten Wetterbericht für den Golf von Biskaya gehört. Na ja, wenn man sie nicht dalassen kann, mußt du sie eben einfach mitnehmen, das ist alles.«

Miss Flatter und Miss Stotter kamen mit der nächsten Bootsladung. Miss Flatter begrüßte uns überschwenglich. Sie müsse, beteuerte sie, draußen im Wind sitzen, damit ihr nicht übel werde. Zum gleichen Zweck hatte sie auch ihr Strickzeug mitgebracht.

»Ich muß mich ablenken«, sagte sie, zog einen halbfertigen Ärmel aus der Tasche und fing sofort an, daran weiterzuarbeiten. Miss Stotter gelang ein mühsames Lächeln. Sie rang unaufhörlich ihre behandschuhten Hände.

Als wir die dritte Bootsladung an Bord nahmen, hatte das Meer draußen die Bucht mit seiner Unruhe angesteckt, und die »Wayfarer« begann zögernd an ihren Tauen zu zerren.

»Mir wird bestimmt übel«, versicherte ein großes, pferdegesichtiges Mädchen mit spärlichem Ponyschwanz und brachte sich vorsorglich schon in die richtige Stellung. Weitere Bootsladungen Touristen wurden vom Ufer eingeholt, bei allen überwogen junge Frauen, und erst als wir mehr als dreißig Personen entweder im Cockpit hocken oder auf dem Vordeck liegen hatten, gebot Hector Halt.

»Es fehlen noch sieben«, sagte Erchy. »Die glauben, ich hol sie noch.«

Hector betrachtete nachdenklich sein überfülltes Boot und dann die sieben zusätzlichen, zahlenden Fahrgäste. »Hol sie lieber«, beschloß er.

»Fällt mir verdammt noch mal gar nicht ein«, sagte Erchy unbarmherzig. »Die sind alle alt oder fett oder lahm, und wir sind ohne sie besser dran.« Er kletterte an Bord und ging nach vorn, um die Taue abzuwerfen. Der Motor begann zu tuckern. Der Bug der »Wayfarer« vollführte eine Reihe graziöser Abschiedsknickse hinüber zu den enttäuschten Touristen am Ufer, dann steuerte das Schiff aus der Bucht hinaus.

»Jetzt kannst du sie laufen lassen«, rief Erchy, nachdem er die Taue aufgerollt und sich behutsam einen Weg durch die Fahrgäste zum Ruderhaus gebahnt hatte.

»Du machst jetzt besser den Tee«, meinte Hector, »eh wir aus der Bucht raus sind.«

»Na, na«, protestierte Erchy, »wie soll ich denn den servieren bei dieser Bande, der würde doch nur verschüttet und vergeudet.«

»Wir haben gesagt, Tee ist im Fahrpreis drin, also müssen wir ihnen welchen anbieten«, beharrte Hector. »Nun mach schon, und gib ihn rum, eh wir draußen sind. Wenn sie'n nicht trinken können, sind wir nicht schuld.«

Erchy brummte noch etwas und tauchte hinab. Ich klemmte mich in eine Ecke des Ruderhauses und sah mit wachsender Befriedigung, wie die See zunehmend rauher wurde, je mehr wir ins offene Meer hinauskamen. Morag hatte eine alte Zeitung gefunden und vertiefte sich in die Todesanzeigen. Hector lehnte am Steuerrad – er steuerte offenbar mit dem Hintern – und wandte keinen Blick von den üppigen Zöpfen der Blondine. Bald tauchte Erchy unter dem Vordeck auf, überschwappend volle Becher Tee mit Milch in den Händen, die er den erstaunten Fahrgästen mürrisch hinstieß. Sein Arm mit einer Keksdose beschrieb einen Halbkreis, doch war die Geste so wenig einladend, daß niemand den Mut hatte, sich einen Keks zu nehmen. Einige der Kekse sahen auch so aus, als seien sie schon seit langem abgelehnt worden.

Ehe wir zu den schwarzen Felsen mit ihren weißen Schaumzinnen kamen, welche die Bucht beidseits flankierten, war die »Wayfarer« in die selbstbewußte Stampf- und Schaukelbewegung verfallen, mit der ein stabiles Boot auf die Herausforderung der Wogen reagiert. Es war kein wildes Meer, sondern ein wütend knurrendes und trotzendes, und unser Kurs lag direkt gegen den Wind. Bald hob sich der Bug mit jedem Brecher, sackte hinunter in die tiefen Wellentäler und schleuderte Spitzenschals aus Gischt bis hinauf über die Decks. Die Fahrgäste, in Anoraks und imprägnierten Hosen gut verpackt, schienen anfangs den Tanz des Schiffes zu genießen. Auf dem Vordeck saß ein muskulöser junger Riese und hielt sein mageres Mädchen fest umschlungen. Jedesmal wenn das Schiff hinuntertauchte, umfaßte er sie fester. Es war zweifelhaft, ob das

Geräusch, das wir hörten, das Knattern des Wassers unter dem Kiel war oder das Zermalmen der Knochen des armen Wesens. Das Mädchen mit dem Pferdegesicht war entschlossen über Bord geneigt und schien darauf zu warten, daß etwas hochkam. Miss Flatter strickte fleißig.

Plötzlich erhob sich ein seltsames Rumpeln. Die beiden Bootsleute sahen einander fragend an.

»Das ist dieser leichte Anker, der hat sich losgemacht«, sagte Hector. »Geh lieber und zurr ihn fest.« Erchy begann sich über das Seitendeck, das jetzt naß und glitschig war, nach vorn zu tasten.

An Bord der »Wayfarer« schienen sich die Geschlechter wie auf Verabredung getrennt zu haben. An Steuerbord drängten sich lauter Mädchen, während eine kleinere Anzahl Männer sich in relativer Bequemlichkeit an Backbord ausstreckten. Erchy bahnte sich behutsam einen Weg durch die Masse der Weiblichkeit, zurrte den Anker fest und kehrte auf dem gleichen Weg zurück. Wir waren noch nicht viel weiter, da fing das Poltern von neuem an.

»Du kannst's nicht richtig gemacht haben, das Ding ist schon wieder los«, sagte Hector.

Erchy murmelte halblaute Verwünschungen und machte sich bereit, wieder nach vorn zu klettern.

»Erchy«, riet ich, »wäre es nicht besser, Sie gehen solange es so rollt über die Backbordseite, dort ist es nicht so voll.«

»Da haben Sie mal keine Angst«, entgegnete er. »Die Decks sind für meine Gummistiefel verdammt glitschig.«

»Ja, eben, deswegen meine ich ja, Sie sollten dort gehen, wo die Männer sind«, sagte ich, »wenn Sie nämlich ausrutschen...«

Erchy sah mich ehrlich erstaunt an.

»Was hab ich von lauter Kahlköpfen und Bürstenschnitten, wenn ich den Halt verlier?« fragte er bissig. »Bei den Frauen kann ich mich wenigstens an den Haaren festhalten.«

Ich verzog mich wieder in meine Ecke des Ruderhauses.

Nach etwa einer halben Stunde verschwanden die Inseln hinter Regenvorhängen, und die See wurde sichtlich lebhafter. Die Bewegungen der »Wayfarer« begannen ihre unvermeidliche Wirkung zu zeigen.

Das Karrengaul-Mädchen streckte sich an Deck aus, und als mehrere der anderen lustlos die Köpfe auf die Schultern ihrer Gefährtinnen hatten sinken lassen, konnte der triumphierende Erchy Hector zeigen, daß die Teekocherei in der Tat Verschwendung gewesen war. Miss Stotter tat mir furchtbar leid, die steif neben ihrer Begleiterin saß und aus glasigen Augen aufs Meer starrte. Miss Flatter strickte verzweifelt weiter. Die Länge des Ärmels hatte in der letzten halben Stunde beträchtlich zugenommen, es war jedoch unmöglich festzustellen, ob das eine Folge ihres Fleißes war, oder ob er vor Nässe durchhing.

Hector war offenbar bestrebt, mit seiner Blondine ins Gespräch zu kommen, er überließ das Steuerruder Erchy und hatte sie binnen Minuten unter Deck gelockt. Erchy zog bedeutsam die Brauen hoch. Morag, die sich den einzigen Sitzplatz im Steuerhaus angeeignet hatte, tat, als bemerke sie das Verschwinden ihres Neffen nicht.

»Schaun Sie sich den Felsen an, wo wir grad vorbeikomm'!« raunte mir Erchy aus dem Mundwinkel zu, nach einem kurzen Blick auf Morag. »Schaun Sie genau hin.«

Gehorsam starrte ich auf einen anscheinend einzelnen schwarzen, ein paar Meter vor der Küste aus dem Wasser ragenden Felsen.

»Ja, was ist damit?« fragte ich.

»Wundert Sie das nicht?« fragte Erchy.

Ich schaute wieder hin und sah nichts Besonderes an diesem Felsen, der ebenso zerklüftet und seebespült war wie so viele andere und eine kleine Fläche als Krönung hatte – keinen Meter im Durchschnitt.

»Ich kann nichts Außergewöhnliches entdecken«, sagte ich.

»Ich trau mich nicht noch näher ran, aber Sie sehn doch bestimmt, daß Buchstaben drauf sind.«

»Du lieber Gott«, rief ich. Unglaublich, auf die dunkle Vorderfläche des Felsens waren sorgfältig die verräterischen Buchstaben H. S. M., Hectors Monogramm, eingeritzt.

»Das hab ich gemeint«, sagte Erchy in ehrfürchtigem, anerkennendem Ton. »Man glaubt, es wär nicht möglich.«

Ich fand es zunehmend schwierig, mein Gleichgewicht zu halten, denn ich war zwar in eine Ecke des Steuerhauses geklemmt, hatte aber nichts, um mich daran zu klammern. Morag schaukelte mit geschlossenen Augen im Rhythmus des Bootes. Erchy hielt sich am Steuerrad fest, als die »Wayfarer« anfing, Sprünge zu machen, und ich wiederholt gegen ihn geschleudert wurde.

»Na, na«, mahnte Erchy, als eine besonders heftige Schlingerbewegung mich so stark gegen ihn warf, daß seine Hand vom Steuerrad gerissen wurde und die »Wayfarer« vom Kurs abwich. »Schaun Sie, daß Sie oben aufs Sims raufkommen, und bleiben Sie mir aus'm Weg.« Er zeigte auf ein Fach in halber Höhe des Steuerhauses. Man mußte mir hinaufhelfen, und als ich untergebracht war, reichten meine Beine nicht mehr bis auf den Boden, und ich fand nicht das geringste, um mich daran festzuhalten.

»Ich falle«, protestierte ich und streckte aufschreiend die Arme aus, um mich zu retten, als das Steuerhaus sich heimtückisch nach Backbord neigte. Erchy rammte mir seine große flache Hand ins Zwerchfell und wehrte mich gleichgültig ab, als sei ich ein Mehlsack. Er schien diese Stellung für sich durchaus stabilisierend zu finden, und so vollendete ich denn die Fahrt in dieser unwürdigen Lage.

Als wir am Pier des Festlands ankamen, verließen uns Erchy und Hector und stürmten davon, um ihre Hummer zu verkaufen und eine Gruppe Zeltler zu treffen, die sie wieder zurück nach Bruach mitnehmen wollten.

»Sorg für Miss Peckwitts Feuer, denk dran«, waren Morags Abschiedsworte an ihren Neffen. Behag hatte den Schlüssel zu meinem Cottage, und damit ich nicht in ein kaltes, feuchtes Haus heimkehren mußte, hatte sie versprochen, Hector jeden Tag hinüberzuschicken, damit er Feuer machte.

Auf dem Pier ging es lebhaft zu: Hummer und Krabben wurden an Land gebracht und sortiert, Körbe voll Fisch wurden auf die Waage geknallt, die Glocke, die den Käufern anzeigte, daß nun die Fischversteigerung begann, läutete gebieterisch, Möwen stießen herab und kreischten enttäuscht, während Lastwagen hoch mit triefenden Fischkisten beladen wurden, Boote wurden aufgetankt, Handkarren von apathischen Trägern hierhin und dorthin geschoben, Abspritzer richteten verträumt den Schlauch auf Stapel leerer Kisten und wurden nur munter, um sich bei Passanten zu entschuldigen, die sie gedankenverloren durchnäßt hatten, oder um die ewig durstigen Hunde zu verfluchen, die ihnen helfen wollten. Diverse Bengel flitzten zwischen den Fischern hin und her, retteten todgeweihte Krabben und warfen damit triumphierend nach den über Bord gegangenen, noch in Wachspapier verpackten Brotlaiben, die im Hafen herumschwammen. Ich konnte mir keine passendere Verwendung für Glasgower Brot vorstellen.

Ein Arbeitertrio hatte Schwierigkeiten, ein großes Faß über den Pier zu rollen, der an der Stelle, die sie gerade erreicht hatten, glitschig von Öl und Fischabfällen war. Einer der Männer bückte sich und gab dem Faß einen heftigen Stoß, doch die Füße rutschten ihm weg, und er lag auf dem Bauch. Es war ein stark gerundeter Bauch. Der Mann rappelte sich auf und verfluchte ausdrucksstark den Hafendamm. Nun stemmte der zweite Mann hilfreich sein Gewicht hinter das Faß, doch auch ihm rutschten tückisch die Füße weg. Sein Bauch war weniger gerundet, aber er fluchte noch farbiger als sein Vorgänger. Nun erprobte der dritte seine Kräfte, und es passierte wieder das gleiche. Das Trio stand da, musterte das eigensinnige Faß und schimpfte in immer stärkeren Ausdrücken über den Zustand des Hafendammes, sehr zur Erheiterung einer Gruppe junger Fischer, die sich um das Schauspiel angesammelt hatten.

»Führt keine so dreckigen Reden«, rief einer zum Spaß, »sonst schlägt die Mole noch zurück.«

Bis zur Abfahrt des Zuges hatten wir noch eine Stunde Zeit, und Morag konnte an nichts anderes als an eine Tasse Tee denken. Sie verließ mich, um sich durch das Gedränge auf dem Pier einen Weg in die nächste Teestube zu bahnen. Ich schaute mit einer Botschaft von Peggy beim Fleischer hinein. Es ist einer der Nachteile, wenn man so in der Einsamkeit wohnt, daß man bei einem endlich durchgesetzten Ausflug viel Zeit damit zubringen muß, für sich und andere allerlei zu erledigen, mit dem sich diese Einsamkeit erträglicher machen läßt. Der Fleischerladen war niedrig, kühl und halbdunkel und der Boden dick mit frischem Sägemehl bestreut. Eine fette, schlampige Frau lehnte sich apathisch auf den hölzernen Tresen, an ihrem Arm hing schlaff eine Einkaufstasche.

»Was soll's denn heut sein, Mary?« fragte der Fleischer.

»Ach, irgendwas zum Mittagessen.«

»Was denn? Koteletts? Was zum Dünsten? Zum Braten?«

»Ach, ich weiß nicht...«

»Was habt ihr denn gestern gegessen?«

»Na, Schmorfleisch.«

»Dann geb ich dir heut ein bißchen Hack, ja?«

Er wog das Fleisch ab, legte es der Frau in die Einkaufstasche und sah ihr nach, als sie aus dem Laden schlurfte.

»Manche Männer in dieser Gegend würden überhaupt nichts zu essen kriegen, wenn ich nicht dafür sorgte«, zischelte er mir zu.

Der Fleischer war ein überaus frommer Mann und sprach nur salbungsvoll und mit affektiert verzogenem Mund. Keiner außer mir empfand anscheinend das große Kreuzigungsbild über den appetitlich angerichteten Fleischstücken auf der Steinplatte hinter ihm als Ungereimtheit.

Peggys Beschwerde, die gelautet hatte: »Neilly sagt, er mag nicht in solches Zeug beißen wie das, was der uns in letzter Zeit geliefert hat«, übersetzte ich in qualitativ hochwertigere Braten und Schnitzel und ging weiter in den Laden des Kerzenziehers, der im Vergleich wirkte wie eine gemütliche Hütte. Der Kerzenmacher, eine der bemerkenswertesten Gestalten, denen ich je begegnet bin, trug einen schmuddeligen weißen Kittel, welcher uns, die wir ihn kannten, die Jahreszeit so zutreffend bezeichnete wie das Wetter oder der Kalender. Zu Beginn der Touristensaison war sein Kittel frisch gestärkt und makellos, der Kerzenmacher selbst aber entsprechend verkrampft. Im Verlauf der Saison wurde der Kittel allmählich immer schlaffer und schmutziger und sein Träger täglich lockerer. Am Ende der Saison wurde der Kittel für den Winter abgelegt, und der Kerzenmacher kehrte zu seinem normalen vergnügten Ich zurück. Jetzt begrüßte er mich mit freundlichem Lächeln, notierte sich meine Bestellung sorgfältig und stützte sich dann auf den Ladentisch, um sich mit mir über wichtige Dinge zu unterhalten: über die Vorgänge in Bruach und dessen Umgebung, die er gut kannte, über die Vorzüge der verschiedenen Lampenöle, über die Konstruktion eines Hummerkorbes, darüber, wie heikel doch Krabben seien, die sich immer nur durch ganz frische Köder ins Netz locken lassen und doch die eigenen Scheren abreißen und fressen, über die weniger heiklen Hummer, die sich lieber durch gesalzenen oder leicht anrüchigen Köder anlocken lassen, aber weniger kannibalische Neigungen haben. Es gab häufige Unterbrechungen in unserer Unterhaltung, während derer er Kinder bediente, meist kleine Mädchen, die mit ihren Pennies kamen, um ihren kleinen Freunden Angelhaken zu kaufen, damit sie vom Pier aus fischen konnten.

»Ich möchte wetten«, sagte der Kerzenmacher lächelnd, »daß die für den kleinen Jimsey sind. Sieht aus wie ein Engelchen mit seinen goldenen Locken und blauen Augen, und alle Mädchen wollen ihn zum Freund. Der kleine Racker nützt sie allesamt nur aus. Er ist so ungeschickt mit den Haken, daß er sie sowieso immer nur verliert, und ein paar kleine Schätzchen haben keinen Penny mehr übrig, um sich Bonbons zu kaufen.«

Wir lachten gemeinsam über die Kapriolen der Liebe und kamen dabei unausweichlich auf Hector zu sprechen.

»Ich war ganz platt«, sagte er, »als ich ihn heute hier reinkommen sah.«

»Wußten Sie denn nicht, daß er für ganz wieder nach Bruach zurückgekehrt ist?« fragte ich.

»Nein, wußte ich nicht. Ich habe eigentlich gedacht, ich seh ihn nie wieder.«

Ich wartete mit hochgezogenen Brauen.

»Wissen Sie, es ist so«, erzählte er. »Hector war, wie Sie vielleicht gehört haben, nie sehr geschwind im Bezahlen seiner Rechnungen, aber ich ließ ihn eine Weile weitermachen und hab ihm nicht weiter zugesetzt. Es waren im einzelnen keine großen Summen, aber als es dann achtzehn Pfund waren, hab ich ihm endlich eine Rechnung geschickt. Als er das nächste Mal was wollte, kam er herein und versprach zu zahlen, sagte aber, er hätte gerade kein Geld bei sich, dabei wußte ich sehr genau, daß er welches hatte, sonst hätte er sich nie so betrinken können. Als er das nächste Mal kam, versprach er wieder zu zahlen und das nächste Mal wieder, und so ging es weiter, fünf oder sechs Jahre, bis er wegzog. Ich habe ihm noch paarmal eine Rechnung geschickt, aber als zwölf Jahre vorbei waren und kein Wort kam, gab ich die Sache verloren. Na, und heute kommt er rein – es ist keine paar Minuten her. ›Sandy‹, sagt er, ›ich schulde dir achtzehn Pfund und ich komm sie zahlen.‹ Ich bin vor Staunen fast umgefallen, aber er hat erst drei Fünfpfundnoten und dann drei Pfundnoten auf den Ladentisch gelegt und eine Quittung verlangt, und ich hab ihm sofort eine gegeben. Aber ich war so glücklich, daß ich nach all den Jahren die achtzehn Pfund wiederkrieg, daß ich ihm auch was geben wollte, was ihn freut, und da hab ich die drei Fünfer genommen und ihm die drei

Pfundnoten zurückgegeben. Der hat so gestrahlt, daß es sich direkt gelohnt hat.« Der Kerzenmacher grinste wohlwollend.

Unser Schwätzchen hatte doch länger gedauert als vorgesehen, und ich mußte mich beeilen, um dem Schreiner den Zettel von Johnny zu geben, worum er mich gebeten hatte. Der Weg vom Hafen hinauf war steil, und ich wünschte, ich hätte die gleiche Motivation gehabt wie die Fischer, in deren Kielwasser ich mich mühsam dahinschleppte: Oben auf dem Hügel lag nämlich die Ortsschenke, und die Art, wie sie von ihr angezogen wurden, war eine Umkehrung der Gesetze der Schwerkraft. Ich fand den Schuppen des Schreiners, aber die Tür war fest verschlossen, und es gab keinerlei Hinweise auf das dort ausgeübte Gewerbe bis auf eine Tafel mit der rätselhaften Bekanntmachung:

Böden, neu, 1/6 d pro St.
dito, geteert, 2/3 d pro St.

Ich klopfte an die Tür des Nachbarhauses, aus dessen Garten zwei struppig aussehende Gänse mich ängstlich beäugten, und fragte nach dem Schreiner. Er sei, wurde mir mitgeteilt, mit der Familie auf einem Picknick der Sonntagsschule.

Ich hastete wieder bergab und suchte Morag.

»Haben Sie dem Schreiner Johnnys Brief gegeben?« forschte sie, während wir zum Bahnhof eilten.

»Nein, der ist auf einem Sonntagsschulpicknick.«

»Was kann das für 'n Mann sein, der am Sonnabend auf 'n Sonntagsschulpicknick geht?« spottete sie.

Der guanoverkleckste Zug mit seiner Versammlung gieriger Möwen stand bereits in der Station, und wir tauchten hastig in den Schutz des Korridors, fanden ein leeres Abteil und hatten uns kaum gesetzt, da tat der Zug einen Ruck und begann sich resolut vom Bahnsteig zu entfernen. Ich hielt meine Uhr ans Ohr, weil ich glaubte, sie sei stehengeblieben, aber bei dem Lärm war ohnehin nichts zu hören. Dann hielt der Zug, schwankte zwischen Rempeln und ruckartigen Stößen und fuhr zurück in den Bahnhof.

»Wozu wird denn soviel rangiert?« erkundigte ich mich bei einem schwammigen Träger, der vor unserem Abteil im Bahnsteig zu wurzeln schien.

Er blinzelte, sah sich träge um, erinnerte sich dann sichtlich erschrocken und informierte mich feierlich: »Madam, das ist wegen dem Fisch. Alles nur wegen dem Fisch!«

»Ich glaub, die haben uns extra auf ’nen Güterzug für Fisch geladen«, schaltete sich Morag ein. »Ich hab in der Teestube mit einer Frau geredet, die hat gesagt, heut haben sie einen ganz großen Fang gemacht.« Sie holte eine Tüte Pfefferminz heraus und lehnte sich zufrieden lutschend zurück.

»Denken Sie«, wiederholte sie, als der Lokomotivführer dem Zug endlich die Zügel schießen ließ, »diese Frau in der Teestube, also der ihr Mann ist Fischer und ist heute mit’m guten Fang heimgekommen, aber wissen Sie, was der heute zum Tee kriegt?«

»Gekochten Fisch?« rief ich.

»Nein, Fischstäbchen – diese künstlichen Dinger aus der Kühltruhe. Und die *mag* er, behauptet sie, und die andren Fischer auch.«

»Du liebe Zeit!«

»Aye«, bestätigte Morag aufgebracht. »Solches Zeug. Und das für ’n Mann! Die Dinger haben überhaupt keinen Geschmack, eh sie nicht wiederkommen!«

Ich habe die unglückliche Angewohnheit, auf Zügen einzuschlafen. Schon bald schrak ich auf, weil mich Morag wachrüttelte, ich solle mich zum Aussteigen bereitmachen. Wir unterbrachen die Fahrt, damit ich zu einem Zahnarzt gehen und Morag einen Baumarkt aufsuchen konnte, in dem es möglicherweise Secondhand-Ausgüsse und -Schüsseln zu kaufen gab, denn seit Hector wieder zu Hause war, klammerte sie sich an die Hoffnung, daß er ihr eine Wasserleitung legen würde.

Die charmante Dame, bei der wir übernachten wollten, überhäufte unsere Betten mit Plumeaus, als hätten wir mehrere Grad unter Null, obwohl erst Mitte September war, und unsere Teller mit Essen, als hätten wir lange gehungert. »Ach, ich wollt, ich hätt zwei Mägen«, seufzte Morag genießerisch nach dem Essen.

Der Zahnarzt nahm mich netterweise ohne vorherige Anmeldung dran. Er war ein reizender Mensch, und als seine Empfangsdame mich in sein gemütliches Sprechzimmer führte, saß er vergnügt auf dem Fußboden und spielte mit einem süßen jungen Hund. Er trug ein gestärktes weißes Jackett, Pantoffeln und keine Socken. Ich setzte mich in den Behandlungsstuhl und wartete schüchtern, während er den jungen Hund auf den Arm nahm und in seinen Korb trug. Er setzte ihn hinein, streichelte ihn und sagte ihm, jetzt müsse er schön dort bleiben, dann kam er zu mir, neigte sich über mich, nahm ein Instrument von einer Sammlung auf einem Tischchen, bat mich, den Mund weit aufzumachen, und fing an zu untersuchen.

»Ah ja... bestens... bestens... Puppy, sei brav! Bleib dort, Puppy, schön dortbleiben...« Auch wenn ich meine Augen aufs äußerste rollte, konnte ich nicht sehen, was das Hündchen tat, doch meine Aufmerksamkeit wurde gefesselt von einem Fach oberhalb des Instrumententischchens. Es sah aus wie eine Art Museumsvitrine mit einer Sammlung ehrwürdiger Reliquien früherer Patienten. Der Zahnarzt untersuchte weiter. »Sie haben gute Zähne... ja...« Plötzlich riß es ihn mit einem Ruck nach hinten. »Du böses Hündchen, du böses.« Er wandte sich um und drohte ihm mit dem Instrument. »Wenn es spielen will, beißt es mich gewöhnlich in die Knöchel«, ließ er mir als Erklärung zukommen, »und seine Zähne sind schrecklich scharf.« Wieder neigte er sich über mich, entschloß sich dann anders, hob den Hund auf und verstaute ihn wieder in seinem Korb.

»Platz, Puppy«, befahl er energisch. »Meine Frau kümmert sich sonst um ihn, aber sie ist ins Krankenhaus gefahren, ihre Mutter besuchen«, sagte er leutselig. »Und meine Sekretärin ist schon heim.«

Der junge Hund saß in seinem Korb und schaute flehend und unsicher. Der Zahnarzt nahm die Untersuchung wieder auf. »Aye, da haben wir ein Löchlein, sonst ist nichts, glaube ich. Autsch!« Wieder fuhr er zusammen.

»Puppy!« Jetzt klang es ernstlich aufgebracht. Er sah sich einen Moment hilflos um, als überlegte er, ob er die Instrumente weglegen und den Übeltäter bestrafen sollte. Plötzlich fiel sein Blick auf das Museumsfach. Verstohlen schnippte er eine der Reliquien herunter, die durch das Sprechzimmer klapperte. Puppy hüpfte begeistert hinterher. Der Zahnarzt seufzte erleichtert auf und konzentrierte sich darauf, meinen Zahn zu plombieren. Als Apportierhund war das Tierchen nicht unbedingt ein Erfolg, und als ich Abschied nahm, lagen nur noch ein, zwei Überbleibsel auf dem Fach.

In Edinburgh verbrachten wir unsere Tage und Nächte damit, uns bewirten zu lassen: von früheren Bewohnern Bruachs, von Verwandten derzeitiger Bewohner Bruachs und von Morags zahllosen Freunden und Verwandten, so daß ich fast nichts von der Stadt sah und Morag keine Zeit fand, ihre Bekanntschaft mit den Pinguinen zu erneuern. Auf der Rückreise streiften wir an einem heißen, verkehrsreichen Tag ganz kurz Inverness. Die Busse knirschten vollbeladen hin und her, und die Gehsteige lagen voller zertretener Eistüten. Inverness leidet zu sehr unter dem Gutsherrenkult und ist daher bei den Inselbewohnern nicht beliebt; wenn sie verreisen, ziehen sie die klassenlose Freundlichkeit von Edinburgh und Glasgow vor. Auf Morags Vorschlag fuhren wir weiter bis Dingwall, einem entzückenden, verträumten Städtchen, das zwischen Ostküstenfleiß und Westküstenindolenz schwankt. Schon beim Verlassen des Bahnhofs wurden wir mit etwas konfrontiert, das aussah wie die Vorbereitungen zu einem Guy-Fawkes-Feuerwerk, sich aber dann als Gedenktag an die Schlacht von Cambrai erwies. Dingwall wird beherrscht von seinem Kirchturm mit vier Uhren, von denen, solange wir dort waren, nicht zwei die gleiche und keine die richtige Zeit anzeigten. Unsere Wirtin war keine großzügige Highländerin, sie erstickte uns nicht mit Plumeaus und belastete unsere Mägen nicht übermäßig, aber sie war die einzige Wirtin, der ich begegnet bin, die den Mut hatte, aufs Örtchen nicht nur einen großen Vorrat an Toilettenpapier, sondern auch die Tageszeitungen zu legen. Mir gefällt Dingwall wegen seiner Eigenart und seiner sittsamen Geschäftigkeit, doch am meisten wird es mir in Erinnerung bleiben als der Ort, an dem die Männer nachts so regungslos an Straßenecken stehen, daß es sogar die Hunde verwirrt.

Die Fahrt per Eisenbahn von Dingwall nach Westen ist wunderschön, und es gibt genügend Haltestellen, um sie ganz in sich aufzunehmen. Ich schlief den größten Teil der Fahrt, wurde zur Mittagessenszeit wach und stellte fest, daß wir inzwischen das Abteil mit einem beleibten alten Highländer und einer schwergliedrigen, männlich wirkenden Frau teilten. Der Mann trug einen schwarzen Anzug, schwarzen Hut, glänzend polierte schwarze Stiefel und in der Brusttasche ein schneeweißes Woolworth-Taschentuch. Ich weiß, daß es von Woolworth war, denn ich hatte gerade ein Dutzend davon für Erchy gekauft. Wenn er nicht auf gälisch konversierte, saß er befangen in seiner Ecke und starrte auf die Bilder von Morecambe und Bognor Regis, die das Abteil schmückten. Er sah aus, als habe er seine Croft und seine Bibel nur für wenige Stunden verlassen und sehne sich schon nach ihnen. Es stellte sich heraus, daß er seit achtzehn Monaten die Welt bereiste und seine weit verstreuten Kinder besucht hatte und erst jetzt heimkehrte. Die Frau trug einen formlosen Regenmantel und eine Mütze mit Ohrenschützern und war so vertieft in einen Roman mit schauerlicher Liebesszene auf dem Umschlag, daß sie weder unsere Anwesenheit noch die Sehenswürdigkeiten von Morecambe und Bognor Regis wahrnahm.

Dann waren wir wieder bei den gierigen Möwen, den Teestuben (an Stelle der Restaurants) mit ihren altbackenen Kuchen, die aussahen, als stünden sie seit sechs Monaten im Regal und wären nur hin und wieder heruntergenommen und abgestaubt worden. Der Nieselregen war voller Salz, Boote prallten gegen die Ufermauer, Taue wurden geworfen, die Ölhäute der Männer flatterten und knatterten. Wir platschten durch Seetang zur Fähre. Ich brachte Morag an Bord und fragte den Fährmann, ob er warten würde, ich müsse eben noch in einen Laden am Pier flitzen. Ich hatte mir eine große Thermoskanne gekauft und dachte, es wäre eine gute Idee, sie für die Kinder von Bruach mit Eiscreme füllen zu lassen. So etwas bekamen sie so selten. Der Jüngling im Laden erwog das Fassungsvermögen der Kanne und fand dann, zwei Familienpakkungen würden sich entsprechend zusammendrücken lassen. Er nahm zwei Päckchen und die Kanne und ging damit in den hinteren Teil des Ladens. Er blieb ziemlich lange aus, und ich sah, daß der Fährmann bereits unruhig wurde.

»Bitte beeilen Sie sich«, rief ich. »Die Fähre wartet.«

Er erschien hastig, ziemlich rot im Gesicht und reichte mir die Kanne.

»Ich wußte nicht, daß es *so* lange dauern würde«, sagte ich ungehalten.

»Aber ich mußte es doch erst schmelzen, damit es reingeht«, tröstete er mich töricht.

Ich hastete zur Fähre.

»Miss Peckwitt, Miss Peckwitt! Madam!« Ich blieb stehen. Eine abgezehrte Gestalt in Ölhaut kam auf mich zugestiefelt. »Spreche ich mit Miss Peckwitt?« Es klang sehr highländisch.

»Ja«, gab ich zu. »Was wünschen Sie?«

»Fahren Sie vielleicht nach Bruach, Madam?«

Ich bejahte.

»Würden Sie dann wohl Willy John MacRae etwas ausrichten? Das Telefon ist gestört.«

Ich sagte es zu.

»Sagen Sie ihm, daß morgen mit dem Boot ein Leich für ihn rüberkommt.«

»Was bitte?«

»Ein Leich, Madam, kommt rüber.«

Der Fährmann warf ungeduldig den Motor an.

»Ja«, unterbrach ich ihn, »ich weiß, aber was genau kommt da?«

»Ein Leich, Madam.« Er konnte nicht verbergen, daß er mich für wenig intelligent hielt. »Willy Johns Onkel ist in Glasgow gestorben, und sein Leich kommt morgen«, erklärte er geduldig.

»Ach so«, rief ich aus. »Sie meinen eine Leiche.«

Mitleidig sah er mich an.

»Madam«, wies er mich sanft zurecht. »Er war doch männlich.«

10
Heringe!

»Das Schlimme an diesem Ort«, beklagte sich der örtliche Tierarzt ärgerlich, »ist der wütende Individualismus jedes einzelnen. Andere Gemeinden arbeiten im eigenen Interesse zusammen – aber Bruach nie und nimmer.«

Die Veterinäre auf den Hebriden sind prächtige Männer, die auf einem ausgedehnten Gebiet Schwerstarbeit mit Überstunden leisten, oft mit wenig Rücksicht und Hilfe, und doch unveränderlich hilfsbereit, humorvoll und unermüdlich. Der Tierarzt auf unserer Insel bildete keine Ausnahme. Aber auch er wurde wütend, wenn er den ganzen Tag bei abscheulichem Wetter meilenweit über Moos und Sumpf jagen und versuchen mußte, nahe genug an das Vieh heranzukommen, um es zu »stechen«, das heißt, ihm eine Spritze zu geben, einem Vieh, so wild wie die Berge, in denen es aufgewachsen war. Er hatte aggressive Muttertiere mit Kalb überlistet, störrische Zweijährige verfolgt, die noch nie die Berührung durch Menschenhand erduldet hatten, sich auf Kälber geworfen, die auf flinken Beinen vor allem flüchteten, was weder struppiges Fell noch Hörner hatte. Und bei alledem hatte ihn eine Gruppe lärmender Bruacher behindert, die sich nicht einig waren über die beste Art, so ein Tier einzufangen, und es jeder auf seine Art versuchte, außerdem eine Meute ebenso lärmender Hunde, die rasend vor Aufregung zwischen den beunruhigten Tieren herumrannten und sie wiederholt in die Fersen kniffen.

»Ein Tier festhalten, wenn es halb verrückt ist, ist eins«, klagte der Tierarzt, »aber was ganz andres, wenn ihm der Hund am Schwanz kaut...« Eine Klage, die angesichts der Locken grober Schwanzhaare, die später überall auf den Mooren lagen, nur zu gerechtfertigt erschien.

Für ein solches Zusammentreiben des Viehs hätten andere Dorfbewohner – so erzählte er mir – gemeinsam eine Art Pferch gebaut. Bruach hatte nie etwas anderes angestrebt als einen Spielplatz bei der Schule, doch zur allgemeinen Entrüstung hatte die derzeitige Lehrerin dagegen protestiert, daß er als Viehhürde benutzt würde. Sie behauptete, der Tumult lenke die Kinder ab und die Flüche, die sie mitanhören müßten, besonders wenn eins der störrischeren Tiere seinen Haltern entkam, seien durchweg unpassend.

Auf noch eine andere Weise hinkte Bruach hinter anderen Gemeinden her, es wollte nämlich keine gemeinsame Schafherde unterhalten. Die Regelung, derzufolge jeder Crofter einen gleichen Anteil an der gemeinsamen Herde auf den Bergen hat und ein Mitglied der Gemeinde als Schafhirt angestellt ist, schien an anderen Orten tadellos zu funktionieren. Bruach zog es vor, es wie Väter und Großväter zu machen: Jedermann hatte ein paar Schafe auf dem Berg und hütete sie, wann immer er es für notwendig oder dringend hielt. Es war dies eine Methode, bei der die Herde ständig getrennt und von Ort zu Ort gehetzt wurde, denn so unkooperativ ihre Eigner auch sein mochten, die Schafe in Bruach blieben instinktiv beisammen. Halbherzige Vorschläge, die Bestände zu mischen, waren von Zeit zu Zeit gemacht, aber aus den verschiedensten Gründen immer wieder abgelehnt worden. Die Bruacher fanden ihren Widerstand durchaus gerechtfertigt, als sie von einem Fremden hörten, der im Nachbardorf eine Croft und deren Anteil am Schafbestand übernommen und naiv-ehrlich seinen Jahresverdienst an den Schafen auf seiner Einkommensteuererklärung angegeben hatte, sehr zur Freude des Finanzamts und sehr zur Bestürzung der übrigen Schafhalter.

Hätten die Bruacher mehr Gemeinsinn gezeigt, sie hätten es zu einer Art Gemeindehaus gebracht und es vielleicht auch geschafft, daß eine Wasserleitung gelegt wurde, statt daß jedes dritte Haus Wasser im Überfluß hatte, während die übrigen von launenhaften Quellen abhängig waren. Obwohl die Unfähigkeit zur Zusammenarbeit bei der Mehrzahl der Dörfler etwas Ererbtes schien, schaukelte sie sich doch nur selten zu etwas Ernsterem als kleinen Streitereien auf. Die beiden Hauptgründe für wahrnehmbare Unstimmigkeiten in Bruach waren die Boote während der Fremdensaison und der Fangzeit der Heringe. Gab es ein Überangebot – entweder an Heringen oder an Touristen –, verstanden es die Mannschaften, mit größter Herzlichkeit zusammenzuarbeiten, da man der Ansicht war, solange sie nicht entwischten, war es gleich, welches Boot sie einholte. Nur wenn beide knapp waren, flammte Streit auf.

Zwischen der »Wayfarer«, Hectors Schiff, und der »Möwe«, in die sich Erchy und der taube Ruari, Moragś Bruder, teilten, kam es manchmal zu einem erbitterten Konkurrenzkampf. In der Saison nahmen sie beide Touristen auf Fahrten mit. Wenn der Hering in den Loch kam, fischten sie beide. Ihr Kampf um Fahrgäste bildete nicht nur eine Quelle der Unterhaltung für das restliche Dorf, er hatte mehr als einmal zur Folge, daß keines der Boote etwas verdiente, weil die Fahrgäste es mit der Angst bekamen, sich mit so wütend fluchenden Leuten aufs Wasser zu wagen. Hauptsächlich der taube Ruari war an dieser Angst schuld, denn obschon er von Natur ein außergewöhnlich milder alter Mann war, steigerte sich die Kraft seiner Lungen entsprechend seinem Zorn, und das spärliche weiße Haar auf seinem Gesicht konnte sich höchst angriffslustig sträuben. Bei solchen Gelegenheiten war es begreiflich, daß die Touristen die schöne Aussicht lieber vom sicheren Ufer aus bewunderten.

Wenn die Fremdensaison endete, wurden die Bootsmannschaften allmählich wieder friedlicher, halfen einander die Dingis an den Strand ziehen, achteten die gegenseitigen Hummergründe und teilten einander häufig mit, wo man einen guten Fang tun konnte. Dann kam der Hering herein, und die Gegnerschaft entbrannte erneut.

Der Hering scheint ein Gewohnheitstier zu sein, und die Schwärme tauchten in den Bruacher Küstengewässern im April für mehrere Wochen auf und verschwanden dann wieder bis zum Herbst. An Aprilheringen hatten die Bruacher wenig Interesse. Sie brauchten ihre Fische zum Einsalzen, und der Herbsthering war weniger ölig und nahm das Salz besser auf. Ungefähr im September waren die Vorräte vom letzten Jahr aufgebraucht oder, wenn nicht völlig zu Ende, wurden die letzten Fische den Kühen auf die Weide geworfen, so daß man sich an den Anblick gewöhnte, eine Kuh einen Hering kauen zu sehen, wie ein Mann eine Zigarre kaut. Die leeren Fässer wurden dann unter einen passenden Wasserfall gestellt, damit sie gründlich sauber wurden. (Auf einer Insel, wo die Berge voller Bäche sind, ist es nie schwer, mindestens einen Wasserfall für das Heringsfaß jeder Familie zu finden.) Die Heringsnetze wurden dann von den Dachbalken heruntergeholt, wo sie seit dem »Einmotten« am Ende der vorigen Saison gehangen hatten. Die Bruacher machten ihre Netze auf die einfachste Weise mottensicher: Sie ließen sie eine Weile in Säcken oder Kisten hinter dem Haus, wo die Männer auf sie urinierten. Diese sehr wirkungsvolle Methode beschränkt sich anscheinend nicht auf Heringsnetze. Ich kenne eine Dame, die ihr handgewebtes Tweedkostüm nach einem Winterurlaub in einem kleinen Weberdorf wegschenkte, weil sie gemerkt hatte, wozu der Weber täglich einige Eimer Urin von den Nachbarn sammelte.

In ruhigen, kühlen, mondbeleuchteten Nächten, in denen das Meer auf den Kiesstrand zischelt, ist das Geräusch der sich im Loch tummelnden Heringe schön und aufregend. Ein Geräusch, das man sich an heißen, paketebeladenen Tagen in der Stadt zurückrufen sollte, oder wenn man die Qualen einer langen, stickigen Bahnfahrt erduldet. Es hört sich an, als ob der Schwarm die Meeresoberfläche kitzelt und das Wasser daraufhin vor Lachen prustet. In einer solchen ruhigen Nacht kehrte ich mit Morag von einem *ceilidh* heim, da hörte ich mich von Erchys Stimme angerufen.

»Morgen wolln wir bei Ihnen ein *ceilidh* machen«, sagte er.

»Wie nett«, sagte ich höflich. »Wer ist denn ›wir‹?«

»Na, ich und Johnny und vielleicht noch ein, zwei andre«, ließ er mich großmütig wissen. »Der Loch wimmelt von Hering, und wir müssen hinterher, eh Winter wird.«

»Was, der Hering ist schon da?« rief ich aus.

»Aber ja. Hörn Sie'n nicht?« Ich mußte gestehen, daß ich kein ungewöhnliches Geräusch gehört hatte, bis er es erwähnte. »Aye, so ist der Hering eben«, sagte Erchy. »Wenn man nicht die Ohren drauf einstellt, hört man das Geräusch nicht.« Nun hielt ich inne und lauschte verzückt.

Als ich am nächsten Morgen hinausruderte, um meinen Hummerkorb heraufzuholen, richteten zwei Gruppen von Männern ihre Netze her, um sie abends auszuwerfen. Erchy, Angus und der taube Ruari bildeten die eine, Hector und Duncan, der Sohn der Postmeisterin, die andere Gruppe. Die Entfernung zwischen ihnen machte deutlich, daß die Zeit der Kameradschaft sich bereits ihrem Ende näherte. Ich trat zu ihnen und sprach Hector an.

»Na, kein Hummer, was?« begrüßte er mich.

»Heute nicht.«

»Und gestern auch nicht, denk ich mir?«

»Nein, gestern auch nicht.«

»Wenn der Hering im Loch ist, vertreibt er alles andre! Ich hab schon Wale hier drin gesehn, richtige Killerwale, und sie sind in Todesangst auf und davon, so wahr ich hier steh.«

Ich überlegte, was an dieser Information wahrscheinlich sein könne, da kam Nelly, die Tochter von Elly und infolgedessen als Nelly-Elly bezeichnet, ans Ufer geeilt. Nelly-Elly leitete die Poststelle.

»Du sollst in die Berge, mit der Pollezei«, keuchte sie. »Es hat 'n Unfall gegeben.«

»Wetten, daß wir wieder 'ne Leiche kriegen«, meinte Hector düster.

»Genau. Ein Mann ist abgestürzt, und der ist tot.« Nelly-Elly hielt einen Moment inne, bis wir die Nachricht begriffen hatten, und fuhr dann zornig fort: »Ich weiß nicht, was in Tom-Tom gefahrn ist. Bloß weil er 'ne Leiche findet, glaubt er, daß er mir meine Arbeit beibringen muß. Dauernd hat er im Kiox angerufen, und ich hatte doch grad ein Ferngespräch in der Leitung, und er sagt mir, ich soll's kurz machen, weil er eine dringende Durchsage für die Pollezei hat. Dringend, sagt er. Ich hab abgelehnt. Ist doch nicht dringend, sag ich zu ihm, wo doch der Mann schon tot ist.«

Kopfnickend bestätigten wir ihre Auffassung der Lage. »Die Pollezei wird in 'ner halben Stunde da sein«, schloß sie sachlich.

»Geht Tom-Tom mit denen mit?« fragte Duncan.

»Nein. Er sagt, er kann nicht laufen.«

»Woher wissen die dann, wo die Leiche ist?« erkundigte sich Hector, der immer noch sehr böse auf die Polizei war, weil sie ihn kürzlich wegen Beförderung von mehr als den genehmigten Fahrgästen auf seinem Boot hatten Strafe zahlen lassen. »Also ich wart hier nicht, solang die danach suchen. Ich führ die hin und laß sie stehn. Heim könn' die zu Fuß gehn.«

»Das sagst du ihnen am besten selber«, meinte Nelly-Elly und warf den Kopf zurück. »Wenn du den Job nicht willst, kann ich ihn ja Erchy geben.«

»Hol's doch der Teufel«, erwiderte Hector. Es war ein Zankapfel zwischen den beiden Booten, daß der listige Hector Nelly-Ellys Sohn Duncan bei sich arbeiten ließ und dadurch naheliegenderweise alle telefonischen Bootsbestellungen vereinnahmte, da es nur einen einzigen Telefonanschluß in Bruach gab.

»Und ich dachte, ich geh heim, eß was und mach ein Schläfchen«, murmelte Hector finster. »Wir sind bestimmt heut die ganze Nacht hinterm Hering her, und dabei bin ich heut früh erst nach vier ins Bett gekommen.«

»Vier Uhr ist für Sie gar nicht so spät«, mahnte ich ihn.

»Behag hat mir erzählt, daß Sie jeden Morgen bis nach drei Uhr lesen.«

»Aye, so schrecklich spät war's nicht, aber ich fühl mich trotzdem ein bißchen müde. Ich glaub, ich geh mit Ihnen rauf, wo wir nun nicht heimkönnen, ja? Und Sie machen uns einen *strupak*?«

»Und wie ist es mit Ihnen, Duncan?« fragte ich. »Kommen Sie auch mit zum *strupak*?«

Duncan war grobknochig, mager und dunkelhaarig und trug einen metallisch wirkenden Schnurrbart. Wann immer ich ihn ansprach, blickte er zu Boden. Ich hatte allmählich den Eindruck, er halte seinen Blick für so dreist und durchdringend, daß er ihn gewissenhaft abblendete wie die Scheinwerfer eines Wagens.

Die beiden Männer begleiteten mich in mein Cottage, und während sie Tee tranken und dicke Scheiben Rosinenkuchen mampften, machte ich ihnen ein paar Sandwichs zurecht. Daß die Männer von Bruach dazu neigten, ohne etwas im Magen lang mit den Booten hinauszufahren, bedrückte mich. Ich konnte nur annehmen, sie hätten ihre Mägen so übel behandelt, daß sie gegen Tischzeiten unempfindlich geworden waren. Hunger schienen sie gar nicht mehr wahrzunehmen. Hector, der mit halbvoller Teetasse in der Küche aus- und einwanderte, sah plötzlich die silbernen Knöpfe der Polizisten und ging ihnen entgegen, die Tasse in der Hand.

»Da sind sie, und heut auch noch nett zu mir«, murmelte er, als er seine Tasse abstellte und seine Sandwichs an sich nahm. »Einmal lassen sie einen Strafe zahlen, und am nächsten Tag mieten sie mein Boot, um sich lieb Kind zu machen. Das sieht der Pollezei mal wieder ähnlich. Aber eins ist verdammt sicher, die halten mich nicht vom Hering ab. Leiche oder nicht, ich bin rechtzeitig zurück.«

Ich beobachtete das Wetter ebenso besorgt wie die Männer. Ich hasse Salzhering, aber die Crofter betrachten ihn nicht nur als eine Notwendigkeit, sondern auch als Delikatesse. Wenn Sturm aufkam, gab es keinen Heringsfang, und die Aufregung, die das Dorf seit dem Eintreffen des Schwarms durchlief, würde sich legen. Den ganzen Morgen stritten sich Sonne und Regen, und der Wind war ein eifriger Schiedsrichter, aber am Nachmittag siegte dann doch die Sonne, und über dem Loch wurde es wieder windstill. Als ich abends die Hühner fütterte, kämpfte sich die »Wayfarer« den schon im Dunkel liegenden Loch herauf, hinterließ ein pfeilförmiges Kielwasser und schien sichtlich bedrückt von ihrer Aufgabe. Kaum hatte sie angelegt, kam ein Lastwagen, der am Ufer gewartet hatte, mit seiner schaurigen Ladung, bedeckt von einer Plane, am Cottage vorbeigetuckert. Ein weiterer Lastwagen voll strahlender, fröhlich winkender Männer, vermutlich Angehörige der Rettungsmannschaft, folgte ihm in kurzem Abstand, danach kam der Wagen mit dem Polizisten. Hector und Duncan schauten auf dem Heimweg bei mir herein. Duncan sah etwas blaß und angestrengt aus, Hector nur selbstzufrieden.

»Haben Sie den Haufen Männer im Lastwagen den Weg rauffahrn sehn?« wollte er wissen. »Ich hab sie alle mitnander mit einer Ladung in meinem Boot heimgebracht, und dabei warn's über zwanzig, ohne die Pollezei.«

»Wie haben Sie das denn geschafft?« fragte ich.

»Die sind ans Ufer runter mit der Leiche und haben sie an Bord gebracht. Das war in Ordnung. Dann kam der Sergeant. ›Alles an Bord, Jungens, das war's für heut nacht‹, sagt er zu ihnen, richtig nett. Als elf auf dem Boot warn, hab ich die Hand gehoben. Und ich sag: ›Für die andern müßt ihr wiederkommen, ich darf nicht mehr als zwölf befördern, ich hab keine Lizenz.‹ – ›Wo sind denn deine zwölf?‹ fragt der Sergeant und schaut ganz böse. ›Elf von euch und der unter der Plane‹, sag ich, ›macht zwölf.‹ Schaut der Sergeant mich an und sagt: ›Du hast da ein schönes, großes Boot, Hector, und das Gesetz sagt zwar zwölf, aber es ist ein blödes Gesetz.‹ Ich sag: ›Vor 'n paar Wochen war's aber noch nicht blöd.‹ – ›Ach was, das Boot ist auch mit fünfzig an Bord noch sicher‹, sagt er. ›Los,

Kinder, steigt ein.‹ – ›Sie sind verantwortlich‹, sag ich. ›Ich allein, jawohl‹, sagt er, und wir fahrn los, so munter wie nur was. Die warn schließlich den ganzen Tag auf den Bergen rumgestiegen und hatten die Leiche gesucht und wollten nicht allein im Dunkeln hinten gelassen werden. Die wußten doch, daß ich mir Zeit laß, eh ich wieder umkehr.«

»Da war der Sergeant also ganz freundlich?« meinte ich lächelnd.

»Freundlich!« rief Hector. »Der war so freundlich, daß er mir fast die Hand abgebissen hätt, als ich ihm ein Sandwich angeboten hab. Aber ich weiß, was ich mach, wenn die mich wieder mit mehr als zwölf erwischen. Ich sag, was mehr sind als zwölf, das sind Leichen.«

Ich erzählte Hector, ehe er ging, daß Erchy und seine Freunde abends bei mir ein *ceilidh* erwarteten.

»Da sind wir auch dabei«, versprach er. Mir war völlig klar, daß weniger meine Gesellschaft als vielmehr das günstig gelegene Obdach meines Cottages hier gefragt war. In Bruach wird die Heringsfischerei von Beibooten aus betrieben, das Netz ungefähr jede Stunde neu ausgelegt, und die Mannschaft geht zwischendurch an Land. Mein Cottage, so nah am Ufer und an ihren Netzen, lag ideal für sie, und ich beschloß, sobald Morag und Behag, die ebenfalls zum *ceilidh* kommen wollten, heimgegangen waren, mich in mein Bett zurückzuziehen und die Heringsfischer sich selbst zu überlassen, damit sie sich Tee kochen und es sich nach Wunsch gemütlich machen konnten.

Noch während Morag und Behag bei mir waren, traf die erste Gruppe Fischer ein und ließ sich auf vorhandene Stühle und auf den Boden fallen. Erchy, Johnny und Angus, abends immer ein unzertrennliches Trio, waren dabei, aber auch Tom-Tom und ein Vetter aus Glasgow. Ihre Augen leuchteten, und sie sahen alle betrunken aus, aber es war nur der Rausch des festlichen Anlasses.

»Der Loch ist stopfvoll von irgendwelchen Fischen«, äußerte sich Erchy.

»Wenn Hector heut nacht Hering fängt, krieg ich ihn eine Woche nicht ins Bett«, jammerte Morag.

»Kein Mensch braucht Schlaf, wenn er Hering fängt«, belehrte Erchy sie. »Ich bin am Hering eine Woche lang drangeblieben, ohne daß ich ein Auge zugemacht hätt, und war doch nie müde. Solang man sie fängt, ist es in Ordnung. Aber wenn nicht, dann wird man müde.«

Ich merkte, daß der taube Ruari fehlte. Als Kapitän der »Möwe« hatte ich ihn erwartet. »Geht denn Ruari nicht auf Fang?« fragte ich.

»Der kann nicht kommen, weil Bella Angst hat, allein zu schlafen. Ehrlich, wie der Mensch für seine Frau sorgt, man möcht meinen, er ist ihr Schkalave.«

»Wie kommt's denn, daß du da bist, Angus?« fragte Morag. »Ist Ishbel nicht allein? Und das in ihrem Zustand?«

»Ich hab meinen Bruder geholt, der bleibt heut nacht bei ihr«, entschuldigte sich Angus.

Draußen gab es Lärm, und bald mischten sich die Stimmen von Hector, Duncan und Sandy Beag in die allgemeinen Neckereien und Streitereien, die einen improvisierten *ceilidh* wie diesen unweigerlich begleiten.

»Ihr schaut jetzt wohl besser nach euren Netzen«, sagte Morag und band sich einen Schal um den Kopf, bereit zum Fortgehen. »Ihr seid schon über 'ne Stunde hier, Erchy. In Miss Peckwitts Küche wirst du keine Herings fangen.«

»So wie ihr Weiber über den Fisch redet, wundert's mich, daß wir auch nur einen einzgen fangen«, unterbrach Sandy Beag gereizt.

»Ach Sandy, nun reg dich nicht auf«, sagte Morag. »Erchy hat den Hering selber schon bei Namen genannt, hab ich recht, Erchy?«

»Glaub schon, ja«, gestand Erchy.

»Dann fängt er heut nacht keine«, prophezeite Sandy in vollem Ernst.

»Im Zusammenhang mit der Heringsfischerei gibt es eine Menge Aberglauben, nicht wahr?« begann ich und verstummte, weil mich ein wütender Blick von Sandy traf.

»Ja, da hat's etliches«, meinte Erchy. »Einmal, daß man nicht am Freitag fangen darf. Und daß einem auf dem Weg zum Fischen keine Frau begegnen soll.«

»Ich dachte, keine rothaarige«, warf ich ein.

»Bei gewöhnlichen Fischen macht eine Rothaarige nichts, aber der Hering, der ist heikler. Den Hering verscheuchen alle Frauen, heißt es. Und man darf nicht drauf zeigen, wenn man ihn herumspielen hört. Man muß hindeuten, wo sie sind, aber nicht mit'm Finger. Und man darf nie das Boot gegen den Uhrzeigersinn wenden, wenn man die Netze einholt. Das ist das einzige, um das ich mich kümmer.«

»Denk an meine Worte, Erchy, du kriegst heut nicht die Fische, die du brauchst – so wie du über die geredet hast«, schalt Sandy.

Als Morag und Behag fort waren, ging ich zu Bett und hörte die ganze Nacht undeutlich das schwere Stampfen von Wasserstiefeln und manchmal den beunruhigenden Ton laut werdender Stimmen. Als ich aufstand, brannte ein köstliches Feuer im Kamin, der Kessel zischte am Haken, und die von den Männern benutzten Tassen waren gespült und weggeräumt. Später erfuhr ich, daß der Fang der Nacht aus einem einzigen Hering bestanden hatte.

Am nächsten Abend war ich, als die Fischer eintrafen, schon im Bett, hatte ihnen aber gesagt, sie dürften die Küche benutzen. Ich schlief fest, und die Dämmerung war kaum mehr als ein blasser Schatten über dem Meer, da wurde an meine Zimmertür geklopft.

»Was ist denn?« rief ich verschlafen.

»Haben Sie nicht gesagt, Sie wollen, wenn's geht, mit jemand aufs Festland, damit Sie Ihren Wagen holen können?« brüllte Erchys Stimme.

Ich ächzte. Ja, das hatte ich gesagt. Die Reparaturen an

»Joanna« seien abgeschlossen, hatte die Werkstatt durchgegeben, und ich könne sie holen.

»Da hätten Sie jetzt Gelegenheit! Wir haben nach einem Lastwagen telefoniert, der unsre Fische abholt, und der wird in 'ner halben Stunde da sein. Ich geh jetzt.«

Ich stand rasch auf und ging in die Küche. Der Tisch war bedeckt mit schmutzigen Tassen, ohne Untertassen. Der Boden lag voller Zigarettenkippen. Es befand sich nur noch verborgene rote Glut und ein Haufen warmer Torfasche auf dem Kaminrost. Eine vergessene Mütze hing auf einem Stuhl, im Licht der Lampe glitzerte sie von Heringsschuppen. Ich stellte das Geschirr in den Spülstein und machte mir Kaffee. Die Luft in der Küche war noch voller Tabaksqualm, und mein Mund fühlte sich an, als hätte auch ich die ganze Nacht geraucht. Als ich eben meinen Kaffee ausgetrunken hatte, hörte ich Motorengeräusch und schlüpfte in den Mantel. Die Hühner und Bonny würden warten müssen, bis ich wieder da war.

In der offenen Tür ragte Hector in voller Größe auf. »Kommen Sie mit?« fragte er mit einem erstaunten Blick auf meine Kleidung. Bei dieser Aussicht strahlten seine Augen freudig.

»Ich dachte, es wäre Erchy, der mir sagt, ich solle mich beeilen. Teilen Sie sich denn den Lastwagen?«

»Nein, wir haben jeder einen«, sagte er.

»Da müssen Sie ja massenhaft Heringe gefangen haben«, beglückwünschte ich ihn.

»Na ja, ein paar Cran* sind's schon.«

»Und wieviel hat Erchy?«

»Herings hat er nur wenig. Das meiste warn Makrelen, ich weiß auch nicht warum. Viel anders als wir haben die ihre Netze auch nicht ausgelegt.«

»Sandy wird noch abergläubischer werden als vorher«, sagte ich. »Aber Erchy wird enttäuscht sein.«

»Ja, enttäuscht war er bestimmt«, sagte Hector heuchle-

* altes Maß für Fisch = 37 Gallonen

risch mitfühlend und ergänzte dann strahlend: »Mein Gott, ich hab ihn die ganze Nacht in einer Tour fluchen hörn. Ich glaub, er hat bei jeder Makrele geflucht, die er aus'm Netz hat.« Er lachte leise. »Kommen Sie doch auf unsren Laster«, fuhr er fort, »der ist bestimmt noch vor Erchys da.«

In diesem kritischen Augenblick kam Erchy hereingesprungen, er sah leicht verstimmt aus.

»Sind Sie fertig?«

»Fertig bin ich, aber Hector sagt, sein Lastwagen wird noch vor Ihrem da sein, und ich muß versuchen, so bald als möglich wieder heimzukommen.«

»Der wird verdammt noch mal nicht vor meinem da sein!« sagte Erchy kampflustig.

»Er wird, verdammt noch mal«, entgegnete Hector.

»Ich fahr mit dem, der jetzt vorn steht«, sagte ich energisch, ging hinaus und stieg in den Wagen, während die beiden in meiner Küche weiterstritten.

Der vordere Lastwagen war mit Heringen beladen und startbereit. Der Makrelenlaster kam erst jetzt vom Ufer herauf. Duncan und Sandy, letzterer mit sehr selbstzufriedener Miene, zogen sich hinten auf den Wagen zu den Fischen hinauf. Hector sprang neben mir herein. »Los, mach Tempo«, drängte er den Fahrer. »Wenn du schneller bist als die, ist ein gutes Gläschen für dich drin.«

»Wieso liegt Ihnen so viel daran, Erchys Lastwagen zu schlagen?« fragte ich, als der Fahrer mit Vollgas losbrauste. »Wenn er doch nur Makrelen hat, wird sein Fang den Preis nicht beeinflussen, den Sie für den Hering erzielen.«

»O doch!« Der Fahrer und Hector wandten sich mir unwillig zu. »Wenn der mit seinen Makrelen als erster dort ist, sind die nicht annähernd so scharf drauf, unsre Herings hoch zu bezahlen. Kaufen werden sie sie, das schon, aber es sind keine Großeinkäufer, und zuviel Fisch können sie nicht brauchen. Wir könnten leicht dran verliern, verstehn Sie, Erchy hat selber auch paar Herings. Unterwegs sortiert er die raus, und wenn die Käufer glauben, es gibt nur wenig, zahlen sie Spitzenpreise. Und wenn sie dann uns mit'm Laster kommen sehn, denken sie, es gibt noch viel mehr, und dann fallen die Preise.« Er wandte sich zum Fahrer. »Mach so schnell du kannst, Neilly«, mahnte er. Der nickte verständnisvoll.

So lange wir auf dem schmalen Weg waren, fiel es uns nicht schwer, in Führung zu bleiben. Der Lastwagen, der uns folgte, hupte zwar wiederholt, doch wann immer eine Stelle zum Überholen kam, nahm der Fahrer die Mitte der Straße und vereitelte jeden Versuch des anderen Chauffeurs, vorwärtszukommen. Ich überlegte, ob Erchy in der Fahrerkabine des anderen Lastwagens den Chauffeur ebenso anfeuerte und ihm Belohnung versprach. Als wir so in wüstem Tempo dahinrasten, sträubten sich mir allmählich die Haare, ich kannte den kurvenreichen Weg von Bruach und behandelte ihn stets mit Respekt. Der Lastwagenfahrer mußte mit dem Weg ebenso vertraut sein, doch heute morgen behandelte er ihn mit Verachtung. Der Lastwagen war altersschwach und wenig elastisch, und durch die Lücken im Bodenbrett sah ich flüchtig den unebenen Weg, glattgeschliffen von unserem Tempo. Als wir bei dem schmalen Streifen anlangten, neben dem es zum Meer achtzig Meter steil hinunterging, duckte ich mich in meinen Sitz, und wäre ich nicht so fest zwischen Hector und dem Fahrer eingezwängt gewesen, ich hätte womöglich versucht, aus der Fahrertür zu springen. Als wir dann auf der großen Straße waren, fühlte ich trotz unserer halsbrecherischen Geschwindigkeit eine gewisse Erleichterung.

Hector warf einen Blick nach hinten. »Der kommt längs«, sagte er zum Fahrer. »Häng ihn ab!« Doch der Fahrer, dem gezwungenermaßen durch die Hauptstraße der gesunde Menschenverstand (hoffentlich) wiedergekehrt war, lehnte es ab, einen mehr als fußbreiten Schlenker zu machen. Die Fahrerkabine des zweiten Lasters kam unaufhaltsam näher, der Fahrer hing mit verbissenem Gesicht über dem Lenkrad. Unser Fahrer beschleunigte, so daß die beiden mit den Motorhauben parallel lagen. Zu meiner Überraschung sah ich Erchy nicht in der Fahrerkabine des anderen Wagens, doch als ich mich umwandte und durchs Rückfenster blickte, sah ich ihn mit seinen Kumpeln zwischen den aufgehäuften Makrelen stehen, fürchterlich stromlinienförmig, weil der Fahrtwind ihnen die Kleider an den Körper drückte und sie die Mützen mit dem Schild nach hinten aufhatten. Alle gestikulierten wie wild, und ihre Münder formten, das wußte ich, wüste Beleidigungen gegen die Männer hinten auf unserem Wagen. Ich sah Erchy eine Makrele aufheben und sie wütend nach uns werfen. Seine Kumpel hoben sofort ebenfalls Fische auf und warfen sie. Fast gleichzeitig sah ich Heringe von unserem Laster auf den ihren regnen. Ich warf einen Blick auf Hector, doch der kaute intensiv an den Fingern, und seine Augen hafteten starr auf der Straße. Zum Glück war es früh am Morgen und kein Verkehr. Wäre welcher gewesen, die Fahrer wären in ihrer derzeitigen Stimmung wohl kaum ausgewichen. Als wir an einem Tinkerlager dicht an der Straße vorbeikamen, schaute ich mich wieder um. Zwei der Tinker standen im Freien, und ihre Mienen wechselten von Empörung zum Vergnügen, als auch sie mit Fischen bombardiert wurden.

»Zwei Ladungen, Hering und Makrelen gemischt«, verkündete der Assistent des Fischeinkäufers, als die Lastwagen schließlich am Pier hielten.

»He, nichts da«, protestierte Hector und eilte an die Rückseite des Wagens. Sein Unterkiefer fiel herab, als er seine Helfershelfer verschämt zwischen Heringen und Makrelen stehen sah. Er trat näher. »Wie zum Teufel ist denn das zugegangen?« fragte er benommen.

»Ach, wir haben nur bißchen gestritten«, sagte Erchy. »Das ist jetzt vorbei.«

»Mein Gott!« stieß Hector hervor, als er die ganze Geschichte gehört hatte. »Das ist echt ein Witz. Ich wollt, ich hätt die Gesichter von den Tinkern gesehn, als die Fische sie trafen.«

»Wir haben so über die gelacht«, kicherte Johnny, »daß wir echt fast vom Wagen gefallen sind.«

Der Fischhändler zahlte sie aus. Zufrieden zogen sie alle miteinander los und suchten sich einen entsprechenden Ort, um auf das Öffnen der Kneipen zu warten, wo sie das Geld ausgeben wollten. Nur die beiden Fahrer blieben in ihren Lastwagen sitzen und glotzten einander finster an, bis ungeduldige Marktträger sie wegwiesen.

»Ach, diese Männer von Bruach«, raunte der Fischhändler mir ins Ohr, »nicht die Spur von Vernunft. Ich glaub, die sind so verrückt wie – wie nur was!«

Ich holte »Joanna« ab und erlaubte meinem Körper auf der Heimfahrt, sich langsam zu entspannen. Der Morgennebel stieg aus den Talkesseln der Hügel und aus den farngesäumten Bächen. Im Osten hatten die über den Bergen stehenden Wolken das Metallische zerknüllten Stanniolpapiers. Im Tinkerlager war die Familie ums Feuer versammelt, und eine große, dicke Frau schwenkte eine Bratpfanne. Der köstliche Duft gebratener Heringe kam über die Straße geweht.

11
Brot und Reinheit

»Die Bewohner der Hebriden«, dozierte eine Urlauberin aus Glasgow, »sind zutiefst *rein*, wissen Sie.«

Ich wußte das nicht und wartete darauf, daß sie es mir erklärte. Sie war seit zehn Jahren jeden Winter im Urlaub nach Bruach gekommen, lange bevor ich überhaupt wußte, daß es existierte, mußte daher wissen, wovon sie redete. Ich dachte schon, sie würde mir als nächstes das Märchen auftischen, die Crofter seien arbeitsam. Das tat sie auch. »Meiner Meinung nach«, faßte sie zusammen, »ist Bruach eine vorbildlich zufriedene, gesunde, sittliche, gesetzestreue Gemeinde.« Janet, ihre Wirtin, warf mir aus dem Augenwinkel einen warnenden Blick zu.

»Wirklich? Ist doch nett, daß das mal jemand sagt«, sagte sie zu mir.

»Oh, das meine ich wörtlich«, schwärmte die Besucherin. »Ich würde liebend gern in Bruach leben.«

Sonderbar, daß die Leute, die behaupten, auf den Hebriden leben zu wollen, dies gewöhnlich nicht tun. Soweit ich wußte, waren die einzigen, die sich wirklich bemüht hatten, in Bruach ein Heim zu finden, unverheiratete ältere Damen wie ich, und das mochte auch der Grund für den ungewöhnlich großen Anteil an Junggesellen fortgeschrittenen Alters im Dorf sein.

Es war ein kalter Abend im November, ein Abend geläuterter Stille nach einem Tag und einer Nacht wütenden Sturms. Ich war beim Hinausschauen aus meinem Fenster am Morgen fast erstaunt gewesen, die äußeren Inseln noch an ihrem gewohnten Platz zu finden. Janet, ihre Mieterin und ich hatten es uns im Wohnzimmer der Mieterin bequem gemacht und warteten auf den Lebensmittelwagen, der jede Woche ins Dorf kam. Es gab zwar eine kleine »Gemischtwarenhandlung« in Bruach, deren Inhaber behauptete, alles zu führen »vom Fisch bis zur Chemie«, aber viele Crofter tätigten den Großteil ihrer Einkäufe doch lieber am Wagen. Der wesentliche Grund hierfür war meiner Ansicht nach der, daß dieser Wagen an mehr oder weniger festen Tagen und zu bestimmten Stunden kam, so daß man sich um ihn zusammenfinden und mal so richtig schwatzen konnte. In den Laden zu marschieren, wo man möglicherweise keinen Menschen außer dem Inhaber oder dessen Familie antraf, wurde nicht entfernt für so unterhaltsam gehalten. Wüstes Wetter an den Tagen des Verkaufswagens lieferte einen Vorwand, im Haus von Bekannten einzukehren, die unweit der Straße wohnten, und über einer Tasse Tee zu plaudern, bis man das langgezogene Hupsignal hörte, mit dem der Wagen seine Ankunft anzukündigen pflegte.

»Aber heut ist er spät dran, der Wagen«, bemerkte Janet und stand auf, um mehr Torf aufs Feuer zu legen.

Die äußere Tür öffnete sich, und eine Männerstimme rief etwas.

»Bist du das, Murdoch? Komm doch rein«, rief Janet.

Der alte Murdoch öffnete die Tür und steckte den Kopf durch den Türspalt. Er hatte sich sichtlich seit Tagen nicht rasiert, und sein Gesicht sah aus, als sei es vom Forstamt angepflanzt. Seine Nase aber ragte aus der Pflanzung hervor wie ein Waldbrand.

»Was hast du gesagt?« fragte Janet.

»Ich hab gesagt, hat kein' Zweck, daß ihr hier wartet. Der Wagen ist schon auf'm Heimweg. Den seht ihr heut abend nicht mehr.«

»Wie denn das?« fragte Janet.

»Er hat gar nichts drüber gesagt«, sagte der alte Mann. »Er hat nur einmal oben im Dorf gehalten, und dann hat er umgekehrt und ist heim, ohne ein Wort zu irgend jemand.«

»Soso«, murmelte Janet. »Was da wohl passiert ist?«

»Es heißt, in Sheehan ist Tanzerei, und er wollt rechtzeitig dafür zurück sein«, meinte Murdoch.

Die Besucherin stieß einen mißbilligenden Laut aus.

»Das reicht aber nicht«, meinte Janet tadelnd. »Uns einfach ohne Vorräte lassen, bloß um tanzen zu gehn.«

»Aye, da gibt es welche, die sind ganz wild drauf«, meinte auch Murdoch. »Nelly-Elly sagt, sie hat kein Krümchen Zucker im Haus, um's in den Tee zu tun. Und Anna Vic sagt, sie hat keine Kekse mehr, und dabei hat sie die Woche schon neun Pfund gekauft.«

»Was? Neun Pfund Kekse in einer Woche?« wiederholte die Besucherin ungläubig.

»Aye, aber sie hat eine große Familie«, verteidigte Janet.

»Ihre Mutter hatte auch 'ne große Familie«, rief Murdoch aus, »und ich hab sie ihrer Lebtag nie 'n Keks kaufen sehn. Sie backte alles selber auf'm Blech.« Murdoch zog die Pfeife aus der Tasche, schwenkte sie, als wolle er jeden Widerspruch ausschalten, und ließ sich auf einem Stuhl nieder. »Kein einzger Keks aus'm Laden und kein einzger Laib Brot aus'm Laden ist je dort ins Haus gekommen, und seht euch an, was für eine prima Familie die aufgezogen hat.«

»Aber damals kam ja auch kein Wagen«, argumentierte Janet.

»Nein, und damals gab's auch nicht so viele Renten und all das Zeug, um zu bezahlen«, gab Murdoch zurück.

Janet lächelte verächtlich. »Murdoch würd uns gern alle wieder in den alten Zeiten sehn, als Frauen den ganzen Tag immer nur arbeiteten«, sagte sie. »Deswegen hat ihn auch keine Frau heiraten wollen.«

Ich sagte gute Nacht und verließ Murdoch mit der Besucherin in heiteren Erinnerungen schwelgend. Janet begleitete mich zur Tür.

»Wann wohl der Wagen jetzt kommen wird?« fragte ich, war mir aber der Belanglosigkeit meiner Frage bewußt.

»Weiß der Himmel«, antwortete Janet, »aber der Mann kriegt üble Nachrede, wenn er nur wegen einem Tanzvergnügen vom Dorf weggeblieben ist.«

Ich dankte ihr automatisch für den *strupak*. »Danken Sie mir nicht, das war doch nichts, *mo ghaoil*«, wehrte sie bescheiden ab. »Sie kommen doch morgen auf Jeannacs Hochzeitsfest?« erinnerte sie mich. Ich versicherte ihr, ich würde da sein.

Jetzt lag Frost in der Luft, und über die Weite des Himmels flitzten glänzende Sternschnuppen, wie von einem überheblichen Mond herumgejagt. Jenseits der Bucht blinkten die verstreuten Leuchttürme wie Juwelen vor dem raschelnden, samtdunklen Wasser, während ganz in der Nähe das Rauschen des Bachs an- und abschwoll, von einem unsteten Wind herangetragen. Ich ging rasch heim und dachte leicht amüsiert an die Tirade der Besucherin über die Reinheit der Gälen. Ich hatte den Verdacht, ihre Meinung gründe sich weniger auf eigene Wahrnehmung als auf oberflächliche Kenntnis der übertriebenen Prüderie eines gälischen Lexikons. (Es ist so keusch, daß es von Wörtern, die man für unanständig halten könnte, nur jeden zweiten Buchstaben druckt.) Die Bemerkung war zweifellos als Beschönigung für die seltsame Besessenheit von Janets Schwester Grace gemacht worden, deren Geschichte Janet der Besucherin soeben erzählt hatte.

Grace war schon als junges Mädchen nicht besonders gescheit gewesen und mit fünfzehn »in Umstände gekommen«. Mit fünfzig hatte sie einen leichten Schlaganfall, der zwar nicht ihren Gesamtzustand beeinträchtigte, seit dem sie aber anfallweise stotterte und eine unerklärliche Aversion gegen Knöpfe an männlichen Hosenfallen hatte. Ihr Bruder merkte, wenn er seine Hose über Nacht in der Küche trocknete, daß morgens von der Hosenklappe sämtliche Knöpfe abgetrennt und sie mit starkem Faden zugenäht war. In den Sommermonaten, wenn Janet Mieter aufnahm, erwies sich Graces Eigenheit als sehr peinlich für die Familie, und obwohl alle sie streng überwachten, wann immer ein männlicher Mieter mit nassen Sachen zum Trocknen kam, war sie doch mehr als einmal ihren Überwachern erfolgreich entschlüpft. Mit sechzig hatte sie einen weiteren Schlaganfall, der zwar ihre Gesundheit noch immer nicht beeinträchtigte, sie aber gänzlich der Sprache beraubte und zum Schrecken ihrer Familie ihre Leidenschaft, Korrekturen an männlicher Kleidung vorzunehmen, noch verstärkte. Ihre Brüder mußten jetzt ihre Hosen verstecken, weil sie heimlich in ihr Zimmer schlich, während sie schliefen, und Hosen, die sie fand, entwendete. Im Augenblick, in dem ein Tourist das Haus betrat, pflegte Grace die anstößige Hosenklappe mit grimmem Blick zu fixieren, wobei ihre Finger nach der Schere am Haken tasteten. Sie mußte energisch zurückgehalten werden, ihm die Treppe hinauf in sein Zimmer zu folgen und dabei erwartungsvoll mit der Schere zu schnippsen. Wie mir Janet anvertraute, gab es für die Familie wenigstens den einen Trost, daß sie wartete, bis die Männer die Hosen ausgezogen hatten.

Nunmehr näherte Grace sich den siebzig. »Weiß der Himmel, was passiert, wenn sie wieder einen Schlaganfall hat«, wehklagte Janet. »Ich seh schon, daß wir überhaupt keine Mieter mehr nehmen können!« Ich schlug vor, sie solle nur Männer nehmen, die den Kilt trügen. »Nein, nein«, Janet schüttelte zweifelnd den Kopf. »Wir wolln es lieber nicht riskieren.« Das Problem wirkte erheiternd, war aber für Janet sehr ernst, und sie besaß mein ganzes Mitgefühl.

Etwa um die Mittagszeit am nächsten Tag rief mich anhaltendes Hupen von der Arbeit weg. Im allgemeinen war ich keine gute Kundin für die Verkaufswagen, weil es mir leid tat um die Zeit, die ich verwarten mußte, bis ich an die Reihe kam. Ich konnte mir in einem Viertel der Zeit im Dorfladen besorgen, was ich brauchte, und dabei auch noch ein nettes Schwätzchen halten, aber bei leichtverderblichen Waren und einigen anspruchsvolleren Artikeln wie Fruchtsäften und Salzgebäck war ich noch auf die Wagen angewiesen.

»Haben Sie gehört, warum der Fahrer gestern abend umgekehrt ist?« fragte ich und trat zu einer Gruppe Crofter, die sich, eingerollte Säcke unter dem Arm, um den Wagen mit seinem unvermeidlichen Gefolge an gierigen Möwen zusammengefunden hatten.

»Aye, der arme Mensch. Es war gar nicht wegen der Tanzerei. Nein, als er eben im Dorf angekommen war, hat er gemerkt, daß er für den ganzen Abend keinen einzigen Schluck zum Trinken bei sich hat, und dabei hatte er einen solchen Durst in seinem Innern, daß er meinte, er könnt keine Minute länger warten, und da ist er umgekehrt. Er hat gesagt, er hat gewußt, daß wir ihn verstehn. Das stimmt, gestern abend haben etliche gesagt, der gehört dem Manager angezeigt, aber da dachten sie, daß es wegen der Tanzerei war. Ach, man kann doch einem Mann nicht vorwerfen, daß er Durst hat.«

Das Nötige zum Durststillen scheint einem Bewohner der Hebriden immer zur Verfügung zu stehen, ungeachtet seines möglicherweise nicht sehr einträglichen Berufs. Ich kann diese Tatsache nicht erklären, nur akzeptieren.

»Der Nächste zum Rasiern!« Die Frau des Wildhüters rief es jovial, während sie vom Wagen herunterstieg und ihre Brote und Tüten in den Sack verstaute und diesen auf die Schulter hob. Wann auch immer ein Bewohner Bruachs mit seinem Einkauf am Wagen fertig war, rief er gewohnheitsmäßig »Der nächste zum Rasiern«. Der Scherz ist von jedem Crofter an jedem Wagen, auf den ich im Lauf der Jahre gewartet habe, gerufen worden und verfehlte nie, bei den Zuschauern Gelächter auszulösen. Die Bruacher ehrten das Alter – auch bei ihren Witzen.

Als nächster war der alte Murdoch an der Reihe. Obwohl Murdoch mit seinen Schwestern zusammenlebte, machte er alle Einkäufe, weil, wie er behauptete, seine Schwestern die einzelnen Münzen nicht so recht unterscheiden konnten. Heute hatte Murdoch Vieh verkauft, und als er jetzt seine Lebensmittel bezahlen wollte, öffnete er eine mit Geldscheinen gut gefüllte Börse. Er hatte, wie bei Murdoch üblich, eine heftige Auseinandersetzung mit dem Wageninhaber wegen des Preises für irgendeinen Einkauf, und da er keine Pfeife zur Hand hatte, um damit zu gestikulieren, benutzte er dazu das geöffnete Portemonnaie. Eine neugierige Möwe flog niedrig über den Wagen hinweg, und im nächsten Augenblick machte es »Pitsch!« Die wartenden Crofter kreischten und bogen sich vor Lachen, und Murdoch starrte entsetzt und angewidert auf seine offene Börse. Es war das erste Mal in meinem Leben, daß ich einen Gälen so auf Geld hatte schauen sehen.

»Die verdammte Möwe hat mir in mein' Geldbeutel gesch...«, stotterte er, als traue er seinen Augen nicht.

Wir konnten alle nicht mehr vor Lachen, und Murdoch, der sich plötzlich als Alleinunterhalter empfand, machte tapfer mit, drohte der Möwe mit der Faust und tanzte vor Zorn herum. Er beschimpfte den Vogel Feder für Feder, ehe er beiseite trippelte und dabei seine bauchige Börse auf Armeslänge von sich weg streckte, als sei sie eine Schaufel voll glühender Kohlen. Die Szene war eine der drolligsten, die ich je miterlebte, und als ich am Wagen an die Reihe kam, hatte ich Schwierigkeiten, mein Gesicht entsprechend zu ordnen, um eine ernsthafte Beschwerde vorzubringen – der Hauptgrund, warum ich den Fahrer sprechen wollte.

Waren werden auf den Hebriden in kleinen Dorfläden oft nur sehr langsam umgesetzt und erweisen sich beim Einkauf nicht selten als sehr unappetitlich, manchmal sogar als ungenießbar. Mehr als einmal hätte ich gern einen lebenslangen Ehrgeiz befriedigt und den Beipackzettel ausgefüllt, auf dem es heißt: »Im Falle von Beanstandungen senden Sie bitte die angebrochene Schokoladepackung an den Hersteller zurück.« Im allgemeinen konnte man hier vergeben und vergessen, doch der Mann mit dem Lieferwagen hatte mir schimmliges Brot verkauft, und dafür fand ich keinerlei Entschuldigung. Zugegeben, in Bruach gedieh Schimmel üppig, so daß man sich fast dabei ertappte, den Ärmel hochzustreifen und etwas zu untersuchen, was nur ein dunkler Schmutzfleck auf dem Arm war – das gekaufte Brot aber war angeblich frisch und abgepackt gewesen. Normalerweise backte ich mein Brot selber, doch in meiner Küche wurde gerade ein neuer Herd installiert – Hector und Erchy hatten sich bereit erklärt, diese Aufgabe gemeinsam zu übernehmen – und da Hector »sein' Kram« nicht finden konnte und Erchy sich bereits auf Jeannacs Hochzeit freute, waren sie nur sehr langsam vorangekommen. Daß mir der Herd fehlte, hatte mich zeitweilig gezwungen, Brot zu kaufen, und in der ersten Woche holte ich es mir »frisch vom Wagen«. Das jedenfalls hatte ich geglaubt, bis ich die Packung aufriß und das Brot voller Schimmelflecken vorfand. Als ich in der Woche darauf an den Wagen kam, hatte ich mich beim Fahrer bitter beklagt und gedroht, die Sache anzuzeigen, wenn er mir nicht für eine tadellose Packung garantierte.

»Wie soll ich wissen, ob 'n Brot schimmlig ist, wenn's in zugeklebtem Papier ist?« hatte er mürrisch gefragt. »Ich mach doch das verdammte Zeug nicht selber.«

»Dann müssen Sie es eben auspacken und prüfen, ehe Sie es mir verkaufen«, beharrte ich. Ungnädig gehorchte er, und ich hatte ungefähr die Hälfte seines Brotvorrats wegen Altbackenheit oder der Ähnlichkeit mit verschmortem Gummi abgelehnt, ehe ich mit dem zufrieden war, das ich auch kaufte. Als ich mir jedoch am nächsten Morgen eine Scheibe zum Frühstück abschneiden wollte, war es durch und durch verschimmelt.

Erfüllt von gerechtem Zorn trat ich nun an den Wagen, funkelte den Fahrer kalt an, erinnerte ihn an meine Klage von voriger Woche und erzählte ihm schonungslos und bis ins kleinste Detail, wie es mir bereits am nächsten Morgen ergangen war.

Der Fahrer tat, als höre er mir ernsthaft zu, und gab mir dann meinen zornigen Blick ebenso zornig zurück.

»Ich bin verdammt froh, daß es schimmlig war«, sagte er zu meiner Überraschung.

Erschüttert fragte ich: »Wie bitte?«

»Ich sag, ich bin verdammt froh, daß es schimmlig war. Meine Güte, ist das komisch«, sagte er und brach in Gelächter aus. »Was haben Sie mir für Geschichten gemacht vor'ge Woche und haben gemeckert und geschimpft, und dann suchen Sie sich genau ein schimmliges aus!«

Der Fahrer hatte das ansteckendste Lachen, das man sich denken kann, und alle hatten an diesem Tag einen besonders heiteren Einkaufsausflug.

Hinter mir wartete Morag. »Sie kommen doch zu Jeannacs Hochzeitsfeier heut abend?« fragte sie und setzte rasch hinzu: »Wenn Gott Sie bewahrt.«

»Ja, natürlich«, antwortete ich.

Jeannac und ihr Ehemann waren vor ein paar Tagen auf dem Festland in aller Stille getraut worden und wollten nun daheim angemessen nachfeiern.

»Erinnern Sie sich, wie wir vor zwei, drei Jahren zur Hochzeit von der ihrer Schwester eingeladen warn?« fragte Morag. »Es war ein Freitag, und die haben damit geprahlt, daß die Hochzeitstorte zehn Pfund gewogen hat, und schon am Freitag drauf haben sie damit geprahlt, daß ihr Baby ebensoviel wiegt, und Sie warn ganz außer sich drüber.«

O ja, ich wußte es noch. Ein paar Monate später hatten nämlich Morag und ich, als wir für wohltätige Zwecke sammelten, auch im Haus der Neuvermählten vorgesprochen. Das Baby war inzwischen im Krabbelalter und ein so niedliches, herziges Kind, daß ich bald mit ihm schmuste und es auf meinen Knien reiten ließ. Als wir das Haus verlassen hatten, bemerkte ich Morag gegenüber, wie süß es sei. »Ja«, hatte sie entgegnet, »und dabei haben Sie damals gesagt, die Leute gehörten verprügelt, als Sie von ihm hörten.«

Ich wußte es noch. Als ziemlicher Neuling in Bruach war ich durch die Nachricht von der Geburt eines Babys so kurz nach der Hochzeit regelrecht schockiert gewesen. Seitdem hatte ich mich längst gewöhnt an die etwas zu früh eintreffenden »Hochzeitsgeschenke Gottes«.

Da der Lieferwagen erst am Tag der Hochzeitsfeier kam, war ich einigermaßen in Hetze. Ich hatte Erchy bei den letzten Handgriffen am neuen Herd verlassen und würde zu allen anderen üblichen Arbeiten auch noch die Küche saubermachen müssen.

Ganz in Gedanken versunken, wie ich alles wohl am besten schaffen sollte, ging ich eilends heim, als Peter plötzlich über die steinerne Begrenzungsmauer seiner Croft gesprungen kam, das Gewehr unter dem Arm. Sekundenlang erschrak ich, aber er ließ die Waffe abrupt fallen, spuckte auf seine Hand, rieb sie energisch an seiner Jacke ab und bot sie mir zur Begrüßung.

»Na, Peter, Glück gehabt bei den Karnickeln?« fragte ich mit einem mißtrauischen Blick auf das abgelegte Gewehr, das stellenweise mit Schnur und Draht zusammengebunden war und aussah, als könne es für den Jäger todbringender sein als für jegliche Beute.

»Jawohl, Miss«, stieß er atemlos hervor. »Anderthalb.« Sein Ringen nach Worten wurde noch dadurch betont, daß er dabei unaufhörlich die Mütze auf dem Kopf herumdrehte.

»Na, fein«, beglückwünschte ich ihn. »Und was ist mit der anderen Hälfte passiert?« Ein halbes Karnickel konnte nicht gut wieder in den Bau geflüchtet sein.

»War nicht da, wie ich suchen wollt, hab's sein lassen.« Er lüftete die Mütze, fing hastig die beiden sterbenden Fische wieder ein, die aus ihr entwischt waren, brachte sie an Ort und Stelle, zog die Mütze noch fester über den Kopf und ließ die Fischschwänze als lebendige Fransen in die Stirn hängen.

»Die geben ein feines Abendessen für dich und die Mutter, nicht wahr?« sagte ich.

»Jawohl, Miss, ich geh sie jetzt braten«, sagte er und nahm das Gewehr wieder auf.

Entzückt sah ich Rauch aus meinem Küchenschornstein steigen, und als ich die Tür aufstieß, trat Erchy, für seine Verhältnisse recht bedrückt aussehend, prüfend zurück.

»Wundervoll«, bemerkte ich mit zufriedenem Lächeln.

»Aye, nicht schlecht.«

»Fabelhaft«, beharrte ich. »Und der Schornstein scheint einwandfrei zu ziehen.« Ich entzündete den kleinen Primuskocher und setzte den Kessel auf. »Sie trinken doch eine Tasse Kaffee, ehe Sie gehen?«

»Aye. Ja, danke.«

»Sie klingen so trübselig«, sagte ich. »Was ist denn? Sind Sie enttäuscht, weil Sie gestern abend nicht zum Tanz gehen konnten?«

»Also wegen dem bin ich bestimmt nicht enttäuscht.«

»Na, aber Sie sind heute so anders.«

»Fühl mich auch ganz anders.«

»Sie meinen, Sie fühlen sich nicht wohl?«

»Doch, mir geht's gut, mir ist nur so anders.«

Ich gab ihm eine Tasse Kaffee, stellte ein paar Cracker und Käse auf den Tisch und wartete auf die Konfidenzen, die, wie ich wußte, kommen würden.

»Komisch«, sagte Erchy nach ein paar Schlucken Kaffee. »Ich glaub fast, ich bin in Jeannac verliebt gewesen.«

»In Jeannac? Die am Mittwoch geheiratet hat?«

»Aye, ich muß in sie verliebt gewesen sein. Warum sonst ist mir so mies, daß sie 'n andren geheiratet hat?«

Ich konnte ihn nur in wortloser Teilnahme ansehen und fragte mich, wie sehr er wohl litt.

»Mit Marjac war's das gleiche. Wie die geheiratet hat, war's mir genauso mies, und da wußt ich, daß ich in sie verliebt gewesen sein muß.«

»Aber haben Sie das denn nicht gemerkt, bevor eine von den zweien geheiratet hat, daß Sie in sie verliebt sind?« fragte ich.

»Nein. Das ist es ja. Ich muß immer warten, bis sie heiraten, dann weiß ich's erst. Wenn mir an denen ihrem Hochzeitstag mies ist, weiß ich, daß ich in sie verliebt war. Und wenn mir nicht mies ist, weiß ich, ich war's nicht«, sagte er kläglich.

Dieser Umstand ist, dachte ich, das beste Mittel, von dem ich je gehört habe, um Junggeselle zu bleiben, aber Erchy war es zu ernst, als daß ich gewagt hätte, eine solche

Bemerkung zu machen. Ich versuchte, ihn von seinen Leiden abzulenken.

»Ich nehme an, daß die Leute sich für die Feier heute abend gut mit Whisky versorgt haben«, sagte ich.

»Ja, gut eingedeckt haben sie sich schon. Sieben Flaschen haben sie sich neulich abends geholt und gemeint, sie genehmigen sich gleich mal ein Gläschen, und eh die Nacht vorbei war, warn die sieben Flaschen weg. Ich war selber dabei. Adam muß heut abend mit'm Motorrad in die Kneipe neuen holen.« Er wurde entschieden heiterer, und als er die zweite Tasse Kaffee trank und noch mal den brennenden Herd inspizierte, war er praktisch wieder ganz der alte. »Der Kaffee ist gut«, lobte er. »Einklich mach ich mir nichts aus Kaffee, aber das Zeug, das Sie machen, das mag ich. Die Pilgerinnen haben mir neulich eine Tasse gegeben, als ich einen Stuhl bei ihnen repariert hab, und der schmeckte genau wie angebranntes Wasser.«

Auch eine dritte Tasse lehnte er nicht ab, beschloß aber dann, er müsse nun heim und »seine Kartoffeln« zu sich nehmen, womit er sein Mittagessen meinte. »Ich seh Sie heut abend«, sagte er und ging.

»Ja, nach gemachten Erfahrungen vermutlich dreifach«, sagte ich anzüglich.

Zehn Minuten später war er wieder da. »Kommen Sie«, befahl er, »das müssen Sie sehn!«

Noch schien die Nachmittagssonne, würde sich aber binnen einer Stunde zwischen den Buckeln von Rhuna und den äußeren Inseln behaglich zur Nacht zurechtkuscheln, und ich mußte noch vieles erledigen, ehe es richtig dunkel wurde. Ich fragte, ob der Anblick meine Zeit auch wirklich wert sei.

»Ich glaub, so was sehn Sie nie wieder«, versprach Erchy. »Ich hab's jedenfalls noch nie gesehn.«

Er führte mich in die Richtung von Murdochs Cottage, und ich wünschte mir, als wir dort ankamen, ich hätte meinen Fotoapparat dabei. Murdoch, der abwechselnd jähzornig, eigensinnig und freundlich sein und hochtrabend daherreden konnte, war der geborene Clown. War er anwesend, wurde jede Situation komisch. Eben jetzt saß er in seinem Garten auf einem umgestülpten Eimer und betrachtete verdrossen, aber ohne den Blick zu wenden, zwanzig triefende Pfund- und Fünfpfundnoten, die mit Sicherheitsnadeln an seiner Wäscheleine hingen.

»Meiner Seel«, raunte Erchy anerkennend, »der alte *bodach* hat sie glatt alle gewaschen.«

Als ich im Haus von Jeannac zur Hochzeitsfeier eintraf, quollen Küche und »Stube« bereits über von Gästen, und viele saßen auf der Treppe zum winzigen Treppenabsatz. Es können durchaus noch welche im Schlafzimmer gewesen sein. Die Hitze im Haus traf einen wie ein nasser Umschlag, obwohl durch die weit geöffnete Haustür Wellen von Frostluft hereinwehten. Es gelang mir, mich in eine Ecke der Küche zu verziehen, wo jemand mir ein Glas Sherry und ein zerkrümeltes Stück Kuchen reichte. Alles schwatzte und lachte vergnügt, und sonderbarerweise schienen alle nur ganz leicht angeheitert. Sandy Beag rief, wir sollten tanzen, packte die widerstrebende Jeannac und fing an zu hopsen. Dabei schleuderte er die Beine weit nach allen Seiten. Man zwang ihn jedoch aufzuhören, weil er ein paar der schwarzgewandeten alten Frauen in der Nähe beinahe aus den Röcken gerissen hätte.

»He, nimm du sie, Ian.« Damit stieß Sandy Beag die Braut gegen ihren Bräutigam, der bleich am Geschirrschrank lehnte.

Die Nachricht von der Verlobung zwischen Jeannac und Ian hatte das Dorf erschreckend unerwartet getroffen, und ganz gleich, wen man in den Wochen bis zur Hochzeit traf, die erste Frage lautete stets: »Warum heiratet Jeannac den Ian?« Die Bewohner von Bruach waren große Diagnostiker. Bei Krankheiten, sei es bei Mensch oder Tier, wurden die Symptome ausgiebig besprochen und das Leiden noch vor Eintreffen eines Tierarztes oder Doktors diagnostiziert. Die Symptome einer bevorstehenden Hochzeit wurden in sehr ähnlicher Weise besprochen, denn die

Crofter waren zwar Liebesromanen sehr zugetan, aber in ihrem eigenen Leben skeptisch gegenüber jedweder Romantik und hatten gern einen unanfechtbaren Grund für eine bevorstehende Heirat. Die Verlobung des Tierarztes löste den Kommentar aus: »Na ja, stimmt schon, er braucht jemand, der für ihn ans Telefon geht«, während eine andere Heirat, offensichtlich zwischen zwei sehr gegensätzlichen Naturen, so entschuldigt wurde: »Seit die Mutter tot ist, hat seine Schwester Angst, allein zu schlafen, und ein Mädel, das mit ihr das Bett teilt, kommt ihnen zu teuer.« Dafür, daß Jeannac den Ian nahm, hatte ich jedoch noch keine plausible Erklärung gehört. Jeannac war auffallend hübsch, intelligent und finanziell abgesichert, und als ich nun zu ihr hinüberschaute und sie so strahlend glücklich neben dem mickrigen Ian stehen sah, wunderte es mich noch mehr, daß sie gerade ihn gewählt hatte. Ich sprach das vor dem alten Murdoch und Morag, die dicht neben mir standen, offen aus.

»Ach, Miss Peckwitt«, begann der alte Murdoch mit leicht genierter Miene, »eine Frau kommt manchmal in 'n Zustand wie ein Lachs im Spätherbst, der nach jedem alten Lappen schnappt, und dann nimmt sie jeden.«

»Aber Jeannac ist noch nicht alt«, widersprach ich und wandte mich Bestätigung heischend zu Morag. »Sie glauben doch sicher nicht, daß es eine Art Torschlußpanik bei Jeannac ist?«

»Nein«, gab sie zu, »ich glaub, das ist es überhaupt nicht. Ich hör, er hat ein Lied für sie geschrieben, sie hat's keiner Menschenseele erzählt, was drin vorkommt. Und dann hat sie ihm auch wieder ein Lied gemacht, und dann auf einmal hat jeder gewußt, sie wolln heiraten.«

»Habt ihr gehört, wie die Trauung verlaufen ist?« fragte ich.

»Ach, die war ganz still. Nur die beiden und Johnny und Elspeth. Aber ich hab gehört, daß Johnny so versessen drauf war, nur ja den Ring nicht zu verliern, daß er ihn sich an 'n kleinen Finger gesteckt hat, und als er ihn dem Bräutigam geben wollte, saß er fest. Er hat sich sehr abstrapazieren müssen, und wie's aussah, hätt man meinen können, Ian würde Johnny heiraten.«

Immer mehr und mehr Menschen drängten ins Haus, und viel Getränk wurde auf Büfett, Anzüge und Fußboden verschüttet, so stark wurde gerempelt. Ich dachte, wieviel angenehmer es doch gewesen wäre, wenn die Feier im Sommer stattgefunden und die Gäste ihre Erfrischungen im Freien hätten zu sich nehmen und gänzlich unbeschwert hätten tanzen und plaudern können.

Eben jetzt drängte sich Erchy zu uns durch, eine offene Flasche Whisky in der Hand. »Hier«, sagte er. »Sie sehn ja ganz unglücklich aus. Schenken Sie sich ein. Wenn Angus wiederkommt, gibt's noch mehr davon.«

»Ich bin nicht unglücklich«, widersprach ich und zog mein noch halbgefülltes Glas außer Reichweite der drohenden Flasche. »Aber eines möchte ich wissen, Erchy, warum heiraten die Bruacher immer ausgerechnet im Winter?«

Erchy sah mir fest ins Auge. »Weil dann die Nächte länger sind«, erwiderte er mit unerschütterlicher Offenheit.

»Was ist mit Angus passiert?« fragte Morag.

»Das überlegen die auch grade«, antwortete Erchy. »Der ist auf Adams Motorrad weg, noch mehr zum Trinken holen, vor drei Stunden, und hat gesagt, in 'ner Stunde ist er wieder da, und noch immer nicht zurück.« Er wanderte wieder fort und bot weiterhin wahllos jedem seine Flasche.

»Ich hab gar nicht gewußt, daß Angus Motorrad fahren kann«, sagte ich leise zu Morag.

»Ich glaube auch nicht, daß er's kann«, sagte sie, »aber er ist trotzdem losgezogen. Sie haben gesagt: Einer muß fahrn, und Adam hat es so im Kreuz und kann kaum auf den Beinen stehn.«

»In diesem Fall kann ich gut verstehen, daß sich alle fragen, was passiert ist«, sagte ich mit einem besorgten Blick auf Angus' Mutter. »Er kann ja umgeworfen haben.«

»Ach, wenn der umgeschmissen hat, hat er sich dazu bestimmt 'n weichen Fleck ausgesucht«, meinte Morag ungerührt.

Einer der Höhepunkt des Abends war wieder das Verlesen der Glückwunschtelegramme, ohne die keine Highlandhochzeit vollkommen wäre. Nach vielen heiteren Diskussionen beschloß man, mit dem Vorlesen zu warten, bis Angus wieder da war, damit ihm der Spaß nicht entging. Seit meiner ersten Hochzeitsfeier in Bruach war ich abgehärtet gegen die obszönen Telegrammtexte, die Jugendliche einander sandten, wenn einer von ihnen heiratete. In den letzten paar Jahren sind die Postämter auf den Hebriden weit intoleranter geworden als früher, und es gab bittere Klagen darüber, daß zwei der Verse eines Glückwunschtelegramms als zu derb nicht angenommen worden waren. Dollac, die nicht nur schön, sondern darüber hinaus auch eine der glücklichsten Naturen war, denen ich begegnet bin, war besonders begabt für das Verfassen derartiger Telegramme, und als das Gespräch darauf kam, verurteilte sie das Postamt auf das heftigste.

»Nicht doch«, suchte ich sie zu besänftigen, »die müssen wirklich schlimm gewesen sein, wenn die Post sich geweigert hat.«

»Die waren überhaupt nicht schlimm. Ich habe schon viel schlimmere geschickt. Die werden heutzutag so heikel, daß es bald nicht mehr das Geld lohnt, das man dafür ausgibt.«

»Erzähl mal Miss Peckwitt, was in deinem gestanden hat«, drängte Morag mit verschmitztem Lächeln.

»Ja, nur zu«, bestärkte ich sie.

Dollac kicherte. »Mögen die Flitterwochen sein wie unser Eßzimmertisch, vier Beine und alles ausgezogen«, zitierte sie, ohne zu erröten.

»Und der andere?«

»Ach, der war kurz. Der ging nur so: ›Ian, Ian, tu deine Pflicht, lösch das Licht und zier dich nicht.‹«

»Was bitte ist daran verkehrt, möcht ich wissen?« entrüstete sich Morag. »Diese Telegraphenleute müssen eine schmutzige Phantasie haben!«

In diesem Augenblick kam Angus durch die Tür hereingerumpelt und knallte ein paar Flaschen nachdrücklich auf den Tisch.

»Ja Angus, was hat dich denn nur so lang aufgehalten?« fragte seine Mutter.

»Na, was schon. Die verdammte Pollezei«, erwiderte Angus, vor Wut schäumend.

Beklommenes Schweigen herrschte in der Küche. »Du meinst, sie haben dich erwischt?« flüsterte seine Mutter.

»Erwischt nicht. Ich hab noch mal Glück gehabt.« Er schöpfte sich eine Kelle Wasser und nahm daraus ein paar Schluck, ehe er den Rest wieder in den Eimer zurückgoß. »Ich komm doch grad aus der Kneipe, da seh ich zwei von der Pollezei mit'm Wagen vorbeikommen. Die sehn mich auch und bleiben stehn. ›Wohin denn?‹ fragen die mich ganz freundlich. ›Heim‹, sag ich, ›so schnell ich kann. Hab nur Getränk geholt für die Hochzeit von meiner Schwester.‹ – ›Und wie kommst du wieder hin?‹ fragen die mich. Ich konnt ihnen ja nicht sagen, mit'm Motorrad, ich hab doch keinen Führerschein, und überhaupt ist dem Adam sein Motorrad nicht versichert. ›Es nimmt mich einer mit‹, sag ich, ›der in dieselbe Richtung muß.‹ – ›Wer denn?‹ fragen die, und ich sag den ersten Namen, der mir einfällt. ›Ach‹, sagen die, ›da kannst du die ganze Nacht warten, der ist schon vor 'ner Stunde weg. Los, wir bringen dich ein Stück.‹ Ich hab vielleicht innerlich geflucht, kann ich euch sagen. ›Fahrt ihr denn nach Bruach?‹ frag ich. ›Nicht ganz‹, sagen die, ›aber ein gutes Stück. Komm, steig ein.‹ Ich wußte, wenn ich nicht mitfahr, merken die was und fangen an rumzuschnüffeln. Und schau gar nicht hin auf dem Adam sein Motorrad und steig zu ihnen ein, und die nehmen mich mit bis Sheehan. Einmal hab ich wirklich gemeint, die Dreckskerle fahren mich noch weiter. Wie sie gehalten haben, bin ich raus, und wie sie außer Sicht warn, hab ich die Flaschen im Graben versteckt und bin zu Fuß zurück zur Kneipe, weil ich nicht wollte, daß das Motorrad dort gefunden wird. Wie ich hinkomm, ist der Pollezeiwagen noch nicht zurück von Sheehan. Teufel auch, denk ich mir, was mach ich jetzt? Und da bin ich aufs Motorrad und los, denn jetzt war's schon dunkel, und jedesmal wenn ich ein paar Scheinwerfer auf mich zukommen sah, mußt ich abspringen und mich und das Motorrad in den Graben werfen und stilliegen. Ich bin klatschnaß. Ich hätt diese gottverdammten Pollezeikerle umbringen können, sag ich euch.«

Auf allen Gesichtern sah man Erleichterung über den befriedigenden Ausgang von Angus' Eskapade und beim Anblick der vollen Flaschen auf dem Tisch. Das Fest wurde rasch geräuschvoller und für mich weniger erfreulich. Die männlichen Bruacher glauben fest daran, sich betrinken zu müssen, ehe sie sich amüsieren können, und die Frauen scheinen die Männer in nüchternem Zustand zu gehemmt zu finden und bestärken sie in diesem Glauben.

In der »Stube« begann ein Grammophon zur allgemeinen Kakophonie beizutragen, und Morag zerrte mich dorthin, damit ich mir Platten mit gälischen Liedern anhören sollte. Eine Platte mit ›Loch Lomond‹ wurde gefunden und für mich aufgelegt, weil sie auf englisch gesungen war, wenn auch nur tonlos gekrächzt.

»Die Platte ist aber ganz abgespielt«, sagte ich zu Morag.

»Ja«, erwiderte sie, »aber es ist auch ein sehr altes Lied, oder?«

Janet, die sehr vergnügt und strahlend aussah, winkte uns in die Küche, wo Tee gemacht wurde, und wir drängten uns zu ihr durch, vorbei an Erchy, der sich auf einer Bank neben Sadie rekelte, einem jungen Mädchen aus einem Nachbardorf. Sadie war vollbusig, kräftig und von zigeunerhafter Schönheit. Erchy machte ihr soeben voll schläfrigem Ernst einen Heiratsantrag. »Ich wär dir ein guter... ein guter Ehemann...«, sagte er, »...und arbeiten würd ich... arbeiten...«

Ich mußte insgeheim lächeln, weil mir ein Herbsttag

einfiel, an dem ich Erchy im Schnellschritt heimeilen sah, die Sense über der Schulter, mit verstörter Miene. Da ich ihn kurz zuvor hatte Mais auf seiner Croft mähen sehen, rief ich ihm scherzend zu, er höre wohl heute zu früh auf.

»Das ist es nicht, wirklich nicht«, hatte er atemlos erwidert, »aber diese Sadie und ihre Freundin sind dort drüben im Gras und rufen mir dauernd was zu, und ich hab verfluchte Angst, daß ich die Hosen runterlaß, wenn ich noch lang allein da bleib. Ich hol mir nur eben meine Mutter, die soll neben mir arbeiten.«

»Und um die Gören kümmer ich mich dann auch«, sagte er soeben und tätschelte dabei beständig ihr Knie.

Wir erreichten die relative Ruhe der Küche.

»Janet, was ist denn aus Ihrer Besucherin geworden«, fragte ich. »Sollte die nicht heute abend auch kommen?«

»Ja, *mo ghaoil*, aber die ist schon lang schlafen gegangen.« Unsere Blicke trafen sich, und wir tauschten ein verständnisvolles Grinsen. »Aye«, fuhr Janet lächelnd fort, »sie ist mit einem gälischen Lexikon ins Bett.«

Johnny, der eben eintrat, um Gläser neu zu füllen, hörte die Bemerkung. »Verdammt ulkig, wenn eine Frau *damit* ins Bett will«, lautete sein Kommentar.

Um Mitternacht war das ganze Haus voller Tabakrauch und widerhallte von Gesang und Gelächter, Geschrei und gellenden Diskussionen. Becher wurden von den Haken vor den Büfettfächern abgehängt und ebenso schnell wieder aufgehängt, und ein ganzes Corps dampfender Kessel wurde vom Herd gerissen, um Geschirr zu spülen oder Tee aufzubrühen, und dann erneut mit Wasser gefüllt für noch mehr Tee. Mir brummte schon der Kopf von der Hitze, und ich fand, nun könne ich unauffällig entwischen. Draußen verweilte ich, neu belebt von der Frostluft, noch ein Weilchen und schaute durch die Fenster hinein, die nur vom Dunst verhüllt waren, auf die fröhliche Menge im Inneren. Die alten Männer sangen geruhsam, die Augen halb geschlossen, ihre gefalteten Hände hoben und senkten sich im Rhythmus des Liedes.

Die alten Frauen schwatzten lebhaft. Die jungen Leute neckten sich und kicherten übertrieben. Auf der Bank hing ausgestreckt noch immer Erchy, machte noch immer die gleichen ernsthaften Anträge, tätschelte noch immer ein Knie – nur war es diesmal ein anderes Mädchen!

12
Die Weihnachtsfeier

Lange nachdem die schwankenden, v-förmigen Formationen der Wildgänse auf dem Weg in den Süden über uns hinweggezogen waren und als schon die Reklamen in den Zeitschriften uns daran mahnten, Weihnachtskarten zu bestellen, machten manche von uns noch Heu in Bruach, zerrten mit erstarrten Fingern eiskalte, durchnäßte Heusträhnen von den Heinzen und breiteten sie aus, um sie an zeitweilig eisiger Sonne noch zu trocknen. Allerheiligen, mit dem für gewöhnlich alles Ernten endet, überraschte uns, und immer noch gab es Heu hereinzuholen. Nur die Kinder jubelten, denn am Abend vor Allerheiligen ist Halloween, der einzige Tag im Jahr, der wirklich ihnen gehört. Sie bereiteten sich von ungefähr Mitte Oktober an darauf vor, entwarfen Masken aus bemalter Pappe, auf die sie gräßliche Mengen ungewaschenes Schaffell klebten, und stöberten unter Betten und auf Speichern nach abgelegten Kleidungsstücken, um sich noch mehr zu vermummen. Was sie fanden, war fast ausnahmslos schwarz, stank, je nachdem wo es aufbewahrt worden war, nach Moder oder Mist, und kaum wurde es an Halloween dunkel, taten sich die Kinder zusammen, maskiert, in weiten Röcken und mit hochgekrempelten Hosen, und suchten, eher Vogelscheuchen als Nachtschwärmern gleichend, ein Haus nach dem anderen auf. Dort sprachen sie kein Wort und nahmen auch die Masken erst ab, wenn man sie richtig identifiziert hatte. Sie warteten in moderig riechenden Gruppen darauf, einen Apfel oder Sixpence zu bekommen, ehe sie hastig ihren Rundgang fortsetzten. Waren erst alle Häuser besucht und die Kinder hatten in einem oder mehreren der gastlicheren Anwesen außer den Äpfeln noch etwas zu trinken bekommen, so warfen sie die Masken weg, ließen die Gewänder irgendwo am Weg liegen, um sie später wieder abzuholen, und gingen zum aufregenderen Teil des Abends über.

Nach einer geheiligten Tradition galt an Halloween in Bruach nichts als »gestohlen«. Verschwanden über Nacht Spaten oder Mistgabeln aus einem Schuppen oder ein Schubkarren aus einem Kuhstall, so gehörte das zu den Späßen. Hatte man Pech gehabt oder war zu faul gewesen, und die Kartoffeln waren noch in der Erde, und man fand sie ausgerissen und über das ganze Anwesen verstreut, oder es verschwand eine Harke für immer, weil die Kinder sich nicht erinnern konnten, was sie in ihrem Übermut mit ihr angestellt hatten, so hieß es nur: »Nun, wir waren alle einmal jung.« Ein Schubkarren oder Leiterwagen wurde möglicherweise auf seiner nächtlichen Tour beschädigt, aber was machte das schon aus. Es hieß nur: »Der war natürlich zu schwer, die Kinder konnten ihn nicht lenken.« Straffällige Jugendliche gab es nicht in Bruach. Man erlaubte ihnen, sich in einer herrlichen Halloweennacht einmal so richtig auszutoben.

Infolge der verspäteten Ernte waren viele Arbeitsgeräte noch nicht für den Winter verstaut, und die Nachtschwärmer nützten diese Gelegenheit, manchmal auch unterstützt von Erwachsenen, nach Kräften aus. Ich wachte morgens auf und stellte fest, daß mein Gartentor durch Peters Egge ersetzt worden war und daß Euans Handkarren unter abgelegten Kleidern versteckt in meinem Kuhstall stand. Als ich mich anschickte, mein Gartentor wieder zurückzuholen, das der grinsende Lebensmittelhändler hinter dem »Hausi« entdeckt hatte, gesellten sich viele meiner Nachbarn zu mir, alle gutmütig brummend, die ihr Eigentum von den ausgefallensten Orten wieder zusammensuchten. Gemeinsam starrten wir verdutzt auf die farbenfrohe Ausstellung von Damenwäsche, die an der Wäscheleine vor Farquhars Junggesellenheim hing, bis ich einiges davon als mein Eigentum erkannte, das ich gestern abend vergessen hatte, hereinzunehmen. Um die Mittagszeit schien jedermann seine Besitztümer wiederzuhaben, und selbst der aufgebrachteste Betroffene war durch das Gelächter seiner Nachbarn wieder versöhnt. Nur Sheena, die den Fehler begangen hatte, die Kinder wegzuschicken, ohne ihnen etwas zu geben oder sie ins Haus zu bitten, weil sie ihr letztes Jahr einen lebendigen Igel im Bett versteckt hatten, grollte noch immer. Die Kinder hatten ihr ihre Knauserigkeit dadurch heimgezahlt, daß sie aufs Dach ihres Hauses kletterten und den Schornstein mit einem Rasenstück zudeckten.

»Also wir sitzen in der Küche, Peter und ich, und ich les ihm die Zeitung vor, da fängt der Rauch an, durch den Kamin runterzukommen, wie im Schornstein von 'nem großen Schiff«, erzählte sie mir, und ihre rotgeränderten Augen waren noch immer feucht vor Entrüstung. »Klar, er ist auch in den besten Zeiten kein idealer Schornstein. Aber ich sag: ›Peter‹, sag ich, ›morgen müssen wir den aber mit Heidekraut ausputzen.‹ Und der Qualm wird so dick, daß man hätt davon abbeißen können, sag ich Ihnen.« Um es mir deutlich zu machen, biß sie in die Luft. »›Peter‹, sag ich, ›mach in Gottes Namen die Tür auf, sonst sind wir morgen Bücklinge.‹ Und Peter geht die Tür aufmachen. ›Die klemmt, *cailleach*‹, sagt er. ›Nie und nimmer‹, sag ich und glaub's nicht, aber wie ich's probier, geht sie auch nicht auf. ›Hilfe!‹ ruf ich, denn mittlerweile husten Peter und ich uns fast den Magen raus. ›Hilfe!‹ ruf ich wieder und weiß doch nicht, wer uns hörn soll. Da hör ich die Kinder draußen lachen. ›Hilfe! Macht uns die Tür auf, Kinder!‹ ruf ich, aber die lachen bloß und rufen zurück und verspotten mich und lassen sich Zeit, bis sie meinen, wir haben genug, und schneiden den Strick durch, mit dem sie die Tür zugebunden haben, und haun ab. Peter und ich, wir fallen fast raus vor lauter Husten, und im Mondschein zeigt Peter nach oben und sagt zu mir: ›Es kommt kein Rauch aus'm Schornstein, *cailleach*‹, und ich schau und seh, was los ist, weil die Jungs das auch gemacht haben, als ich noch jung war. ›Steig sofort aufs Dach, Peter‹, sag ich, ›und hol die Grassode vom Schornstein.‹ Und dann ist er rauf und hat gezittert und gebebt, denn mit der Höhe hat er's nicht, *mo ghaoil*, und ich hab auch geschlottert vor Kälte, eh ich wieder reingehn konnte, und heut früh hab ich's gesehn, mein Bett ist ganz gelb von dem Qualm.«

Sheena seufzte geräuschvoll und schüttelte den Kopf über die Grausamkeit, mit der sie behandelt worden war.

Als Halloween vorüber war, blieb den Kindern nichts mehr, um sich darauf zu freuen, abgesehen von dem Schauspiel, wie die Erwachsenen sich an Neujahr betranken, was sie ungeheuer komisch fanden. Weihnachten wurde, wie ich bald feststellte, vollständig übergangen. Ich erinnere mich nur an ein einziges Mal, bei dem ich mich einsam fühlte, und das war, als ich an meinem ersten Weihnachtsmorgen in Bruach spazierenging und jedem ein munteres »Fröhliche Weihnachten« zurief. Nicht einer von denen, die mir begegneten, hatte meinen Gruß mit auch nur einer Spur von Wärme erwidert. Alle sagten nur verlegen: »Ja, schönes Wetter heute«, als hätte ich etwas Unpassendes geäußert. Später erfuhr ich, daß zwar eine religiöse Sekte das Weihnachtenfeiern tatsächlich verdammte, daß aber die meisten meiner Nachbarn meinen Wunsch ganz einfach deshalb nicht erwidert hatten, weil er ihnen unerwartet kam und sie nichts zu sagen wußten.

Ich fand, eine Kinderparty zu Weihnachten wäre eine gute Idee, und fing an, Pläne zu schmieden. Meine Motivation war – ich muß es zu meinem Leidwesen gestehen – nicht nur altruistisch. Ich liebe den glitzernden Flitter, die festliche Geschäftigkeit, die zum Weihnachtsfest gehören, und eine Kindergesellschaft würde den Vorwand dafür liefern und viel dazu beitragen, daß meine Stimmung sich hob. Das Cottage war zu klein für mehr als zwei Gäste gleichzeitig, aber ich hatte ja jetzt eine neue Scheune aus Wellblech mit Betonboden. Als ich mit Dollac und ihren Freunden besprach, ob dieser Schuppen sich für eine Party eignen würde, erwies es sich als schade, die Feier auf die Kinder zu beschränken.

»Wir könnten doch dort großartig tanzen«, sagte Dollac und fing an zu summen und herumzutänzeln.

»Eigentlich sehe ich nicht ein, warum wir hier im Dorf nicht ein Laienspiel aufführen sollten«, sagte ich, ohne es allzu ernst zu meinen.

»Ein was?«

»Ein Laienspiel.«

»Was is'n das?« Sie sahen mich alle verdutzt, aber auch amüsiert an.

»Oh, ihr wißt schon, was ich meine«, sagte ich in dem Glauben, es gäbe sicherlich ein obskures gälisches Wort für Laientheater. »So Aufführungen wie ›Aschenbrödel‹ und ›Mutter Gans‹ und ›Aladin und die Wunderlampe‹.«

»Wer soll denn das sein, Mutter Gans? Und was ist eine Wunderlampe, und wer ist Aschenbrödel?«

Ich konnte es kaum glauben, daß sie noch nie davon gehört hatten, und fing an, es ihnen zu erklären. »Ihr kennt doch die Geschichte von Aschenbrödel? Von dem armen kleinen Mädchen mit den beiden häßlichen Schwestern und der guten Fee als Patin?« Ihre ausdruckslosen Gesichter sprachen Bände. Da erzählte ich ihnen die ganze Geschichte und erwähnte, daß in so einem Stück die männlichen Rollen, außer die der ganz üblen Schurken, gewöhnlich von Frauen, die komischen weiblichen Rollen gewöhnlich von Männern gespielt würden. Das fanden sie eine großartige Idee, und es wurde auf der Stelle ausgemacht, daß wir Weihnachten feiern würden, mit einer Kinderparty, gefolgt von einem Theaterstück, bei dem die Kinder zusehen durften, und später, wenn sie heimgegangen waren, mit einem Tanz für die Erwachsenen. Die Kinder waren sichtlich hocherfreut über diese Aussicht, die Erwachsenen nahmen die Nachricht mit gedämpfter Begeisterung auf, und die Älteren lobten mich für meine Großzügigkeit, alle prophezeiten dem Unternehmen großen Erfolg, bekundeten nachdrücklich ihre Absicht teilzunehmen und zogen sich dann in die Kokons ihres Kalvinismus zurück und warteten ab, was alle anderen in dieser Sache tun würden. Ich dachte an das Fiasko der Pilgerinnen-Einladung und wußte, daß auch ich würde abwarten müssen.

Ich schrieb ein kleines Stück für Laiendarsteller, von dem ich glaubte, das Dorf würde sich darüber amüsieren, und konnte dabei ungeniert die ältesten Witze einbauen. Einigen Mitgliedern des Ensembles gab ich auch – was vielleicht ein bißchen gemein war – Gelegenheit, meine ersten Versuche in der Landwirtschaft zu kritisieren, die seinerzeit viele humorvolle Kommentare im Dorf ausgelöst hatten. Buttons' Haarschnitt sah – so hieß es da – aus, »als wäre Miss Peckwitt mit der Sense drübergewesen«. Ein wackeliger Stuhl brach auseinander »wie einer von Miss Peckwitts Heureitern«. Ich wollte ihnen vorführen, daß ich ihre Kritik als betrüblich, aber wohlverdient akzeptierte, doch die Mitwirkenden hintertrieben das, indem sie derlei Stellen höflicherweise wegließen, auch wenn der Text dann keinen Sinn mehr ergab. Zu meinem Erstaunen waren die Proben nicht nur gut besucht, sondern machten auch riesigen Spaß. Die paar Wochen bis Weihnachten waren, so glaube ich, die lustigsten meines Lebens. An drei, vier Abenden in der Woche versammelten wir uns in meinem Cottage und lasen unsere Rollen. Keiner blieb auch nur einen Augenblick ernst. Der Wegmacher und der Schafhirt kapriolten mit Lust durch ihre Rollen als häßliche Schwestern, Erchy als Stiefvater war sehr eindrucksvoll, wenn er sich daran hielt, *nicht* alle Regieanweisungen laut mitzulesen. Vergaß er es, konnte man sehr über ihn lachen. Der Briefträger, der den Buttons spielte, kam gewöhnlich mitten in seiner Runde, schleuderte die halbleere Posttasche in eine Ecke der Diele, verzog voll Vorfreude das Gesicht, funkelte verschwörerisch mit den Augen und las dann seine Rolle stockend und schüchtern. Seine Anwesenheit war äußerst wichtig, denn er lieferte auch die Akkordeonbegleitung für die Tanzgruppe, bis wir passende Grammophonplatten bekamen.

»Und was wird aus der Post?« fragte ich ihn einmal.

»Ach was, alle wissen, wo ich bin«, erwiderte er höchst gleichmütig.

Ich versuchte durchzusetzen, daß die Proben um Mitternacht zu Ende waren, doch die Bruacher, die Mitternacht für eine Stunde halten, in der man gerade anfängt, sich zu amüsieren, hatten es anders im Sinn. Wenn ich aus dem Zimmer war, stellten sie die Uhr oder ihre Taschenuhren zurück und schworen, meine Uhr ginge vor, so daß es mehr als einmal zwei, manchmal sogar vier Uhr morgens war, ehe ich mein Bett aufsuchen konnte, und auch dann nur, wenn die Lampe der Sitzung energisch ein Ende bereitete, weil ihr das Paraffin ausging. Als Weihnachten herannahte, stieg die Aufregung sichtlich, besonders unter den Kindern, von denen ich bewundernde Blicke einheimste, seit die Weihnachtsparty bekanntgegeben worden war. »Teegesellschaften« wurden zum neuen Sport. Fiona, die von Behag und Morag für einen Tag aufs Festland mitgenommen worden und ihnen, wie üblich, entwischt war, übertraf sich selbst: Man entdeckte sie auf einem ziemlich urbanen Kirchhof, wo sie »Teegesellschaft« spielte, mit einem Grabstein als Tisch, für den sie von den Gräbern ringsumher allerlei dekorative Urnen und Krüge eingesammelt hatte.

Es bedeutete eine große Enttäuschung für mich, als die Schachtel mit Christbaumschmuck, die ich bestellt hatte, nicht eintraf. Zwei Tage vor Weihnachten sah ich kommen, nicht nur alle komplizierten Gebäcke für die Gesellschaft und die kleinen Erfrischungen beim Tanz selber backen zu müssen, sondern auch einen kahlen Blechschuppen zu dekorieren, dem ich, koste es, was es wolle, ein festliches Aussehen zu geben gedachte. Es kam zu einer überraschenden Lösung, als Behag und Morag, die wegen der notwendigen Suche nach Fiona ihre Einkäufe auf dem Festland nicht hatten beenden können, mich baten, einen Tag lang auf das Kind aufzupassen, damit sie allein nochmals hinüberfahren könnten. Ich sah mich im Geist bereits den ersten Feiertag im Bett verbringen, um mich von zwölf

Stunden mit Fiona zu erholen, doch sie war noch keine halbe Stunde im Hause, da verlangte sie nach Farben, und ich war so erleichtert, daß sie sich einen harmlosen Zeitvertreib ausgesucht hatte, daß ich sie nur zu gern gewähren ließ.

»Du kannst mir ein paar Weihnachtsdekorationen malen«, sagte ich und gab ihr einige Bahnen Packpapier und einen besonders widerstandsfähigen Pinsel. Dann machte ich mich wieder an meine Bäckerei.

»Ich brauch noch mehr Papier«, kommandierte Fiona.

Ich suchte im Schrank und fand auch weiteres Papier, das sie, fast ehe ich wieder an der Teigschüssel war, mit Farbklecksen bedeckt hatte. Es waren ihre unaufhörlichen Forderungen nach Papier, die mich auf die Idee brachten. Ich gab ihr eine Rolle Toilettenpapier.

»Das kannst du der ganzen Länge nach bemalen«, sagte ich energisch. »Nimm eine Menge bunte Farben und verlang ja nicht noch mehr Papier, bis du jedes bißchen ausgemalt hast.«

Selbst Fiona war vorübergehend eingeschüchtert durch die Größe der ihr gestellten Aufgabe und machte sich entschlossen an die Arbeit. Sie sang ganz versunken und falsch vor sich hin, während sie sich die gesamte Klosettpapierrolle entlangkleckste. Die Tischplatte war mit Plastik überzogen, Fiona in einen alten Overall gehüllt, Farben gab es massenhaft und die Rolle Toilettenpapier. Ich machte erleichtert mit meiner Kocherei weiter, und als ich ein paar Minuten übrig hatte, zerschnitten Fiona und ich das bemalte Papier in dekorative Girlanden, die wir dann in den Schuppen hinausbrachten. Als Hector seine Tochter abholen kam, zeigten wir ihm die Ergebnisse ihres künstlerischen Talents, die das Kind, als schäme es sich meiner Begeisterung, mit ganz erwachsener Kühle als »nicht schlecht« abtat. Hector bot sich sofort an, am nächsten Tag zu kommen und die Malereien für mich aufzuhängen. Er kam auch mit ungewohntem Pflichteifer in Gesellschaft des neugierigen Erchy. Beide schleppten große

Bündel Stechginster und Efeu. Mir war das Mehl ausgegangen, und ich wollte eben zu Sarah hinüber, um mir welches zu leihen, als die beiden Männer eintrafen. Ich überließ sie sich selbst und sagte ihnen, sie sollten sich eine Tasse Tee machen und sich ein paar Scones nehmen, falls ich nicht rechtzeitig zurück wäre. Überall in der Küche standen Bleche voller Törtchen, Plätzchen und Rosinensemmeln aller Art, doch die – warnte ich sie – waren ausschließlich für die Party bestimmt.

»Da läuft einem ja direkt das Wasser im Mund zusamm'«, meinte Erchy und sah sich gierig um. »Ich glaub, ich könnt sie alle mitnander aufessen.«

»Ihr müßt versprechen, nichts außer den Scones zu essen«, wies ich sie an, und sie versprachen es bereitwillig.

Ehe ich die Tür schloß, wandte ich mich noch einmal um und vergewisserte mich, daß alles sicher weggeräumt war und ich nichts auf dem Herd hatte stehen lassen. Der Anblick erfreute mich höchlichst. Auf der bereits mit mohnrotem und blauem Porzellan geschmückten Anrichte standen drei Bleche Biskuits, die noch mit Kringeln aus Schlagsahne verziert werden sollten, Eclairformen warteten aufs Füllen und Glasieren, Cremehörnchen im unteren Fach des Teewagens darauf, mit Marmelade und Sahne gefüllt zu werden. Neben dem Herd stand ein großer Kuchen in Form eines Schiffs, der noch mit den Namen der Kinder in farbigen Buchstaben beladen werden sollte. Auf dem Küchentisch mit seinem schwarzweiß karierten Wachstuch standen Tabletts mit Schwarzjohannisbeer- und Zitronencremetörtchen. Es war ein farbenfroher Anblick. Mir lief auch schon selber allmählich das Wasser im Mund zusammen, und ich schloß fest die Tür.

Sarah war, als ich kam, gerade dabei, Speckkuchen zu backen – mit Flora als unbeteiligter Beobachterin. »Aber ja, *mo ghaoil*, ich hab reichlich Mehl«, versicherte sie mir, schob das Blech beiseite und den zischelnden Kessel über den Torf. »Setzen Sie sich mal hin und ruhn sich ein bißchen aus, ich mach einen *strupak*.«

Ich hatte gehofft, sie hätte im Schuppen zu tun und ich könne entrinnen, ohne einen *strupak* abzuwarten, doch als ich mich setzte, merkte ich, daß ich es nötig hatte. Ich hatte die beiden letzten Tage immerzu gebacken und fand es genußreich, einmal nur zuzuschauen, wie andere es taten. Sarah breitete eine Zeitung über den Tisch und bestreute sie reichlich mit Mehl. Meine Nachbarn machten köstliche Speckkuchen, und trotz wiederholter praktischer Anleitung wurden meine nie so leicht und locker wie ihre. Vielleicht weil ich ein gut mit Mehl bestreutes Backbrett benutzte, statt bemehltes Zeitungspapier. Sie langte sich eine kleine Rührschüssel von der Anrichte – ein weiterer wichtiger Punkt, um gutes Gebäck zu erzielen, schien die Benutzung einer zu kleinen Schüssel zu sein, aus der das Mehl beim Mischen überallhin überquoll. Aus dem Schrank holte sie sich eine Dose Backpulver und Weinstein, blieb plötzlich stehen und sah sich stirnrunzelnd in der Küche um. Ich hatte schon mehrfach gemeint, ein klagendes Miau zu hören, aber nichts gesagt, weil vermutlich unter Floras Röcken eine Katze versteckt war und zu gegebener Zeit wieder herauskriechen würde. Sarah ging hinüber in die »Stube«, holte von dort ein Kännchen saure Milch und stellte es auf den Tisch.

»Irgendwo hör ich doch eine Katze«, sagte sie und sah sich wieder suchend in der Küche um. Dann nahm sie die Schüssel und trat an das große, mit Tapete beklebte Faß, das neben dem Herd stand. Als sie den Deckel abhob, entfuhr ihr ein Schreckensruf – eine Albinokatze setzte über den Rand und sprang zu Boden. Dort nieste sie, schüttelte sich heftig und erwies sich als buntscheckig. »So, so«, sagte Sarah, »da also hat sie sich die ganze Zeit versteckt. In meinem Mehlfaß!« Verlegen kichernd tauchte sie die Schüssel ins Mehl hinunter und begann, den Teig für die Scones anzurühren. Die Katze fuhr fort zu miauen und rieb sich an Sarahs Stiefeln.

»Anscheinend ist sie froh, wieder draußen zu sein«, sagte ich.

»Ich glaub, das Vieh ist hungrig«, sagte Sarah. »Weiß Gott, wie lang es da drin war.«

Meine Mehltüte fest umklammernd, eilte ich nach Hause und versuchte mein Gewissen dadurch zu erleichtern, daß ich mir einige der noch weniger hygienischen Praktiken meiner Nachbarn ins Gedächtnis rief. Ich könnte, sagte ich mir, die mit Sarahs Mehl gebackenen Kekse zurückhalten und nur dann hervorholen, wenn alle anderen gegessen waren. Man hörte weder Stimmen noch Hämmern, als ich beim Cottage eintraf, und ich ging in den Schuppen, um nachzusehen, was los war. Die Dekorationen hingen und sahen, ohne im geringsten an ihre bescheidene Herkunft zu erinnern, »richtig schön« aus. Die Stechpalmen waren in Büscheln an die Wände genagelt, Efeuranken ergossen sich vom Dach. In einer Ecke wartete ein altes Salzheringsfaß, mit Torf gefüllt, auf den Weihnachtsbaum, der am nächsten Abend eintreffen sollte. Mit einem erleichterten Seufzer schloß ich die Tür. Die Stille überall und die Tatsache, daß nirgends etwas von Erchy oder Hector zu sehen war, ließen mich glauben, sie seien schon heimgegangen. Als ich am Küchenfenster vorüberkam, warf ich einen Blick hinein. Die zwei Männer saßen sich am Küchentisch gegenüber, jeder mit einer Teetasse neben sich. Ihr Kinn ruhte auf ihrer Linken, die Rechte hielt eine Zigarette, von der sie in regelmäßigen Abständen Asche in ihre Gummistiefel abstreiften. Sie blickten mit der gesammelten Konzentration zweier Schachspieler auf das karierte Wachstuch, und keiner bemerkte meine Anwesenheit vor dem Fenster. Ich wartete einen Moment, ehe ich mich rührte, und sah Erchy etwas über den Tisch zu Hector schieben. Entsetzt erkannte ich ein Johannisbeertörtchen. Hector revanchierte sich, indem er ein Zitronentörtchen ein Feld weiter auf Hector zuschob. Plötzlich erriet ich den Grund für ihr Vertieftsein und war mit einem Sprung im Haus.

»Hector und Erchy!« schalt ich. »Was macht ihr mit den Törtchen?«

Peinlich überrascht sahen beide auf. »Wir spielen nur Dame«, sagte Erchy nachsichtig, setzte mit einem triumphierenden Schlenker ein Johannisbeertörtchen über ein Zitronentörtchen und zog den Gewinn zu sich heran.

»Aber ihr habt doch versprochen, sie nicht anzurühren«, erinnerte ich sie ärgerlich und rettete eilig mein kostbares Gebäck.

»Wir haben versprochen, sie nicht zu essen, und das haben wir auch nicht«, sagte Hector ernsthaft. »Ehrlich, kein einziges.« Er hob ein paar der Krönchen ab und untersuchte den Marmeladegrund. »Schaun Sie«, beharrte er. »So gut wie neu.«

Ich verlagerte die Törtchen wieder auf die Tabletts und überhörte verstimmt die Bitte »fertigzuspielen«.

»Na ja, ich hatte ihn so gut wie geschlagen«, sagte Erchy und stand auf. »Und Ihre Scones, also die warn so leicht, wie wenn man in 'ne Wolke beißt«, schmeichelt er linkisch.

»Jawohl, die warn richtig gut«, unterstützte Hector ihn ganz überflüssigerweise. »Und ich sag noch zu Erchy, wenn wir die Steine nach dem Spiel hätten essen könn', ich hätt nichts gegen's Verliern gehabt.«

Am frühen Nachmittag des Weihnachtsabends traf der Baum ein, ein herrliches Exemplar, das der Grundstückseigner großzügig gespendet hatte. Morag und Dollac waren gerade bei mir und halfen mir, letzte Hand an die verzierten Plätzchen zu legen. Wir unterbrachen alle die Arbeit, um zuzusehen, wie der Baum in seinem Faß befestigt wurde. Erchy, Hector und der taube Ruari, der zwar behauptete, zu alt für solche Frivolitäten zu sein, aber ebenso neugierig auf die Vorbereitungen war wie die jüngere Generation, hatten es übernommen, den Baum zu begleiten. Es entbrannte der unvermeidliche Streit darüber, welche Zweige abgehackt werden müßten, ob das Faß paßte und stabil genug war, aber schließlich gelangten sie zu einer Einigung, und der Baum stand graziös da, wartete auf das Geschmücktwerden, und sein frischer Harzduft erfüllte den Schuppen.

Ich schnüffelte genießerisch und zwinkerte Morag zu.

»Ruari«, schalt Morag überlaut. »Schick deinen Köter raus, er läßt welche fahren.«

»Aye, ich hab ihm gestern neues Futter gekauft, und ich glaub, das bekommt ihm nicht recht«, entschuldigte sich Ruari, nachdem er den Hund hinausgeschickt hatte.

Morag, Dollac und ich kehrten in die Küche zurück, um unsere dortigen Arbeiten zu beenden, ehe wir den Baum schmückten.

»Hab ich Ihnen je erzählt«, fragte Morag, die sorgsam Kirschen halbierte, um die Cremetörtchen zu schmücken, »daß ich mal in einer Bäckerei gearbeitet und zugeschaut hab, wie der Bäcker seine Törtchen mit halben Kirschen dekoriert hat, wie ich's jetzt mach? Aber der Bursche machte sich nicht die Mühe, die Kirschen durchzuschneiden. O nein, der hat sie immer nur durchgebissen.« Mir kam flüchtig der Gedanke, ob sie damit vorschlagen wollte, wir sollten es ebenso machen, und ich war riesig erleichtert, als sie fortfuhr: »Ich hab seitdem nie mehr 'n Törtchen gegessen, wo eine halbe Kirsche drauf ist.« Ich überlegte hin und her, ob ich ihr den Zwischenfall mit der Katze im Mehlfaß erzählen sollte, entschied mich aber dann dagegen. Ich hatte bereits in eines der aus diesem Mehl hergestellten Törtchen gebissen, und obwohl die Katze gewiß lange im Mehl gewesen war, fand ich das Gebäck weit wohlschmeckender als beispielsweise Sheenas Mürbeplätzchen.

Es hatte schon Mitternacht geschlagen, als wir mit dem Baum fertig waren und die langen Tische aufgestellt hatten. Sie waren aus dem Speiseraum der Schule geborgt und mit Tapete gedeckt. Diese Tapeten waren ursprünglich zum Auskleiden der Bühne gedacht gewesen, mußten aber infolge des Nichteintreffens des erwähnten Pakets jetzt einem doppelten Zweck dienen. Wenn die Kinder mit ihrem Tee fertig waren, würden wir sie rasch abnehmen und damit Aschenbrödels Küche auskleiden. Seit dem Beginn der hektischen Vorbereitungen für Weihnachten waren wir immer lange aufgeblieben. Jedesmal wenn ich hoffte, früh ins Bett zu kommen und etwas Schlaf aufzuholen, träumte ich zu lebhaft. Ich war daher völlig erschöpft, als Morag und Dollac nach wiederholtem »Richtig schön!« beim Betrachten unserer Hände Werk endlich beim Licht eines widerwilligen Mondes abzogen. Am ersten Weihnachtstag war es noch dunkel, als ich schon anfing, die Tische in der Scheune zu decken. Als ich die Platten mit Kuchen und Gebäck hinaustrug, erhob sich Rhuna nebelhaft aus dem Wasser, und seine Schnur erleuchteter Fenster schimmerte stumpf wie angelaufenes Lametta vor den Lichtblitzen der Leuchttürme. Und als die Sonne aufging, war sie fleckig und böse, und gleichzeitig erhob sich ein aggressiver Wind, der den Regen vom Meer hereintrieb. Ein paar Kinder wohnten etwas entfernt vom Dorf, und ich hatte versprochen, sie bei schlechtem Wetter in »Joanna« abzuholen. Dementsprechend fuhr ich nachmittags gegen vier durch peitschenden Regen, um die ersten meiner Gäste herbeizuholen. Marjac, deren fünf Kinder sich hinter der Tür drängten, begrüßte mich schrill jammernd. »Was um Gottes willen mach ich mit Shamus?« wollte sie wissen. »Er war heut vormittags auf'm Berg und hat seine Hose patschnaß gemacht und mußte seine beste anziehn, und jetzt ist er an John Willys Egge hängengeblieben und hat sich den Hosenboden rausgerissen.«

Marjac schoß zurück an ihre Nähmaschine und leierte wie wild an der Kurbel. »Ich mach ihm grade ein Paar aus einem von meinen alten Röcken«, sagte sie entrüstet. Shamus, leicht verlegen, ging zu der soliden Holzstufe vor dem Feuer und setzte sich, wobei er sorgfältig seine untere Körperhälfte mit einem alten Sack drapierte. Die übrigen Kinder waren bereit und ungeduldig wegzukommen. »Da hast du.« Damit warf die Mutter Shamus die Hose zu, der den Sack umkrampfte und in die »Stube« eilte, um sie anzuziehen.

»Ian, hast du dir die Zehnen geputzt, wie die Gemeindeschwester gesagt hat?« Mit dieser Frage hielt Marjac einen anderen ihrer Brut auf, als er gerade durch die Tür hinausschlüpfen wollte.

»Nein, noch nicht«, erwiderte Ian.

»Wenn dich die Schwester sieht, wird sie dich aber fragen und böse werden«, warnte seine Mutter. »Sie wird auch auf der Party sein, nicht wahr, Miss Peckwitt?« Ich nickte. »Die Schwester sagt, er hat schlechte Zehnen und hat ihm eine Bürste und eine Paste gegeben, damit die andern nicht auch noch ausfallen«, erklärte mir Marjac, als Ian hinten auf dem Büfett nach seiner Zahnbürste tastete, sie durch Eintauchen in den Kessel anfeuchtete und seine Zähne mit einer Energie bearbeitete, als gehe es darum, Rost von Eisen abzufeilen.

»Wie schön, daß es Ihnen so schnell gelungen ist, eine Hose für Shamus zu nähen«, lobte ich Marjac, als der Trubel vorübergehend nachließ.

»Ach, die hab ich nur so aus'm Kopf zusammengehauen«, wehrte sie bescheiden ab.

Shamus kam aus der »Stube« wieder und sah etwas bestürzt aus. Das eine Hosenbein war hauteng, das andere hing lose um seine Hüfte. Er sah seine Mutter flehend an.

»Muß schon so gehn«, sagte sie. »Miss Peckwitt kann hier nicht den ganzen Tag warten, bis ich das in Ordnung bring.«

Ich hätte anbieten können zu warten, bezweifelte aber, daß Marjac viel an der Hose ändern könne, außer das zu weite Hosenbein enger machen, so daß es zum anderen paßte, und dadurch auch die bewegliche Seite lähmen. Die Kinder pferchten sich in den Wagen, Shamus etwas behindert, und bald konnte ich sie Morag aufhängen und eilig die übrigen holen fahren. Um fünf Uhr waren alle Kinder versammelt und warteten gespannt im Cottage, was nun geschehen würde. Es ist selten, daß gälische Kinder, auch wenn sie noch klein sind, in der Aufregung laut werden, und so war es denn eine sehr gesittete Prozession, die mir in die Scheune folgte. Dort setzten sie sich an die ihnen zugewiesenen Tische, rauften sich nicht um die Plätze, schalten einander vielmehr mit lautem Flüstern, wenn sie entdeckten, daß sich eines töricht oder begriffsstutzig zeigte. Als alle saßen, betrachteten sie mit steifer Würde die überquellenden Teller mit Leckerbissen. Ich drängte sie, mit Butterbrot oder Sandwichs anzufangen, doch sie taten es – sehr gesittet – erst, als Morag und ich ihnen zuredeten. Dann boten wir ihnen von dem Backwerk an, nach dem sie vorsichtig griffen. Ich erinnerte mich an ihren Appetit beim Schulfrühstück und fand ihre Zurückhaltung meiner Kochkunst gegenüber etwas entmutigend. Schließlich glaubte ich, sie seien vielleicht die feinere Küche nicht gewöhnt und hätten nun auch keine Lust darauf, aber angesichts all der von ihnen konsumierten Süßigkeiten, Gelees und Kekse kam mir das unwahrscheinlich vor. Ich wußte, meine Kocherei war in Ordnung, und fing hin und wieder einen gierig funkelnden Blick auf, wenn sie die beladenen Tische entlangschauten. Ich winkte Morag neben mich zur Tür und wandte mich um.

»Hört mal, Kinder«, sagte ich. »Morag und ich haben in der Küche zu tun, aber jetzt gibt es ein Wettessen. Wer am meisten ißt, kriegt einen Shilling. Schaut genau hin und erzählt es mir, wenn ich wiederkomme, und dann bekommt der Sieger einen Shilling, die nächsten beiden jeder Sixpence.«

Sie flüsterten lammfromm Zustimmung, und wir verließen sie, wie blasierte Schlemmer vor dem Festmahl sitzend. In dem Moment, als wir die Tür schlossen, begann der Tumult. Ich hörte es mit Befriedigung. Wir ließen sie eine halbe Stunde allein, und als wir wiederkamen, sahen die Tische aus, als sei ein Wirbelsturm über sie hinweggegangen. Schüchternheit und Steifheit waren vollständig dahin, alles rief durcheinander, um uns mitzuteilen, wer den Shilling gewonnen hatte.

»Johnny! Johnny hat gewonnen!« schrien sie. »Er hat vierundzwanzig Kuchen und vier Sandwiches gegessen.«

Johnny lächelte engelhaft, als er seinen Shilling einsteckte.

Shamus und eins der kleineren Kinder waren die nächsten Sieger, obwohl wir feststellten, daß er von vier seiner Törtchen nur die Sahnefüllung gegessen und das übrige unter den Tisch besorgt hatte.

Um acht Uhr begannen die Darsteller für das Laienspiel einzutreffen, und die »Bühne«, die nichts anderes war als das eine notdürftig abgeteilte Ende der Scheune, mußte gerichtet werden. Es kamen verschiedene Helfer und brachten alte Eisenbahnschwellen, die sie am Ufer gefunden hatten, legten sie über alte Heringsfässer und schufen so Sitzgelegenheiten für die Zuschauer. Die Kinder, satt und müde nach einer ganzen Anzahl von Spielen, saßen zufrieden in den vordersten Reihen und schauten den Vorbereitungen zu. Dollac, die natürlich das Aschenbrödel spielte, kam hereingestürzt, in Gummistiefeln und Regenmantel. Sie hatte eben die Kühe vom Berg zur abendlichen Fütterung heimgetrieben, war in einen Hagelschauer geraten und sah mit ihren glühenden Wangen und schwarzen Lokken, in denen noch Hagelkörner hingen, so reizend aus, daß es lächerlich schien, sie für das Stück noch schminken zu wollen. Dann kam der Briefträger angestolpert, um den Buttons zu spielen.

»Da gibt's dann für die Zuschauer noch ein paar nette Geschenke, wenn welche bei der Post sind«, sagte er bedeutsam und wies auf die überquellende Posttasche hinter dem Christbaum. »Setzen Sie das Postfräulein trotzdem in die hinterste Reihe!«

Das Stück war von Anfang bis Ende ein einziger Spaß. Die Darsteller vergaßen ihren Text, aber die Zuschauer kannten das Stück mindestens so gut wie die Darsteller (es war wie ein Bestseller im Dorf von Hand zu Hand gegangen), daher entstanden keine peinlichen Pausen. Die Tanzgruppe vollführte ihre Schritte ernsthaft und sicher und folgte dem Takt der Musik auch dann, wenn das Grammophon nachließ und neu aufgezogen werden mußte, während die Platte noch lief. Bei den Proben hatte ich vergeblich versucht, sie dazu zu überreden, beim Tanzen zu lächeln, aber heute abend schien es ihnen schwerzufallen, ihre Heiterkeit zu unterdrücken: Der gefällige kleine Briefträger hatte ihre Teilnahmslosigkeit dadurch überwunden, daß er sich in die vorderste Reihe setzte und ihnen Grimassen schnitt, sobald sie auf der Bühne erschienen. Die Zuschauer waren entzückt.

»Ich glaub wirklich, Dollac war so gut wie einer von diesen Fümmschtars«, sagte Morag bewundernd, als das Spiel vorüber und die Kinderschar heimgegangen war. Wir waren in der Küche, machten hastig weitere Sandwichs und noch mehr Tee und füllten die Kuchenschüsseln, während jeder, der dazu in der Lage war, Eisenbahnschwellen und Heringsfässer hinauswuchtete oder anders aufstellte, um Platz zum Tanzen zu schaffen.

»Ja, neben ihr sähe jeder Filmstar fast kränklich aus«, sagte ich.

»Bestimmt«, pflichtete Behag mir bei, die sich für diese Gelegenheit mit einem Kleid geschmückt hatte, das ihr stand, und es durch ungeschicktes Pudern ihres Gesichts fertiggebracht hatte, verschimmelt auszusehen. »Vor paar Tagen hab ich in der Zeitung gelesen, daß so ein Fümmschtar zum fünftenmal geheiratet hat.«

»Die sollte sich mal besprechen lassen«, bemerkte ich gelassen.

»Was sollte die lassen?« fragte Morag.

»Die sollte sich mal besprechen lassen, ich meine, ihren Kopf untersuchen lassen«, sagte ich, da Morag diesen Ausdruck anscheinend nicht kannte.

»Eine tüchtige Dosis Rizinus geben wir so jemand bei uns, *mo ghaoil*«, sagte sie schlicht. »Ein, zwei Mädel von hier sind auch mal so geworden, aber nach einer tüchtigen Portion Rizinus warn sie das ganz schnell wieder los.«

Hector kam in die Küche, schlich sich an mich heran und versetzte mir einen Klaps auf den Hintern. Nachdem er sich so meiner Aufmerksamkeit versichert hatte, sagte er: »Draußen ist jemand, einer von diesen Wanderern. Er will wissen, ob Sie heut nacht ’n Bett für ihn hätten.«

Ich argwöhnte sofort einen Scherz.

»Wieso kommt er gerade zu mir?« fragte ich.

»Er sagt, er hat nirgends sonst mehr Licht gesehn.«

Nun schob sich Erchy herein. »Hört mal, es fängt an zu schneien«, sagte er, »und draußen ist einer, der sagt, er schafft's nicht weiter. Gehn Sie doch mal raus und reden mit ihm.«

Zum Schein fügte ich mich und ging mit ihm zur Tür. Draußen stand eine einsame Gestalt in einem Regenumhang, hatte die Mütze tief ins Gesicht gezogen und trug einen riesigen Rucksack. Der Dialekt, mit dem der Mann mich ansprach, klang stark nach Glasgow. Dugan war, wie ich wußte, ein ausgezeichneter Imitator der Glasgower Mundart. Ich stürzte auf ihn zu, riß ihm mit einem verächtlichen Laut die Mütze vom Kopf und zerrte ihn vorwärts. »Nun kommen Sie schon«, sagte ich, »mich legen Sie nicht herein!« Er zögerte. Ich trat lachend zurück und schubste ihn mit Gewalt ins Haus. In der hell erleuchteten Küche stand er dann, zitternd, vor Kälte, wie ich hoffte, denn nunmehr stellte ich fest, daß er ein völlig Fremder war. Erchy und Hector sahen mich an, als sei ich übergeschnappt. Morag und Behag unterbrachen ihre Arbeit, die Messer in der Luft, und warteten auf eine Erklärung. Die Situation wurde dadurch besser, daß ich anfing zu lachen. »Tut mir leid«, platzte ich heraus, »ich dachte, jemand hätte sich aus Ulk verkleidet. Wir feiern hier eine Party, wie Sie gewiß gemerkt haben, und ich habe einfach nicht glauben können, daß jemand bei diesem Wetter und um diese Jahreszeit zu Fuß nach Bruach kommt.«

Die Miene des Wanderers schmolz zu einem schüchternen Grinsen, und nach einem Teller heiße Suppe schien er beruhigt, nicht unter die Wilden gefallen zu sein, wie er wohl anfangs geargwöhnt hatte.

»Ich muß Janet irgendwie herausholen«, sagte ich, »und sie fragen, ob sie ein Bett für Sie hat.«

»Ach was, stecken Sie ihn in Ihr Bett«, rief Erchy. »Einfach ein Kissen dazwischen, dann geht das schon.«

Das Gesicht des Wandersmannes bekam erneut etwas Beklommenes.

Zum Glück hatte Janet ein freies Bett und nahm mir den Wandersmann ab. »Meine Schwester liegt Gott sei Dank schwer erkältet im Bett«, raunte sie beim Abschied. »Seine Hosen sind nämlich patschnaß.«

Es war echtes Pech für den armen Wandersmann, daß Janet bei ihrer Heimkehr von einer Schar Freunde erwartet wurde. Sie wollten, versehen mit reichlichen Vorräten, allmählich anfangen, das neue Jahr zu feiern. Der Wandersmann, so erzählte mir Janet später, war zwar zu Bett gegangen, doch sei die anschließende Feier so laut gewesen und habe sich so lang hingezogen, daß sie bezweifle, daß er die ganze Nacht auch nur ein Auge zugetan habe. Es traf sich noch unglücklicher, daß Janet am nächsten Morgen verschlief und erst aufgeschreckt wurde, weil der Wandersmann in der Küche mit Grace herumschimpfte – er hatte seine Hose dort über Nacht trocknen wollen.

»Also wirklich, *mo ghaoil*«, sagte Janet betrübt, »ich glaube, der Mann kommt nie wieder dem Dorf in die Nähe, solang er Atem hat.«

Aus der Scheune drangen verschiedenartige Freudenschreie und Poltern, unterbrochen vom übermütigen Keuchen des Akkordeons. Offenbar hatte der Tanz begonnen, und Behag ging Fiona aus dem Gedränge retten, damit Morag, die nicht zum Tanz blieb, sie heimbringen konnte. Es war schon nach elf, doch das Kind zeigte keinerlei Anzeichen von Ermüdung. Ich schob die Kessel auf dem Feuer zur Seite und ging nachsehen, welchen Fortgang alles nahm. Dollac, die während der ganzen Vorbereitungen meine treueste Stütze gewesen war, war heimgeeilt, um ein Sonntagskleid anzuziehen, und hatte fest versprochen wiederzukommen, um mir und Behag beim Servieren zu helfen. Ich suchte sie unter den wirbelnden Tänzern, doch sie war bis jetzt nicht erschienen. Der Briefträger spielte das Akkordeon mit einer Verve, die bis zu einem gewissen Grade auf die Flasche Whisky zurückzuführen war, die ich ihn heimlich in die Posttasche hinter dem Christbaum hatte stopfen sehen. Einige der Mädchen brachten ihren Partnern den St. Bernards-Walzer bei. Der Unterricht bestand darin, die Füße des Partners durch scharfgezielte Tritte in die verlangte Stellung zu bringen. Sie hatten sich Mistelzweige aus dem Strauß gerupft, den Mary mir geschickt hatte, und sie sich ins Haar gesteckt, doch schienen die Männer bisher uninteressiert an der darin ausgedrückten Aufforderung.

Als die Tanzenden eine Pause machten, klagten sie über Durst, und nach Beratung mit Behag beschloß ich, nicht auf Dollacs Eintreffen zu warten und die Erfrischungen gleich herumzureichen.

»Denken Sie dran, und stellen Sie eine Dose Backpulver und einen Löffel bereit, damit die Leute sich bedienen könn'«, hatte Morag mich gewarnt, ehe sie ging. Ich stellte daher einige Pfund neben den Christbaum, und in kurzen Abständen machten die Männer davon Gebrauch, wobei sie jedesmal mehrere Teelöffel voll schluckten. Natürlich hatte jeder seine Flasche mitgebracht, und alle paar Minuten verschwand wieder eine Zweckgemeinschaft aus der Scheune, und bei ihrer Rückkehr sahen die Männer entweder lebhafter oder aber schläfriger aus, je nach Wirkung des Getränks. Die Nacht verging. Einmal bemerkte ich, daß Shamus, der sich offenbar für jung genug für Kindergesellschaften und alt genug für Erwachsenenpartys hielt, eine abwechselnd verhemmte und enthemmte Version des *Highland Fling* tanzte, was ihm lebhaften Beifall eintrug. Es gab eine Pause, in der gesungen wurde, und der Wegmacher erfreute uns mit einem selbsterdachten Lied. Es erzählte die Geschichte von einem Huhn, das in einem heimlichen Nest ein einziges Hähnchen aufzieht, eine ganz unsinnige Geschichte, die brüllendes Gelächter auslöste.

Es wurde zwei Uhr, und noch immer war nichts von Dollac zu sehen. Da sie nie eine Probe oder sonst eine Unterhaltung ausgelassen hatte, fing ich an, mich bei allen zu erkundigen, warum sie nicht zum Tanz zurückgekommen sei.

»Da fragen Sie am besten Adam«, sagte Elspeth mit einem verstohlenen Lächeln. »Ich glaub, der weiß, warum sie nicht da ist.«

Bei einem von Adams Rendezvous mit der Flasche bekam ich ihn zu fassen. Er sprudelte vor Heiterkeit, der Whisky machte ihn redselig, und er schien nur zu bereit, mir zu erzählen, was mit Dollac geschehen war.

»Also die Geschichte ist die«, begann er, »Dollac hat versprochen, sie kommt mit Duncan zum Tanzen, und das hat Johnny nicht gepaßt. Er hat gemeint, sie soll mit ihm tanzen gehn. Ach, Sie wissen ja, wie's in den letzten Jahren immer mit Dollac und Johnny war. Ich glaub, der will sie schon eine Weile heiraten, aber sie sagt einfach nicht ja.«

Um ehrlich zu sein: Ich hatte die Beziehung zwischen Dollac und Johnny nie für anders als platonisch gehalten, irrte mich aber offenbar.

»Ach, der ist verrückt nach ihr«, fuhr Adam fort. »Ich hab sogar gehört, daß er ihr seit'm Jahr einen Ring kaufen will und sogar noch länger ihrem Alten ganze Eimer Fischköpfe für seine Korbfallen bringt. Jedenfalls ist der Johnny heut nachmittag, wie sie bei den Kühen war, durch ihr Schlafzimmerfenster reingestiegen und hat ihr alle Kleider geklaut. Nicht ein Stück hat er ihr gelassen, in dem sie hätt zum Tanzen gehn können. Das jedenfalls hat sie mir erzählt, als ich sie auf dem Weg hierher abholen wollt. Wissen Sie, ich mußt schnell heim nach dem Theater und meine Mutter ins Bett bringen«, erläuterte er. »Aye, und da hat mir Dollac wirklich leid getan. Sie hat sich mehr als alle andern auf die Tanzerei hier gefreut, und jetzt sitzt sie in ihrem Arbeitszeug, als wär sie immer noch Aschenbrödel im Theaterstück.« Adam lachte gluckernd.

»Und wo ist Johnny?« unterbrach ich ihn, denn den suchte ich vergeblich unter den Tanzenden. Duncan, anscheinend ungerührt von Dollacs Treulosigkeit, hopste ausgelassen zu den Klängen des ›Dashing White Sergeant‹.

»Daheim, denk ich, und bewacht Dollacs Kleider«, sagte Adam. »Beim Theater war er noch da, aber er ist, wie Dollac heim ist, auch heim.«

Es war schon nach vier Uhr morgens, und ich gähnte unverhohlen in der Hoffnung, einige meiner quicklebendigen Gäste mit meiner Müdigkeit ein wenig anzustecken, da wurde die Tür aufgerissen, und Johnny und Dollac standen auf der Schwelle. Sie grinsten uns alle verlegen an. Johnnys Augen glänzten, er schwenkte eine volle Flasche Whisky und forderte jedermann auf, »mit ihm zu feiern«, eine Einladung, auf die Duncan noch bereitwilliger einging als die übrigen. Dollac trug ein meergrünes Kleid, das auf der Titelseite des neuesten Versandkataloges als ein »chices, modelliges Kleid« bezeichnet gewesen war. Die Farbe verlieh ihr eine nixenhafte Schönheit, so daß es nicht schwerfiel, sich vorzustellen, sie sei auf einer Gischtwolke hereingeweht.

»Was feiert ihr denn?« rief Adam. »Habt ihr heut das letzte Heu eingebracht, oder hast du endlich Dollac eingebracht?«

»Beides«, erwiderte Johnny in aufflammendem Selbstgefühl, und mit einem entzückten Blick auf Dollac ergriff er ihre Linke und hielt sie in die Höhe, damit wir den Brillanten an ihrem Ringfinger funkeln sehen sollten.

Wir beglückwünschten und umarmten sie, jubelten und bewunderten, das Akkordeon brach wieder in einen Reigentanz aus, den Dollac und Johnny anführten. Der Himmel mochte wissen, wann diese Party zu Ende ging.

»Teufel auch«, drang Erchys benebelte Stimme in mein Ohr, »nach dem wie ich mich jetzt fühl, glaub ich, ich war selber 'n bißchen in Dollac verliebt!«

Lillian Beckwith im dtv

»Wenn eine unerschrockene Britin sich in die Hebriden verliebt, kann sie bücherweise davon berichten. Wie Lillian Beckwith, die damit der urigen Inselwelt ein herrliches Denkmal setzt.« (Hörzu)

In der Einsamkeit der Hügel
Roman · dtv 11648

Eigentlich wollte »Becky« sich auf einer Farm in Kent erholen. Doch in letzter Minute kommt ein Brief von den Hebriden, der schon durch seine sprachliche Eigenart das Interesse der Lehrerin weckt. Aus der Erholungsreise wird ein Aufenthalt von vielen Jahren auf der »unglaublichen Insel«. – »Nur wer die Landschaft und die Bewohner der Inseln so intensiv kennengelernt hat, kann ein solches Buch schreiben. Die Marotten der Bewohner, deren Gastfreundlichkeit werden so liebevoll geschildert, daß es ein reines Lesevergnügen ist, ihren Wegen zu folgen.« (Hannoversche Allgemeine Zeitung)

Die See zum Frühstück
Roman · dtv 11820

»Sie werden nur Schafe zur Gesellschaft haben.« Diese Warnung hält Lillian Beckwith nicht davon ab, ein seit Jahren leerstehendes Cottage zu erwerben. Mit wahrer Begeisterung stürzt sich die »Aussteigerin« in die Renovierung ihres Besitzes und in das Leben einer Inselbewohnerin ...

Auf den Inseln auch anders
Roman · dtv 11891

»Miss Peckwitt«, die auf den Hebriden ihre zweite Heimat gefunden hat, führt ein Leben, das bestimmt ist von Winterstürmen, Sommermücken, launischen Brunnen und anspruchsvollen Kühen. Vor allem aber sind es die eigenwilligen Charaktere und besonderen Gepflogenheiten der Inselbewohner, die ihr Stoff zu immer neuen Geschichten liefern…

Alle Romane wurden ins Deutsche übertragen von Isabella Nadolny.